LOPE DE VEGA

LOPE DE VEGA
(Grabado de Pedro Perret, 1625)

LOPE DE VEGA

FUENTE OVEJUNA

*

PERIBÁÑEZ Y EL COMENDADOR DE OCAÑA

*

EL MEJOR ALCALDE, EL REY

*

EL CABALLERO DE OLMEDO

Biografía y Presentación de las Obras
POR
J. M. LOPE BLANCH

DECIMOTERCERA EDICION

EDITORIAL PORRUA, S. A.
AV. REPUBLICA ARGENTINA, 15
MEXICO, 1983

Primera edición de la Colección "Sepan cuantos...", 1962

La Biografía, presentación de las Obras y las características
de esta edición son propiedad de la
Editorial Porrúa, S. A.

Derechos reservados © 1983, ·por
Editorial Porrúa, S. A.
Av. República Argentina No. 15
México, D. F.

ISBN 968-432-027-2

IMPRESO EN MÉXICO
PRINTED IN MEXICO

VIDA DE LOPE DE VEGA

CUANDO Félix de Vega Carpio, modesto bordador oriundo del valle de Carriedo, cerca de Santander, abandonó su villa y su hogar, perdido el juicio por el amor de una hermosa mujer, y huyó a Madrid en compañía de la amante, su legítima esposa, Francisca Fernández Flores, no titubeó en seguir al infiel marido hasta la Corte, para recobrar allí su afecto y humillar a la rival. Fruto de esa reconciliación, consecuencia de aquellos celos, sería Lope de Vega. Al menos, esto es lo que el mismo poeta nos revela, al declarar la causa de su nacimiento:

> Vino mi padre del solar de Vega:
> ....
> siguióle hasta Madrid, de celos ciega,
> su amorosa mujer, porque él quería
> una española Helena, entonces griega.
> Hicieron amistades, y aquel día
> fue piedra en mi primero fundamento
> la paz de su celosa fantasía.
> En fin, por celos soy; ¡qué nacimiento!
> Imaginadle vos, que haber nacido
> de tan inquieta causa fue portento.

En este enamoradizo artesano montañés podemos descubrir los mismos rasgos vitales que habían de informar después el temperamento de su hijo: amante apasionado, tenorio irreflexivo, era a la par religioso ferviente, cristiano arrepentido y devoto. Sabemos que, alternando con su trabajo, prestaba sus servicios como auxiliar en el hospital del Buen Suceso, y que aún dedicaba sus ratos de ocio a escribir versos piadosos y a hacer obras de caridad.

Lope Félix de Vega Carpio nació en Madrid el 25 de noviembre de 1562 —día de San Lupus—, apenas nueve meses después de que sus padres se trasladaran a la capital del país. Aunque, con el correr de los años, nuestro poeta llegó a atribuirse hidalguía y blasón en su ascendencia, atrayéndose con ello las burlas de sus enemigos, no cabe duda de que era de humilde prosapia, de extracción enteramente popular, y no llegaba siquiera a la "mediana sangre" de que con fundamento pudo enorgullecerse Calderón de la Barca. De sus cuatro hermanos, una —Isabel— ni siquiera sabía firmar. Toda la vida de Lope, así como lo mejor de su obra, están impregnados de ese carácter popular que se descubre en su ascendencia. Y a este popularismo de su teatro, a la plena identificación con su pueblo, que él, como ningún otro dramaturgo, supo alcanzar, debe gran parte de su fama como escritor.

Poco es lo que se sabe hoy de la niñez de Lope. Asistió, durante los primeros años de su vida, a un establecimiento de jesuítas, el Colegio de los Teatinos, y posteriormente a las clases de matemáticas y astronomía de la Academia Real. Según propio testimonio, estudió también en la famosa Universidad de Alcalá de Henares, una de las más prestigiadas de la Europa renacentista. Esta declaración del poeta no ha podido ser comprobada documentalmente, ya que su nombre no aparece ni una sola vez en las matrículas de la Universidad; acaso pueda suponerse que Lope estuviera adscrito al Colegio de los Manriques, cuyos papeles se perdieron hace mucho tiempo.

A los doce años —según Montalbán, su amigo y biógrafo— huyó Lope con un camarada a la ciudad de Segovia, donde los dos pilletes fueron capturados por las autoridades y devueltos a sus hogares. Años después, en 1578, murió su padre; Lope había encontrado amparo y guía cerca de don Jerónimo Manrique, obispo de Avila, antes de entrar al servicio —como secretario— del marqués de las Navas, don Pedro Dávila, con quien permanecería hasta 1588, año crucial en su vida.

Cuando, en 1583, se organizó la expedición naval que —bajo el mando de don Alvaro de Bazán, el vencedor de Lepanto— partiría rumbo a las islas Terceras para luchar contra los portugueses, Lope de Vega ciñó por primera vez la espada y corrió, impulsado por el ardor juvenil de sus veinte años, a participar en la empresa. Aquella guerra por la sucesión de Portugal acabaría, con la conquista de las islas Azores, a favor de Felipe II, bajo cuyo dominio se reunían todos los territorios de la península.

Desde tiempo antes mantenía Lope relaciones amorosas con Elena Osorio, hija del *representante* o director teatral Jerónimo Velázquez y esposa del comediante Cristóbal Calderón. No más de diecisiete años tendría el poeta cuando inició estos amores adúlteros, que habrían de transformarse en su primera gran pasión. De ellos nos da noticia bastante fiel, aunque imprecisa y deformada en no pocos detalles, en su novela *La Dorotea,* uno de cuyos protagonistas, Fernando, es el mismo Lope de Vega. Durante más de cuatro años, la bella Elena Osorio, a quien Lope cantó en sus poemas bajo el nombre de *Filis,* mantuvo al escritor hechizado con sus encantos. A ella dedica sus comedias, que la compañía de Velázquez representa con éxito. Mas esta armonía no dura mucho: se produce la ruptura, violenta, entre los amantes, acaso porque Lope se sintiera celoso de los favores con que *Filis* distinguía a un alto personaje de la corte, y se rompen a la par las relaciones comerciales. El dramaturgo entrega ahora sus obras a un empresario rival, Gaspar de Porres, y no satisfecho con ello, despechado, comienza a escribir toda una serie de sátiras virulentas contra Elena y su familia. Dos días antes de que acabe el año de 1587, Lope es preso en Madrid, acusado de difamación. Durante el juicio, niega que los poemas satíricos sean suyos, y se defiende alegando que Jerónimo Velázquez lo persigue y acusa en venganza de que ya no le entrega a él sus comedias; sin embargo, los jueces lo hallan culpable y le imponen severa condena. Lope no se resigna y, aún en prisión preventiva, falsifica una cartá de Elena, sumamente comprometedora, para amenazar a su antigua amante con enviarla al marido para que la mate. Nueva acusación y nuevo proceso. Y nueva sentencia, ahora todavía más rigurosa: el 8 de febrero de 1588 se condena a Lope de Vega a ocho años de destierro de la Corte y dos del reino de Castilla, con amenaza de pena de muerte si durante los dos primeros años osaba entrar en territorio castellano, y de condena a galeras si durante los seis años siguientes se le hallaba en Madrid. Sin embargo, sabemos que Lope quebrantó el destierro a los pocos días, exponiéndose tranquilamente a la terrible sentencia que sobie su cabeza pesaba. Al partir hacia el destierro, acompañado por su nuevo empresario y por su íntimo amigo Claudio Conde, joven tan impetuoso y alocado como él mismo, deja ya Lope de Vega un nuevo amor en Madrid. Se trata ahora de doña Isabel de Urbina y Alderete —la *Belisa* de sus poemas—, hija de un importante personaje de la corte, antiguo regidor de la ciudad y rey de armas de Felipe II. Tras haberla raptado, contrajo con ella matrimonio en Madrid, sin el consentimiento de los padres y haciéndose representar por un amigo, el 10 de mayo de 1588.

Poco después de haberse reunido con doña Isabel, abandona sus brazos, cambia de nuevo las letras por las armas, y se alista como voluntario en la Armada Invencible, que se aprestaba a partir rumbo a la Gran Bretaña para combatir a los ingleses. A bordo del navío almirante *San Juan,* sale de Lisboa el 29 de mayo, después de haber mantenido otros breves amoríos con una joven lusitana. Durante la travesía, para calmar los ocios, escribe uno de sus más conocidos poemas: *La hermosura de Angélica.* Al regreso, después de la desastrosa expedición, se instala en Valencia con su esposa (1589) y se dispone a pasar tranquilamente los dos años de destierro del reino de Castilla. Vive allí de su trabajo, escribiendo comedias y poesías con pasmosa fecundidad, y extendiendo su fama por todos los círculos literarios de la región. Los empresarios solicitan sus obras: los jóvenes dramaturgos le respetan e imitan; la fortuna le mima, y su nombre se extiende por todo el país hasta llegar a la Corte. A este respecto puede ser sumamente significativo el hecho de que su enemigo y acusador, Jerónimo Velázquez, solicitara y obtuviera en 1595 —un año antes de que se cumpliera la sentencia que sobre Lope pesaba— su indulto pleno y cabal. Es lógico imaginar que el previsor empresario tratara de hacer todo lo posible por reconciliarse con su antiguo ofensor, convertido ya en dueño del teatro castellano.

El éxito de sus comedias tenía que influir necesariamente en el ánimo de los dramaturgos valencianos; su estilo crea escuela y los imitadores forman legión. De ellos, el que más llegaría a destacar es Guillén de Castro, que tenía entonces veinte años apenas. No obstante el prestigio en Valencia alcanzado, Lope de Vega se traslada con los suyos a Toledo no bien transcurren los dos primeros años de su destierro y le es permitido pisar suelo castellano. Allí entra al servicio del duque de Alba, don Antonio Avarez de Toledo (1590), si bien la mayor parte del tiempo la pasa en el solar de su señor, Alba de Tormes, en las cercanías de Salamanca, donde escribe su primera gran

obra, *La Arcadia,* novela idílica impresa en 1598, en que Lope sigue
el gusto imperante en aquel tiempo.

La paz y felicidad de estos años se ve bruscamente destruida. Hacia 1595, muere Isabel, la esposa amada, tras larga agonía durante
la cual el poeta le presta su atención y solícito cuidado. Todavía un
año después escribe Lope un sentido romance a su memoria, en el cual
se lamenta:

> Un año te serví enferma.
> ¡Ojalá fueran mil años!
> que así enferma te quisiera,
> continuo aguardando el pago.
> Sólo yo te acompañé
> cuando todos te dejaron,
> porque te quise en la vida
> y muerta te adoro y amo.
> ¡Y sabe el cielo piadoso,
> a quien fiel testigo hago,
> si te querrá también muerta
> quien viva te quiso tanto!

Casi al mismo tiempo, pierde también a sus dos hijas Antonia y
Teodora, ambas de muy pocos años. Vuelve entonces a Madrid, donde
sirve como secretario al marqués de Malpica, y donde, a poco, ha
de presentarse nuevamente ante los tribunales, acusado de amance-
bamiento con doña Antonia Trillo de Armenta (1596).

Dos años después reconstruye su hogar: contrae nupcias con Juana Guardo, hija de un rico comerciante, abastecedor de carne y pes-
cado en el mercado madrileño, que aportó como dote más de veinti-
dós mil reales de plata doble. Esto da pie a que los escritores rivales,
en especial Góngora, se burlen de Lope, acusándole de haberse casado
por interés y reprochándole tan sucio "negocio". Sin embargo, dos
hechos al menos hacen pensar que no fue el interés, sino el amor, lo
que le había guiado en éste su segundo matrimonio: en primer lugar
hay que tener en cuenta que, años después, al morir la esposa, el
poeta no reclamó esa dote, a la que tenía perfecto derecho. Y, por
otro lado, es muy significativo el que en un escrito de ese tiempo ante-
ponga Lope a su firma las iniciales J. G., siguiendo la costumbre
cortesana entonces imperante de anteponer al propio nombre las iniciales de la mujer amada:

> Porque es uso en corte usado,
> cuando la carta se firma,
> poner antes de la firma
> la letra del nombre amado.

Al año siguiente asistió, acompañando al marqués de Sarriá, a quien
entonces servía, a las bodas del rey Felipe III con la archiduquesa
Margarita de Austria, que se celebraron en Valencia entre grandes fiestas y regocijos populares. Lope describió estos festejos en un largo
poema, que se imprimió en Valencia, 1599, con el título de *Fiestas
de Denia al Rey Católico Filipo III.*

Hacia 1600 comienzan sus relaciones amorosas con otra comedianta famosa, Micaela de Luján, a quien Lope cantó con el nombre poético de *Camila Lucinda.* Estaba la actriz casada con un comediante mediocre, Diego Díaz, que desde 1596 residía en el Perú, donde murió en 1603. Lope de Vega se hizo entonces cargo de la, hermosa viuda y cuidó de sus intereses. Era Micaela mujer bella aunque inculta, a la que Lope amó profunda y serenamente, sin que esa pasión revistiera el carácter turbulento de sus relaciones con Elena Osorio o con Marta de Nevares. Tuvo con ella cinco hijos, por lo menos, entre los cuales Marcela, la preferida de su corazón, y Lope Félix, que tantas penas había de causarle. Se encuentra así el escritor con dos familias completas, por las que vela con solicitud y con las cuales vive alternativamente en Madrid, en Toledo y en Sevilla.

En 1605 se produce un suceso de importancia para la vida de Lope: entra al servicio del duque de Sessa, don Luis Fernández de Córdoba, a quien serviría ya hasta su muerte. Era el duque veinte años más joven que el poeta, de quien hizo, más que su secretario y criado, su amigo fiel, su consejero y confidente. Por su parte, Lope de Vega le sirvió con entera dedicación y lealtad, participando incluso en las aventuras amorosas del duque, género de lances en que tan ducho era el escritor. Se estableció así entre ambos una especie de hermandad que rebasaba con mucho las estrictas relaciones normales entre amo y criado.

En 1610 se instala Lope definitivamente en Madrid, donde compró una casa con un pequeño huerto, que él mismo regaba y atendía con esmero. Sigue una época de dicha y tranquilidad, que el poeta comparte alternativamente con las dos mujeres amadas y los hijos que ambas le habían dado. Mas no duraría mucho este grato remanso en la agitada vida del dramaturgo. Tras romper sus relaciones con *Camila Lucinda,* sin que se sepa exactamente cuándo ni porqué causa, el infortunio cae de nuevo sobre él: muere, a los siete años de edad su hijo Carlos Félix, y poco después, en 1613, fallece también su esposa, como consecuencia del alumbramiento de su hija Feliciana.

Regresa entonces a Toledo, con el propósito de ordenarse de sacerdote, lo cual no impide que, mientras realiza las gestiones indicadas para el caso, reanude sus relaciones amorosas con Jerónima de Burgos *(Gerarda),* otra famosa comedianta, de vida alegre y mala reputación, con la que ya había tenido tratos y a la que poco antes había dedicado una de sus más deliciosas comedias: *La dama boba.* Al cabo de unos meses, en marzo de 1614, logra Lope vestir los hábitos sacerdotales e inicia un período casi místico de arrepentimiento y profunda religiosidad, que sería sustituido, no mucho después, por un nuevo arrebato de amor mundano. En el verano de 1616, se traslada repentinamente a Valencia, con el pretexto de visitar a un hijo suyo que allí vivía como monje descalzo (dato este último que la crítica moderna no ha podido ni siquiera verificar a ciencia cierta), pero en realidad con el propósito de entrevistarse con *la Loca,* Lucía de Salcedo, cómica también con quien había tenido ya relaciones y acaso un hijo. Mas las cosas no se desarrollaron esta vez conforme a sus deseos: a poco de

llegar a Valencia, cayó enfermo y hubo de guardar cama durante diecisiete días, por lo cual regresó a Madrid sin cumplir sus propósitos,
débil y apabullado.

En este momento, estando ya en el ocaso de su vida, brota en su
pecho un nuevo amor —su último amor—, vehemente, apasionado,
impetuoso. Doña Marta de Nevares Santoyo, la *Amarilis* de sus versos,
se había casado en 1604, cuando apenas tenía trece años, con el comerciante Roque Hernández de Ayala, cuyos negocios no parecían
ser muy limpios. En 1616, los amoríos de Lope con doña Marta eran
la hablilla de la Corte y el blanco de las sátiras de los poetas rivales.
Muerto el marido hacia 1618, se dedicó Lope de lleno a servir, en
cuerpo y alma, a la bella *Amarilis,* quien con su juventud, hermosura
e inteligencia, se adueñó por completo de los sentimientos del poeta,
proporcionándole a cambio, con su amor y fidelidad, la dicha de que
tan necesitado estaba su corazón, ya abatido por la desgracia y cansado por el peso de los años. A ella dedica Lope sus poesías y comedias, y, por ella animado, ensaya con éxito un género nuevo, el de la
novela corta, en el que Cervantes había sido maestro insuperable.

Siguen años venturosos, durante los cuales Lope vive por y para
la amada, junto al fruto de sus amores, la tierna Antonia Clara. Pero
'esta felicidad se ve interrumpida bruscamente en 1626 por la ceguera
repentina de· doña Marta. La desdicha se ceba en los amantes: poco
después enloquece la dulce *Amarilis,* y es presa de ataques furiosos y
de largos períodos de depresión profunda. Olvidados, alejados de todos,
Lope cuida solícitamente de la bella enferma, a la que sigue rindiendo
todo su amor:

> Solo la escucho yo, solo la adoro,
> y de lo que padece me enamoro.

Tras una leve mejoría en su lamentable estado, muere Marta en
1632, a los cuarentaiún años de edad. Nuevas desgracias reserva todavía la fortuna a Lope de Vega, ya viejo y agotado. A la pérdida
de la mujer amada, se añaden la soledad, ciertas dificultades econó-
micas, la muerte repentina de su hijo Lope Félix en las costas de
América, y el rapto de su última hija, Antonia Clara, quien en 1634,
cuando sólo tenía diecisiete años, huyó de su lado para arrojarse en
los brazos de un poderoso cortesano, al parecer don Cristóbal Tenorio, antiguo servidor del rey Felipe IV.

El 25 de agosto de 1635 regó Lope por última vez los árboles y
las plantas de su huerto; dijo después la que sería su última misa y,
por ser viernes, flageló la débil carne. Después de comer asistió a una
velada médico-filosófica que tenía lugar en el Seminario de los Es-
coceses, donde inesperadamente fue víctima de un desmayo. Traslada-
do con prontitud a su casa, se le administró el Viático. Y la noche
del 27 de agosto cerró los ojos, mientras lo velaban sus mejores amigos, el duque de Sessa, José de Valdivielso, Pérez de Montalbán, y
otros allegados. Su entierro cubrió de luto a la villa de Madrid; el
cortejo fúnebre pasó por delante del convento de las Trinitarias descalzas, donde profesaba Marcela, su hija más amada. Los restos morta-

les fueron inhumados en la iglesia de San Sebastián, y posteriormente fueron a parar a la fosa común, a la fosa del pueblo mismo de donde Lope había surgido.

*

Ningún otro poeta ha sido tan famoso en su tiempo como Lope de Vega. De la legión de escritores que integran el Siglo de Oro español, ninguno disfrutó de tanta popularidad como él. Su nombre era sinónimo de perfección y excelencia: «Proverbio hizo el lenguaje castellano del nombre de Lope para encarecimiento de lo mejor; la tela más rica y vistosa, para venderla por tal, de Lope llama el mercader; la más bien acabada pintura, no de Apeles, de Lope llama el pintor.» Casi se le santifica, considerándosele como elegido de la divinidad:

> Que si lo bueno es de Lope,
> Lope, por bueno, es de Dios.

E inclusive, parodiando el comienzo del Credo, decía el pueblo de él: *Creo en Lope todopoderoso, poeta del cielo y de la tierra.* Mas esta tan extraordinaria fama popular no alcanzó en igual medida los ámbitos cortesanos. Lope no disfrutó nunca del apoyo "oficial" ni logró siquiera ser admitido en el seno de la corte como poeta triunfante, por más que tratara en varias ocasiones de atraerse el favor del conde-duque de Olivares, favorito del rey Felipe IV. Pertenecía al pueblo, para el pueblo escribía y en el pueblo se cimentaba su gloria.

Perteneció, como es lógico, a las principales *Academias* poéticas que se fundaron en Madrid, a imitación de las academias italianas del Renacimiento. Fue miembro de una de las más renombradas, llamada en un principio *El Parnaso* y después *Academia Selvaje* en honor de su fundador Francisco de Silva, duque de Pastrana; en ella alternaba con algunos de los más ilustres escritores de la época, como Cervantes, Vicente Espinel, Vélez de Guevara y Soto de Rojas. Mantuvo cordiales relaciones con muchos de ellos, como Francisco de Quevedo, Antonio Hurtado de Mendoza, Pérez de Montalbán y Tirso de Molina, pero no fueron menos numerosos sus enemigos literarios. En el mundo poético de la España renacentista, tan lleno de suspicacias, cuando no de envidias, las rivalidades "artísticas" eran cosa común y corriente. Lope tuvo que luchar —y lo hizo con denuedo— contra los ataques, a veces furiosos, de rivales tan importantes y temibles como Cristóbal Suárez de Figueroa, el mexicano Juan Ruiz de Alarcón, Pedro Torres Rámila, y, sobre todo, Luis de Góngora, con quien Lope, sin embargo, se mostró siempre bastante respetuoso y comedido.

Fue miembro también de varias hermandades o asociaciones devotas, ya que en Lope, como en ningún otro escritor de su tiempo, se desencadenó la eterna lucha entre las fuerzas del espíritu y las de la carne. Perteneció a algunas de las hermandades más distinguidas de la Corte, como la del Oratorio del Olivar, de la que también formaron parte Calderón, Cervantes, Montalbán y otros escritores notables; y en 1625, a pesar de sus relaciones con Marta de Nevares, fue admitido como miembro de una de las asociaciones de sacerdotes más importantes de Madrid, la Congregación de San Pedro de los Naturales, de la que llegó a ser primer capellán. A partir de 1627 pudo anteponer a su nombre el título honorífico de *frey,* por concesión del papa Urbano VIII, a quien Lope había dedicado su poema *La corona trágica,* escrito en loor de la reina de Escocia, María Estuardo. El Papa le concedió además la cruz de la orden de San Juan y el título de Doctor en Teología por el Collegium Sapientiae.

*

De los numerosos hijos, legítimos o ilegítimos, que tuvo Lope de Vega, muy pocos sobrepasaron la infancia. Su hija Marcela, que también tuvo aficiones poéticas, ingresó a los dieciséis años en el convento de Trinitarias descalzas, donde permaneció hasta su muerte en 1688. Lope Félix, hijo —como sor Marcela— de la comedianta Micaela Luján, fue motivo, durante su niñez, de serias preocupaciones para el poeta, por su carácter díscolo y rebelde; murió en plena juventud, a los veintisiete años, siendo alférez del marqués de Santa Cruz, durante una expedición organizada para pescar perlas en la isla Margarita, cerca de Venezuela, donde naufragó el navío. Y Feliciana, cuyo nacimiento acarreó la muerte de su madre, Juana Guardo, se casó con Luis de Usátegui, de quien tuvo dos hijos: Agustina, que profesó como religiosa, y el capitán Luis Usátegui y Vega, que murió sin descendencia.

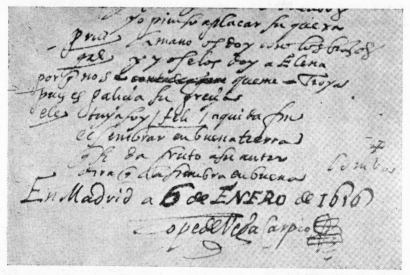

Facsímil de la firma de Lope de Vega al pie de "El sembrar en buena tierra"

EL TEATRO DE LOPE

Cuando se considera a Lope de Vega como el creador del teatro nacional español, no se comete injusticia grave alguna, ni se incurre siquiera en verdadera inexactitud. Cierto que Lope no *crea* de la nada. El camino había sido desbrozado por varios dramaturgos anteriores, y el incipiente teatro medieval había comenzado ya a avanzar por los cauces más amplios de la comedia renacentista de corte italiano. A Lope precedieron escritores de gran personalidad: desde los llamados primitivos, como Lucas Fernández, Juan del Encina o Torres' Naharro, hasta los precursores más inmediatos, como Juan de la Cueva o Cervantes. La obra del salmantino Lucas Fernández tiene sus raíces enclavadas en la más castiza tradición medieval. Las reminiscencias italianas que en sus farsas encontramos deben haber llegado a él a través de su coetáneo y, en cierto sentido, maestro, Juan del Encina. La obra principal de Fernández, el *Auto de la Pasión,* pertenece todavía a uno de los dos grandes ciclos dentro de los que se había desarrollado casi todo el teatro medieval.

Los elementos renacentistas adquieren mucha mayor pujanza en la "segunda época" de Juan del Encina. En las tres *églogas* de ese período, y especialmente en la de *Plácida y Victoriano,* palpita ya un nuevo sentido de la vida, acorde con el alegre paganismo de la Italia renacentista. Escrita en Roma, se hace en esta égloga una exaltación del amor humano, en un ambiente mitológico de dioses clásicos, que hubiera resultado inconcebible durante la Edad Media. Pero, dejando aparte al lusitano Gil Vicente, quien mayor influencia tuvo en la estructuración inicial del teatro renacentista fue Torres Naharro. En 1517 publicó, en Italia, una recopilación de sus comedias, con el título de *Propalladia,* donde hace una especie de teoría del teatro que tiene gran interés. Influido por Horacio, divide la comedia en cinco *jornadas* o actos, división que habría de mantenerse hasta el momento en que Lope de Vega irrumpe en la escena española. La obra teatral podía ser, según Naharro, de dos clases: comedias *a noticia* y comedias *a fantasía.* En las primeras, el autor desarrolla dramáticamente algún asunto o suceso ocurrido en la realidad, mientras que en las segundas expone alguna cosa fantástica o inventada, pero verosímil. De sus obras, la comedia *Himenea,* escrita a fantasía, puede considerarse como antecedente directo, aunque esquemático, de las comedias de capa y espada que tanto significan dentro del teatro nacional español.

A mitad de camino entre estos dramaturgos "primitivos" y Lope de Vega se halla otra generación de escritores importantes, entre los que destacan tres —al menos— por la trascendencia de sus obras: Lope de Rueda, Juan de la Cueva y Miguel de Cervantes. Justamente famoso por el realismo y donosura de sus *pasos,* Lope de Rueda escribe un teatro sin trama, casi sin argumento. Lo que en sus obras interesa son los tipos, las figuras más o menos estereotipadas que por ellas desfilan. Pero la técnica dramática permanece aún en estado embrionario. Inclusive su comedia *Eufemia,* la más lograda y menos primitiva, está muy lejos todavía de alcanzar la complejidad y trabada disposición del teatro de Lope de Vega. A Juan de la Cueva se le suele considerar como precursor más directo e inmediato de Lope. Y, al menos en un sentido, tal cosa es cierta: fue él quien por primera vez utilizó los temas de la historia nacional como asunto de sus comedias. Tres de sus obras se basan en otras tantas leyendas medievales, que el dramaturgo conocía a través de los romances y las crónicas. Sin embargo, la rigidez de los versos, la pobreza de la trama y la falta de flexibilidad en su desarrollo distancian enormemente las comedias de Juan de la Cueva del teatro rico, ágil y espontáneo de Lope. De todos los "prelopistas", corresponde a Cervantes, sin duda alguna, el primer lugar. Antes de que Lope irrumpiera en la escena española, Cervantes había ensayado la tragedia al estilo clásico, conforme a los cánones teatrales de la antigüedad. Fruto de ese intento es *El cerco de Numancia,* obra que por su dramatismo, su vitalidad y su contextura teatral puede ser tenida como la mejor producción escénica anterior a la época de Lope de Vega. Hay en ella grandeza, pasión y fuerza; y un solemne tono de tragedia que recuerda el fatalismo del teatro griego, al que Cervantes trata de imitar. También los *entremeses* cervantinos superan por completo a los *pasos* de Lope de Rueda; lo que en éste es simple realismo, se enriquece en Cervantes con la más penetrante intención satírica, con la madurez escénica y con la mayor variedad de caracteres.

Cuando Lope de Vega empieza a escribir sus comedias, cuenta, pues, con numerosos precursores. Sin embargo, es indudable que Lope crea un teatro nuevo, distinto del que le había precedido; un teatro nacional, vivo, acorde con la psicología del pueblo español. Los ensayos dramáticos anteriores a él oscilaban entre las representaciones devotas de raigambre medieval, las sencillas farsas satíricas también enraizadas en la Edad Media, las comedias artísticas inspiradas en temas y moldes italianos, y las ambiciosas tragedias de corte clásico. A Lope de Vega correspondió dar forma e infundir vida a un teatro nuevo que respondiese a los gustos y atendiese a los problemas —también nuevos— del hombre renacentista; él solo se encargó de liberar. al teatro español del gusto clasicista y de las trabas normativas que lo sofocaban en parte. Y al hacer esto, Lope de Vega se convertía en instrumento de su pueblo, de un pueblo lleno entonces de vitalidad, de apasionamiento y poder creador; de un pueblo impulsivo y espontáneo, amante de sus tradiciones y, a la par, inquieto y activo hasta la exageración. A ese pueblo había que ofrecerle un teatro también enérgico, desbocado, lleno de vida y de actualidad; y eso fue lo que hizo Lope de Vega.

Empieza Lope por modificar la estructura misma de la comedia: fija definitivamente en tres el número de actos o *jornadas* en que debe dividirse la obra, en lugar de los cuatro o cinco con que contaba el teatro anterior; prescinde de los añadidos usuales hasta entonces de *prólogo, loa* y *entremés;* elimina la prosa como medio de expresión teatral, sustituyéndola por el verso, y acomoda a las diversas situaciones del drama las distintas clases de versos que le parecen más adecuadas:

> Acomodo los versos con prudencia
> a los sujetos de que van tratando:
> Las décimas son buenas para quejas;
> el soneto está bien en los que aguardan; [en los monólogos]
> las relaciones piden los romances,
> aunque en octavas lucen por extremo;
> son los tercetos para cosas graves
> y para las de amor, las redondillas.

Pero la mayor originalidad de su teatro consistió en el rechazo de las famosas *tres unidades,* impuestas a sus predecesores por el rigor con que se adoptaron los preceptos aristotélicos. Lope se negó a someterse a las unidades *de lugar* y *de tiempo,* que tanto coartaban la capacidad creadora de los escritores, obligándoles a situar todas las escenas de cada obra en un mismo lugar y sin que la acción representada en el escenario pudiese abarcar un lapso superior a las veinticuatro horas. Ante normas tan tiránicas, Lope reaccionó decididamente:

> ¡Oh, cuántos de este tiempo se hacen cruces
> de ver que han de pasar años en cosa
> que un día artificial tuvo de término!
> Que aun no quisieron darle el matemático;
> porque considerando que la cólera
> de un español sentado no se templa,
> si no le representan en dos horas
> hasta el final jüicio desde el Génesis,
> yo hallo que si allí se ha de dar gusto
> y con lo que se consigue es lo más justo.

De nada sirvieron los ataques de los dramaturgos anteriores, que se espantaban por la libertad con que Lope trataba los asuntos de sus comedias; entre ellos, el mismo Cervantes, quien escribió en la primera parte del *Quijote:* "¿Qué mayor disparate puede ser en el sujeto que tratamos que salir un niño en mantillas en la primera escena del primer acto, y en la segunda salir ya hecho hombre barbado?... ¿Qué diré, pues, de la observancia que guardan en los tiempos en que pueden o podían suceder las acciones que representan, sino que he visto comedias que la primera jornada comenzó en Europa, la segunda en Asia, la tercera se acabó en Africa, y aun si fuera de cuatro jornadas, la cuarta acababa en América, y así, se hubiera hecho en todas las cuatro partes del mundo?" (cap. 48). Lope llevó a cabo sus radicales reformas contra viento y marea, alcanzando a implantarlas con tal fuerza que todas las escuelas posteriores, con excepción del neoclasicismo dieciochesco, las han puesto en práctica sin escrúpulo alguno. También es frecuente en su teatro la existencia de una doble intriga, con lo cual conseguía mantener bien despierta la atención de los espectadores y se ceñía a los gustos de su pueblo, deseoso de contemplar obras de gran enredo y de complicada trama. Era el teatro la diversión favorita de los españoles del Renacimiento; Lope de Vega supo mantenerse siempre en íntimo contacto con su público y adueñarse de su voluntad, complaciéndole en sus deseos y entusiasmándole con sus dinámicas comedias, en tanto que ese público lo aclamaba como su autor preferido, le daba ánimos y lo elevaba casi a la categoría de dios. Pocas veces se ha llegado a una compenetración tan plena entre un escritor y su pueblo. En todos los sentimientos, afanes, ideales, maneras de pensar y aun en todos los prejuicios, marcha Lope al unísono con su nación. De ahí que su teatro sea esencialmente español, íntegramente nacional. Otros dramaturgos, como su ingenioso émulo Ruiz de Alarcón, se resisten a identificarse con el pueblo para el cual escriben, y prefieren tratarlo con desdén y menosprecio. Cuando Alarcón publicó sus comedias, puso al frente un prólogo, dirigido al público de ellas, en el cual le decía:

> Contigo hablo, bestia fiera. que con la nobleza no es menester, que ella se dicta más yo sabría: Allá van esas Comedias, trátalas como sueles, no como es justo. sino como es gusto, que ellas te miran con desprecio y sin temor, como las que pasaron ya el peligro de tus silbos, y ahora pueden solo pasar el de tus rincones. Si te desagradaren, me holgaré de saber que son buenas, y si no, me vengará de saber que no lo son el dinero que te han de costar.

Animosidad semejante habría sido inconcebible en Lope de Vega. Muy por el contrario, prefería someter su capacidad creadora a las preferencias de su pueblo: "Pues lo paga el vulgo, es justo / hablarle en necio para darle gusto."

Cuando Lope se inicia en la vida teatral, poco àntes de 1580, existían tres tipos de teatro: el eclesiástico, el cortesano (ambos grandiosos y de gran pompa escénica) y el teatro público urbano, mucho más sobrio y de recursos más limitados. Lope de Vega se dedicó preferentemente a este último; como escribía sus comedias para el pueblo, no se preocupaba gran cosa del aparato escénico ni le inquietaba la pobreza material de la representación. El pueblo español de aquel entonces tenía la vivacidad de espíritu suficiente para suplir con la propia fantasía las deficiencias de la escenificación. Como Vossler ha señalado, lo que llegó a ser esencial en la producción dramática de Calderón —el aparato escénico, la música y el canto— siguió siendo para Lope cosa accesoria, incluso en su última época.

Nacional —español— es también el teatro de Lope, no sólo por los temas históricos en que basa muchas de sus comedias, sino sobre todo por la forma hispánica de tratar todos los asuntos imaginables. Cierto que muchas de sus obras se inspiran en sucesos o en leyendas de la historia patria, según había hecho ya Juan de la Cueva, pero el número de estas comedias de tema histórico no representa, dentro de la copia inmensa de su obra teatral, una proporción excesivamente elevada. Lo más importante y significativo es que Lope *hispaniza* todos los elementos dramáticos que pasan por sus manos. Los personajes de las más remotas épocas o de los más lejanos y exóticos países, piensan, hablan, sienten y actúan casi como si fueran españoles del siglo XVII; sus ideales, sus prejuicios, su concepto de la vida, su sentido del honor, son muy parecidos, si no idénticos, a los que poseían Lope y su pueblo. Y en esta "nacionalización" de todas las figuras y temas históricos, siguieron a Lope sus discípulos y continuadores; ya lo había señalado así von Schack, como rasgo peculiar de la escena española: Todo lo que en ella se representa refleja el presente inmediato y el ambiente en que ella misma vive, y así la más remota época histórica y el más lejano suceso se sitúan en el plano de las costumbres y los usos vernáculos, y hasta se diría que, por metamorfosis, incorpora lo más apartado al patrimonio nacional español. Inclusive cuando Lope desarrolla algún asunto de la historia castellana, lo adapta, en gran parte, al gusto de su tiempo o a las necesidades de la técnica teatral; no se siente obligado a respetar fielmente los sucesos históricos, sino que prefiere estilizar o acomodar la realidad al mundo ambiental de su público. Así nada de extraño tiene que sus comedias incurran en anacronismos sorprendentes, como sucede en su dramatización de la vida de San Francisco de Asís, cuando en pleno siglo XIII aparece un personaje armado con un arcabuz.

Como lo que Lope de Vega quiere es divertir, *dar gusto* a su público heterogéneo, no se preocupa mucho por proporcionar a los personajes de sus comedias una profundidad de carácter que tenga alcance universal ni por situar a sus dramas en el plano simbólico de la tragedia griega. Todo en sus obras es dinamismo, vitalidad, enredo, acción irrefrenable, genial improvisación. No hay ni siquiera en ellas el decidido afán moralizador que se descubre en otras épocas o en otros autores. Una de las características más notables de su teatro es la espontaneidad; Lope no sigue ningún método riguroso ni gusta de volver a cada paso sobre lo escrito con ojo crítico, sino que prefiere dejarse llevar por su capacidad de improvisación pocas veces igualada. De ahí la frescura de su teatro y de ahí, también, su fecundidad; según propio testimonio, escribió más de mil ochocientas comedias, algunas en menos de un día:

Y más de ciento, en horas veinticuatro
pasaron de las musas al teatro.

Mas esto no debe hacernos pensar de ningún modo que en Lope no existiera afán de perfección: los tachones y enmiendas de los manuscritos suyos que se han conservado, prueban todo lo contrario. Más que de improvisación, debe hablarse, en su caso, de facilidad.

En su técnica dramática juega un importante papel lo inesperado y sorpresivo, la suerte o el azar. Cuando el embrollo de la trama parece no tener solución, algún suceso imprevisto o fortuito resuelve el problema de la manera más sencilla; quizá para el gusto moderno los desenlaces inesperados de algunas de las comedias de Lope puedan parecer a veces algo arbitrarios. En las obras de otros dramaturgos más intelectuales, la acción se desarrolla de acuerdo con una lógica más estricta, y el azar o la sorpresa sólo aparecen ocasionalmente. Mas es indudable que la acción sorprendente, las soluciones inesperadas, satisfa-

cían por completo el gusto de los contemporáneos de Lope, más ingenuos tal vez que el espectador moderno, porque preferían supeditar
los dictados de la fría lógica a las maravillas de las fuerzas sobrenaturales, a los fantásticos poderes del espíritu o a los inescrutables designios de la fortuna. Para un hidalgo del siglo XVI nada era imposible.
Lope lo tiene muy en cuenta, y procura dar a sus comedias desenlaces
inesperados:

> Pero la solución no la permita
> hasta que llegue a la postrera escena,
> porque en sabiendo el vulgo el fin que tiene,
> vuelve el rostro a la puerta.

También por consideración al gusto del espectador, la gran mayoría de
las obras teatrales de Lope tienen un final feliz: la injusticia se ve sofocada, el poderoso queda humillado o muerto —así en *Fuente Ovejuna*—
y el amor resulta siempre triunfante. Los desenlaces trágicos, como el
de *El caballero de Olmedo,* son excepción.

Los dos principales móviles de la acción dramática suelen ser, en
Lope de Vega, las cuestiones de honra y los problemas amorosos. De
las primeras, decía el mismo Lupe en su *Arte nuevo de hacer comedias:*

> Los casos de la honra son mejores,
> porque mueven con fuerza a toda gente.

Las exigencias del honor mancillado colocan a los protagonistas de
sus comedias ante graves dilemas, que sólo el heroísmo es capaz de resolver. El dilema mayor con que se enfrenta la persona agraviada
radica en el conflicto existente entre la ley divina y la humana: aquélla prohibe tomarse la venganza por propia mano; ésta exige el castigo del ofensor, pues sólo su sangre puede borrar el agravio. Los
homicidios, muertes y demás violencias cometidas en defensa de la
honra, se consideraban como un deber ineludible ante la sociedad pero,
al mismo tiempo, como un pecado ante Dios. Lope procura resolver
estos conflictos de manera humana, sin rigorismos excesivos. Vossler
descubre en sus manos un titubeo siempre que ha de representar la
vindicta de sangre como reparación del honor. Mas era obligación
inexcusable en aquella época reparar a toda costa las ofensas cometidas en detrimento de la honra. Sólo la venganza podía hacer recobrar
la paz del espíritu a la persona agraviada, aunque tal venganza tuviera
que realizarse contra los sentimientos y deseos mismos del vengador.
Lo contrario, el impedimento de la venganza, el deber incumplido, era
lo que podía llevar al borde de la locura a los españoles de entonces.
El tema amoroso suele presentar dos modalidades fundamentales:
conflictos producidos por los celos y dificultades originadas por diferencias de linaje entre los amantes. Claro que un tema tan humano, que se relaciona además estrechamente con el del honor, ha de
ofrecer otras muchas variantes; a veces las dificultades con que tropieza el amor de los protagonistas se deben a causas externas, ajenas
a ellos, como sucede en el caso de *Peribáñez.* En tales ocasiones, po-

demos estar casi seguros de que el drama terminará con el triunfo apoteósico de los amantes. También las diferencias de cuna pueden ser causa de conflictos. Y ello, porque para los españoles del siglo XVII esas diferencias de linaje no eran fruto de la casualidad, y el hombre no debía tratar de ignorarlas. Pero también en estas circunstancias, como en la mayoría de los casos, procura Lope salvar todas las dificultades para proporcionar a la comedia un desenlace triunfal; tal cosa sucede, por ejemplo, en *El perro del hortelano.*

*

De la inmensa producción dramática de Lope de Vega (a más de dos mil hace ascender el número de obras teatrales su biógrafo Montalbán), sólo han llegado hasta nosotros unas 470 comedias. A partir de 1604 se fueron publicando sus obras dramáticas en sucesivos tomos o *partes,* hasta alcanzar la cifra de veinticinco. De ellos, los ocho primeros se imprimieron sin su intervención; Lope mismo se encargó de dar a luz los doce siguientes, y los restantes los publicó ·su yerno Luis de Usátegui. Otros volúmenes ajenos a esa colección e impresos fuera de Madrid se llaman, por tal motivo *extravagantes,* aunque en varios casos recogen comedias que, sin lugar a dudas, pertenecen a Lope de Vega; existen por último otras obras dramáticas de Lope que han llegado hasta nuestros días en ediciones sueltas o en copias manuscritas, por lo que a veces es posible que comedias atribuidas al "monstruo de la naturaleza", no le pertenezcan en realidad.

Clasificar tan vasta producción no ha sido tarea fácil. Ya el mismo Lope establecía una división de la obra dramática en tres géneros diferentes: en primer lugar, los autos sacramentales, de recia tradición medieval, que habían seguido un camino ascendente durante el siglo XVI y que culminarán, años después, con Calderón de la Barca; en segundo término, las divertidas comedias de capa y espada, para cuya representación no se requerían apenas recursos materiales ni tramoyas complicadas; y, por último, las comedias de teatro o de cuerpo, en las que se mezclaban los asuntos religiosos con las peripecias profanas. División ésta que obedece en gran parte a los propósitos o necesidades de los "representantes", y corre paralela a los recursos escénicos de que dispusiera cada empresario. Imposible sería tratar de reducir a solos estos tres simples grupos toda la obra dramática de Lope. Menéndez y Pelayo hizo una clasificación mucho más compleja de ella, que todavía tiene general aceptación. Es, a grandes rasgos, la siguiente:

Dejando aparte las piezas cortas *(autos, entremeses,* etc.), hay un primer grupo de *comedias religiosas* o, como entonces se decía, *comedias de santos,* inspiradas no sólo en la vida de algún santo famoso, sino también en cualquier asunto del Antiguo Testamento o en cualquier leyenda o tradición piadosa más o menos fantástica. El segundo grupo, más reducido, es el de las *comedias mitológicas,* basadas en asuntos o temas grecolatinos. Mucho más abundante es el capítulo de las *comedias históricas,* que puede subdividirse en tres apartados, según que las obras se basen en asuntos propios de la historia clásica, de la historia española —el más numeroso— o de la historia de otros países. También es importante el grupo de *comedias novelescas*, inspiradas ya en temas pastoriles, ya en libros de caballerías, ya en novelas de las más distintas procedencias (española, italiana o francesa). El quinto grupo está formado por las *comedias de enredo o románticas*, obras de contextura novelesca cuya trama consiste en embrollos complicadísimos y en las que se suelen desarrollar diversos asuntos a la vez. Finalmente, un grupo de *comedias de costumbres*, en sus tres facetas de costumbres urbanas o caballerescas, de malas costumbres y de costumbres aristocráticas o palatinas.

Ejemplo importante de comedia religiosa es *Barlaán y Josafat*, adaptación cristiana de la leyenda de Buda. De las numerosas comedias históricas, algunas de las más representativas son *Las grandezas de Alejandro, El gran duque de Moscovia* y, referentes a la historia de España, *El mejor alcalde, el rey, El bastardo Mudarra* y *Fuente Ovejuna* entre otras muchas. Comedia novelesca interesantísima es *El castigo sin venganza*, uno de los mejores dramas de Lope. Y entre las comedias de costumbres destacan *La dama boba* y *El villano en su rincón*.

BIBLIOGRAFIA FUNDAMENTAL

J. SIMÓN DÍAZ y J. DE JOSÉ PRADES, *Ensayo de una bibliografía de las obras y artículos sobre Lope de Vega Carpio.* Madrid, 1955.

GRISWOLD MORLEY and COURTNEY BRUERTON, *The Chronology of Lope de Vega's Comedias.* New York, 1940.

CAYETANO A. DE LA BARRERA, *Nueva biografía de Lope de Vega.* Madrid, RAE, 1890.

H. A. RENNERT y A. CASTRO, *Vida de Lope de Vega.* Madrid, 1919.

JOAQUÍN DE ENTRAMBASAGUAS, *Vivir y crear de Lope de Vega.* Madrid, 1946.

KARL VOSSLER, *Lope de Vega y su tiempo.* Madrid, 1940.

FEDERICO C. SAINZ DE ROBLES, *Lope de Vega.* Madrid, Aguilar, 1958.

J. DE ENTRAMBASAGUAS, *Estudios sobre Lope de Vega.* 3 vols., Madrid, CSIC, 1946-1958.

A. GONZÁLEZ DE AMEZÚA, *Lope de Vega en sus cartas.* 4 vols., Madrid, 1935-1943.

M. MENÉNDEZ Y PELAYO, *Estudios sobre el teatro de Lope de Vega.* 6 vols., Madrid, CSIC, 1949.

JOSÉ F. MONTESINOS, *Estudios sobre Lope.* El Colegio de México, 1951.

LUIS C. PÉREZ y F. SÁNCHEZ ESCRIBANO, *Afirmaciones de Lope de Vega sobre preceptiva dramática.* Madrid, CSIC, 1961.

A. VALBUENA PRAT, *Historia del teatro español.* Barcelona, Noguer, 1956 (en especial, págs. 79-103).

CH. V. AUBRUN y J. F. MONTESINOS, *Introducción* puesta al frente de su ed. de *Peribáñez.* París, Hachette, 1943.

Obras de Lope de Vega, publicadas por la Real Academia Española. Ed. y prólogos de M. Menéndez y Pelayo. 15 vols., Madrid, 1890-1914 (el tomo I incluye la *Biografía* de C. A. de la Barrera).

Obras de Lope de Vega, publicadas por la Real Academia Española. Ed. de J. Cotarelo. 13 vols., Madrid, 1916-1930.

Comedias escogidas de Lope de Vega. Biblioteca de Autores Españoles (Col. Rivadeneyra). 4 vols. Reimpresión: Madrid, 1946-1952.

CUADRO CRONOLOGICO

1562. Nace Lope de Vega.
1563. Terminación del Concilio de Trento.
1564. Mueren Calvino y Miguel Angel. Nacen Shakespeare y Galileo.
1568. Sublevación de los moriscos en las Alpujarras.
1568. Fr. Bernardino de Sahagún termina de ordenar en el Convento de San Francisco de México, el texto de la *Historia General de las Cosas de Nueva España*.
1571. Batalla naval de Lepanto.
1572. Publicación en Amberes de la *Biblia Políglota* de Arias Montano.
1572. La Compañía de Jesús llega a la Nueva España.
1573. Nace Ben Jonson.
1575. Cautiverio de Cervantes.
1577. Nace Rubens.
1579. Sublevación de los Países Bajos.
1580. Anexión de Portugal. Nacen Quevedo y Ruiz de Alarcón. Muere Camoens.
1581. Tasso: *Jerusalén libertada*.
1582. Implantación del Calendario gregoriano. Muere Santa Teresa.
1585. Guerra con Francia.
1586. Drake saquea varias ciudades hispanoamericanas.
1587. Muere decapitada María Estuardo.
1588. Destrucción de la Armada Invencible.
1590. Ercilla: *La Araucana*.
1591. Mueren fray Luis de León y San Juan de la Cruz.
1593. Enrique IV de Francia abjura del protestantismo.
1594. Muerte de Palestrina y de Ercilla.
1596. Nace Descartes. Saqueo e incendio de Cádiz por Drake.
1598. Muere el rey Felipe II. Publica Lope *La Arcadia*.
1599. Nace Velázquez. Mateo Alemán publica la primera parte del *Guzmán de Alfarache*.
1600. Nace Calderón de la Barca.
1602. Se representa *Hamlet* de Shakespeare.
1603. Muere la reina Isabel de Inglaterra.
1604. Publicación de la *Primera parte* de las comedias de Lope.
1605. Aparece en Madrid la primera parte del *Quijote*.
1606. Nace Corneille.
1608. Invención del telescopio. Publica Lope la *Jerusalén conquistada*.
1609. Expulsión de los moriscos. Independencia de Holanda.
1609. Mateo Alemán publica en México la *Ortografía Castellana*.
1610. Galileo profesa las teorías de Ptolomeo. Muere Juan de la Cueva.
1613. Publicación de las *Novelas ejemplares* de Cervantes.

1615. Se publica la segunda parte del *Quijote*.
1616. Mueren Cervantes y Shakespeare.
1617. Se representa en Madrid la comedia de Alarcón *Las paredes oyen*.
1618. Guillén de Castro: *Las mocedades del Cid*. Nace Moreto.
1619. Elección del emperador Fernando II en Alemania.
1621. Muere Felipe III.
1622. Canonización de Santa Teresa. Nace Moliere.
1623. Nace Pascal.
1624. Richelieu, Jefe del Consejo en Francia. Muere Espinel.
1625. Rendición de Breda.
1626. Se publica el *Buscón* de Quevedo. Muere Francis Bacon.
1627. Muere Luis de Góngora.
1628. Se publica la *Primera parte* de las comedias de Alarcón.
1631. Muere Guillén de Castro.
1632. Galileo defiende el sistema de Copérnico. Lope: *La Dorotea*.
1633. La Inquisición condena en Roma a Galileo.
1635. Muere Lope de Vega.

FUENTE OVEJUNA

FUENTE OVEJUNA

El texto de *Fuente Ovejuna* se imprimió por primera vez en la *Dozena parte de las comedias de Lope de Vega Carpio*, Madrid, 1619. No se ha podido determinar con exactitud la fecha en que fue escrita esta comedia: Lope no la cita todavía en la primera lista de *El peregrino en su patria*, publicada en 1604, pero sí en la segunda de 1618. Según Morley y Bruerton debió escribirse entre 1612 y 1614, opinión que coincide, en esencia, con la de J. Robles, quien sitúa la composición de la obra en 1613.

Se inspira Lope en un suceso histórico acaecido durante el reinado de los Reyes Católicos, que pudo conocer a través de la *Crónica de las tres Ordenes y Cavallerías de Santiago, Calatrava y Alcántara* de Francisco de Rades y Andrada, publicada en Toledo en 1572. Lo que la crónica narra es, en resumen, lo siguiente:

«Don Fernán Gómez de Guzmán, Comendador mayor de Calatrava, que residía en Fuente Ovejuna, villa de su Encomienda, hizo tantos y tan graves agravios a los vecinos de aquel pueblo que, no pudiendo ya sufrirlos ni disimularlos, determinaron todos de un consentimiento y voluntad alzarse contra él y matarle... Una noche del mes de abril del año 1496, los Alcaldes, Regidores, Justicia y Regimiento, con los otros vecinos, y con mano armada, entraron por fuerza en las casas de la Encomienda mayor, donde el dicho Comendador estaba. Todos apellidaban *¡Fuente Ovejuna, Fuente Ovejuna!*, y decían *¡Vivan los Reyes don Fernando y doña Isabel, y mueran los traidores y malos cristianos!* El Comendador y los suyos pusiéronse en una pieza, la más fuerte de la casa, con sus armas, y allí se defendieron dos horas... (Los vecinos) con grande ímpetu, apellidando *¡Fuente Ovejuna!*, combatieron la pieza y, entrados en ella, mataron catorce hombres que con el Comendador estaban... y pusieron manos en él, y le dieron tantas heridas, que le hicieron caer en tierra sin sentido. Antes que diese el ánima a Dios, tomaron su cuerpo con grande y regozijado alarido, diciendo: *¡Vivan los Reyes y mueran los traidores!*, y le echaron por una ventana a la calle; y otros que allí estaban con lanzas y espadas, pusieron las puntas arriba, para recoger en ellas el cuerpo que aún tenía ánima. Después de caído en tierra, le arrancaron las barbas y cabellos con grande crueldad; y otros con los pomos de las espadas le quebraron los dientes... Fue de la Corte un juez pesquisidor a Fuente Ovejuna con comisión de los Reyes Católicos, para averiguar la verdad de este hecho y castigar a los culpados; y aunque dio tormento a muchos de los que se habían hallado a la muerte del Comendador mayor, nunca ninguno quiso confesar cuáles fueron los capitanes o primeros movedores de aquel delito, ni dijeron los nombres de los que en él se habían hallado. Preguntábales el juez: *¿Quién mató al Comendador mayor?* Respondían ellos: *Fuente Ovejuna.* Preguntábales: *¿Quién es Fuente Ovejuna?* Respondían: *Todos los vecinos de esta villa.* Finalmente todas sus respuestas fueron a este tono, porque estaban conjurados que aunque los matasen a tormentos no habían de responder otra cosa. Y lo que más es de admirar que el juez hizo dar tormento a muchas mujeres y mancebos de poca edad, y tuvieron la misma constancia y ánimo que los varones muy fuertes. Con esto se volvió el Pesquisidor a dar parte a los Reyes Católicos, para ver qué mandaban hacer; y sus Altezas, siendo informadas de las tiranías del Comendador mayor, por las cuales había merecido la muerte, mandaron que se quedase el negocio sin más averiguación.»

Sobre este sangriento suceso levanta Lope uno de sus mejores dramas y, al mismo tiempo, uno de los más representativos del temperamento español y de los ideales de su época. Se defiende en él la igualdad esencial entre todos los hombres, nobles o villanos, que sólo reconoce sumisión a la autoridad real, por cuanto el monarca es el representante del orden divino en la tierra y el único "señor natural" del pueblo. *Del rey abajo, ninguno,* sentencia García del Castañar, el héroe de Francisco de Rojas. A la vez, el drama de Lope simboliza, como bien señala Menéndez y Pelayo, la alianza entre la monarquía y el pueblo, en su lucha contra los grandes señores feudales. El sentido democrático de la sociedad española renacentista se alía aquí al otro gran ideal español de entonces, el de la monarquía, para poner fin al poder del feudalismo medieval. Por eso la venganza justa —aunque cruel— que *Fuente Ovejuna* se toma por propia mano, necesita ser sancionada por los monarcas; el tumultuoso motín se transforma así en acción legal, la vindicta en justicia plena. Coincide además esta visión de los hechos con el concepto que del vasallaje tenía el padre Mariana, quien defendió jurídicamente el derecho a la rebelión por parte de los súbditos, no sólo contra el usurpador, sino también contra el señor legítimo que se convirtiera en tirano. Porque inclusive el poder real no lo recibe el monarca directamente de Dios, sino del pueblo mismo, único depositario de ese poder divino; y es el pueblo quien delega ese poder en su señor, poniéndolo en sus manos para que gobierne e imparta justicia.

Menéndez Pelayo supone que, como punto de partida para su drama, pudo Lope servirse de algún romance tradicional relativo al episodio histórico, y descubre una huella de ese posible romance en los versos engastados en un cantar del acto segundo:

> Al val de Fuente Ovejuna
> la niña en cabellos baja;
> el caballero la sigue
> de la cruz de Calatrava.

No obstante esto no pasa de ser una simple conjetura. Ni se tiene testimonio alguno de que existiera un romance tradicional sobre el suceso de Fuente Ovejuna, ni se puede olvidar que Lope sabía "fabricar" canciones populares, remedando a las mil maravillas el estilo y la forma de la poesía folklórica.

Fuente Ovejuna es un drama sin protagonista; o, mejor dicho, sin héroe individual determinado. El verdadero protagonista es el pueblo anónimo, colectivo; los personajes, aunque perfectamente retratados con unas cuantas pinceladas, se diluyen, llegado el momento culminante de la tragedia, en la ola impetuosa y sedienta de justicia que es la colectividad. No hay más héroe que Fuente Ovejuna; es la villa como unidad quien da muerte al tirano:

—¿Quién mató al Comendador?
—Fuente Ovejuna, señor.

Fernán Gómez, el Comendador, es el personaje más acusadamente delineado; "monstruo de soberbia y de lujuria", se acumulan en él todos los vicios del tirano: despótico con sus vasallos, atrabiliario en sus actos, humilla a los hombres, viola a las mujeres, deshonra a los esposos, y no reconoce barrera capaz de frenar sus impulsos bestiales. Indican Aubrun y Montesinos que en *Fuente Ovejuna* —drama popular— palpita el ideal aristocrático de la sociedad española renacentista; el co cepto mismo del honor es esencialmente aristocrático. El pueblo español idealizaba a los nobles suponiendo en ellos todas las virtudes imaginables: honorabilidad, valor, rectitud, generosidad, etc. Ellos habían de ser modelo y dechado de perfección. Pero en Fernán Gómez los vicios más bajos ocupan el lugar que correspondería a esas virtudes propias de la nobleza. Y esta traición a su alto linaje será la causa de su ruina y de su muerte. Es su ferocidad sin límites lo que infunde valor y heroísmo a los pacientes vasallos. La desesperación transforma a éstos en héroes, capaces no sólo de rebelarse contra el tirano, sino de soportar con estoicismo los tormentos del potro. Laurencia, la humilde campesina celosa de su honor, se convierte así en fiera enloquecida y sedienta de venganza. Incluso Mengo, el gracioso de la obra, olvida todo temor y participa del arrojo colectivo. Hasta los niños de diez años se contagian del heroísmo de sus mayores, y se dejan atormentar por el pesquisidor sin traicionar la causa común.

Perfecto es también el desarrollo dramático de la acción; toda la trama se orienta hacia el mismo fin: el justificado sacrificio del tirano. Durante los dos primeros actos va Lope acumulando los elementos necesarios para encaminar la acción hacia su trágico desenlace. Y esto lo hace en forma directa, de manera que hable a los ojos, no por medio de largas declaraciones explicativas. Los espectadores son testigos de las ruindades y bajezas del Comendador de Calatrava, y así su corazón se inflama con los mismos sentimientos de indignación y espanto que impulsarán a toda Fuente Ovejuna a destruir al tirano. Todos, actores y público, participan en la acción, y el perdón real abarca y satisface también a todos. La vileza del Comendador queda más nítidamente contrastada mediante su oposición a la paz y dicha de la vida campesina; la acción principal está esmaltada con tiernas escenas villanescas, con agradables cuadros de costumbres aldeanas, llenos de belleza y naturalidad. Estas escenas sirven a la vez —según señala Menéndez Pelayo— para dulcificar la siniestra impresión de conjunto y relajar en algo la tensión de ánimo impuesta por la intensidad de la acción.

FUENTE OVEJUNA

PERSONAJES

FERNÁN GÓMEZ, *comendador.*
ORTUÑO.
FLORES.
El MAESTRE DE CALATRAVA.
PASCUALA.
LAURENCIA.
MENGO.
BARRILDO.
FRONDOSO.
JUAN ROJO.
ESTEBAN, ALONSO, *alcaldes.*

REY DON FERNANDO.
REINA DOÑA ISABEL.
Un REGIDOR.
CIMBRANOS, *soldado.*
JACINTA, *labradora.*
Un MUCHACHO.
Algunos LABRADORES.
Un JUEZ.
La MÚSICA.
DON MANRIQUE.
LEONELO.

La acción pasa en su mayor parte, en Fuente Ovejuna.

ACTO PRIMERO

I.i [ALMAGRO]

Salen el COMENDADOR, FLORES *y*
ORTUÑO, *criados.*

COMENDADOR

¿Sabe el maestre que estoy
en la villa?

FLORES

Ya lo sabe.

ORTUÑO

Está, con la edad, más grave.

COMENDADOR

¿Y sabe también que soy
Fernán Gómez de Guzmán?

FLORES

Es muchacho, no te asombre.

COMENDADOR

Cuando no sepa mi nombre,
¿no le sabrá el que me dan
de comendador mayor?

ORTUÑO

No falta quien le aconseje   10
que de ser cortés se aleje.

COMENDADOR

Conquistará poco amor.
Es llave de cortesía
para abrir la voluntad;
y para la enemistad
la necia descortesía.

ORTUÑO

Si supiese un descortés
cómo lo aborrecen todos
—y querrían de mil modos,
poner la boca a sus pies—,   20
antes que serlo ninguno.
se dejaría morir.

FLORES

¡Qué cansado es de sufrir!
¡Qué áspero y qué importuno!
Llaman la descortesía
necedad en los iguales,
porque es entre desiguales
linaje de tiranía.
Aquí no te toca nada:
que un muchacho aun no ha llegado
a saber qué es ser amado.   30

COMENDADOR

La obligación de la espada
que se ciñó, el mismo día
que la cruz de Calatrava
le cubrió el pecho, bastaba
para aprender cortesía.

FLORES

Si te han puesto mal con él,
presto le conocerás.

ORTUÑO

Vuélvete, si en duda estás.

COMENDADOR

Quiero ver lo que hay en él.   40
(Sale el Maestre de Calatrava y
acompañamiento.)

I.ii

MAESTRE

Perdonad, por vida mía,
Fernán Gómez de Guzmán;
que agora nueva me dan
que en la villa estáis.

COMENDADOR

Tenía
muy justa queja de vos;
que el amor y la crianza
me daban más confianza,
por ser, cual somos los dos,
vos maestre en Calatrava,

yo vuestro comendador 50
y muy vuestro servidor.

MAESTRE

Seguro, Fernando, estaba
de vuestra buena venida.
Quiero volveros a dar
los brazos.

COMENDADOR

Debéisme honrar,
que he puesto por vos la vida
entre diferencias tantas,
hasta suplir vuestra edad
el pontífice.

MAESTRE

Es verdad.
Y por las señales, santas 60
que a los dos cruzan el pecho,
que os lo pago en estimaros,
y como a mi padre honraros.

COMENDADOR

De vos estoy satisfecho.

MAESTRE

¿Qué hay de guerra por allá?

COMENDADOR

Estad atento, y sabréis
la obligación que tenéis.

MAESTRE

Decid que ya lo estoy, ya.

COMENDADOR

Gran maestre don Rodrigo
Téllez Girón, que a tan alto 70
lugar os trajo el valor
de aquel vuestro padre claro,
que, de ocho años, en vos
renunció su maestrazgo,
que después por más seguro
juraron y confirmaron
reyes y comendadores,
dando el pontífice santo
Pío segundo sus bulas,
y después las suyas Paulo 80
para que don Juan Pacheco,
gran maestre de Santiago,
fuese vuestro coadjutor:

ya que es muerto, y que os han dado
el gobierno sólo a vos,
aunque de tan pocos años,
advertid que es honra vuestra
seguir en aqueste caso
la parte de vuestros deudos; m. 1474
porque muerto Enrique cuarto, 90
quieren que el rey don Alonso
de Portugal, que ha heredado,
por su mujer, a Castilla,
obedezcan sus vasallos;
que aunque pretende lo mismo,
por Isabel, don Fernando,
gran príncipe de Aragón,
no con derecho tan claro
a vuestros deudos; que, en fin,
no presumen que hay engaño 100
en la sucesión de Juana,
a quien vuestro primo hermano
tiene agora en su poder.
Y así vengo a aconsejaros   misión del
que juntéis los caballeros   comendado
de Calatrava en Almagro,
y a Ciudad Real toméis,
que divide como paso
a Andalucía y Castilla,
para mirarlas a entrambos. 110
Poca gente es menester,
porque tienen por soldados
solamente sus vecinos
y algunos pocos hidalgos
que defienden a Isabel
y llaman rey a Fernando.
Será bien que déis asombro,   manipula
Rodrigo, aunque niño, a cuantos
dicen que es grande esa nada
para vuestros hombros flacos. 120
Mirad los condes de Urueña,
de quien venís, que mostrando
os están desde la fama
los laureles que ganaron;
los marqueses de Villena,
y otros capitanes, tantos,
que las alas de la fama
apenas pueden llevarlos.
Sacad esa blanca espada,
que habéis de hacer, peleando, 130
tan roja como la cruz;
porque no podré llamaros
maestre de la cruz roja
que tenéis al pecho, en tanto
que tenéis la blanca espada;
que una al pecho y otra al lado,
entrambas han de ser rojas;
y vos, Girón soberano,

capa del templo inmortal
de vuestros claros pasados.   140

MAESTRE

Fernán Gómez, estad cierto
que en esta parcialidad,
porque veo que es verdad,
con mis deudos me concierto.

Y si importa, como paso,
a Ciudad Real mi intento,
veréis que como violento
rayo, sus muros abraso.

No porque es muerto mi tío,
piensen de mis pocos años   150
los propios y los extraños
que murió con él mi brío.

Sacaré la blanca espada,
para que quede su luz
de la color de la cruz,
de roja sangre bañada.

Vos, ¿adónde residís?
¿Tenéis algunos soldados?

COMENDADOR

Pocos, pero mis criados;
que si dellos os servís,   160
pelearán como leones.
Ya veis que en Fuente Ovejuna
hay gente humilde, y alguna
no enseñada en escuadrones,
sino en campos y labranzas.

MAESTRE

¿Allí residís?

COMENDADOR

Allí
de mi encomienda escogí
casa entre aquestas mudanzas.
Vuestra gente se registre;
que no quedará vasallo.   170

MAESTRE

Hoy me veréis a caballo,
poned la lanza en el ristre.
(Vanse, y salen Pascuala y Laurencia.)

LAURENCIA

¡Más que nunca acá volviera!

PASCUALA

Pues a la fe que pensé
que cuando te lo conté,
más pesadumbre te diera.

LAURENCIA

¡Plega al cielo que jamás
le vea en Fuente Ovejuna!

PASCUALA

Yo, Laurencia, he visto alguna
tan brava, y pienso que más;   180
y tenía el corazón
blando como una manteca.

LAURENCIA

Pues ¿hay encina tan seca
como esta mi condición?

PASCUALA

Anda ya; que nadie diga:
de esta agua no beberé.

LAURENCIA

¡Voto al sol que lo diré,
aunque el mundo me desdiga!
¿A qué efeto fuera bueno
querer a Fernando yo?   190
¿Casarme con él yo?

PASCUALA

No.

LAURENCIA

Luego la infamia condeno.
¡Cuántas mozas en la villa,
del comendador fiadas,
andan ya descalabradas!

PASCUALA

Tendré yo por maravilla
que te escapes de su mano.

LAURENCIA

Pues en vano es lo que ves,
porque ha que me sigue un mes,
y todo, Pascuala, en vano.   200
Aquel Flores, su alcahuete,
y Ortuño, aquel socarrón,
me mostraron un jubón,
una sarta y un copete.

Dijéronme tantas cosas
de Fernando, su señor,
que me pusieron temor;
mas no serán poderosas
para contrastar mi pecho.

PASCUALA

¿Dónde te hablaron?

LAURENCIA

          Allá   210
en el arroyo, y habrá
seis días.

PASCUALA

Y yo sospecho
que te han de engañar, Laurencia.

LAURENCIA

¿A mí?

PASCUALA

      Que nó, sino el cura.

LAURENCIA

Soy, aunque polla, muy dura
yo para su reverencia.
    Pardiez, más precio poner,
Pascuala de madrugada,
un pedazo de lunada [1]
al huego para comer,
    con tanto zalacatón [2]
de una rosca que yo amaso,
y hurtar a mi madre un vaso
del pegado canjilón, [3]
    y más precio al mediodía
ver la vaca entre las coles,
haciendo mil caracoles
con espumosa armonía;
    y concertar, si el camino
me ha llegado a causar pena,   230
casar una berenjena
con otro tanto tocino;
    y después un pasa-tarde.
mientras la cena se aliña
de una cuerda de mi viña,
que Dios de pedrisco guarde;
    y cenar un salpicón

con su aceite y su pimienta,
y irme a la cama contenta,
y al «inducas tentación»   240
rezalle mis devociones,
que cuantas raposerías,
con su amor y sus porfías,
tienen estos bellacones;
    porque todo su cuidado,
después de darnos disgusto,
es anochecer con gusto
y amanecer con enfado.

PASCUALA

    Tienes, Laurencia, razón;
que en dejando de querer,   250
más ingratos suelen ser
que al villano el gorrión.
    En el invierno, que el frío
tiene los campos helados,
descienden de los tejados,
diciéndole «tío, tío»,
    hasta llegar a comer
las migajas de la mesa;
mas luego que el frío cesa,
y el campo ven florecer,   260
    no bajan diciendo «tío»,
del beneficio olvidados,
mas saltando en los tejados,
dicen: «judío, judío».
    Pues tales los hombres son:
cuando nos han menester
somos su vida, su ser,
su alma, su corazón;
    pero pasadas las ascuas,
las tías somos judías,   270
y en vez de llamarnos tías,
anda el nombre de las pascuas.

LAURENCIA

No fiarse de ninguno.

PASCUALA

Lo mismo digo, Laurencia.
(Salen Mengo, Barrildo y Frondoso.)

FRONDOSO

En aquesta diferencia
andas, Barrildo, importuno.

BARRILDO

A lo menos aquí está
quien nos dirá lo más cierto.

---

[1] *Lunada*, es la media anca, y comúnmen-
te... pernil del tocino. Covarrubias, *Tesoro*.
[2] *Zalacatón*, trozo de pan.
[3] *Canjilón*, cierto género de vaso y jun-
tamente medida. Covarrubias, *Tesoro*.

MENGO

Pues hagamos un concierto
antes que lleguéis allá,   280
y es, que si juzgan por mí,
me dé cada cual la prenda,
precio de aquesta contienda.

BARRILDO

Desde aquí digo que sí.
Mas si pierdes, ¿qué darás?

MENGO

Daré mi rabel de boj, *violín rústico*
que vale más que una troj, *granero*
porque yo le estimo en más.

BARRILDO

Soy contento.

FRONDOSO

·Pues lleguemos.
Dios os guarde, hermosas damas. 290

LAURENCIA

¿Damas, Frondoso, nos llamas?

FRONDOSO

Andar al uso queremos:
al bachiller, licenciado;
al ciego, tuerto; al bisojo,
bizco; resentido, al cojo,
y buen hombre al descuidado.
Al ignorante, sesudo;
al mal galán, soldadesca;
a la boca grande, fresca,
y al ojo pequeño, agudo.   300
Al pleitista, diligente;
gracioso, al entremetido;
al hablador, entendido,
y al insufrible, valiente.
Al cobarde, para poco;
al atrevido, bizarro;
compañero, al que es un jarro,
y desenfadado, al loco.
Gravedad, al descontento;
a la calva, autoridad;   310
donaire, a la necedad,
y al pie grande, buen cimiento.
Al buboso, resfriado;
comedido, al arrogante;
al ingenioso, constante;
al corcovado, cargado.

Esto al llamaros imito,
damas, sin pasar de aquí;
porque fuera hablar así
proceder en infinito.   320

LAURENCIA

Allá, en la ciudad, Frondoso, *toma de la*
llámase por cortesía *cortesía*
de esa suerte; y a fe mía,
que hay otra más riguroso
y peor vocabulario
en las lenguas descorteses.

FRONDOSO

Querría que lo dijeses.

LAURENCIA

Es todo a esotro contrario:
al hombre grave, enfadoso;
venturoso, al descompuesto; *audaz* 330
melancólico, al compuesto,
y al que reprehende, odioso.
Importuno, al que aconseja;
al liberal, moscatel; *pesado, tonto*
al justiciero, cruel,
y al que es piadoso, madeja. *blando*
Al que es constante, villano;
al que es cortés, lisonjero;
hipócrita, al limosnero,
y pretendiente, al cristiano.   340
Al justo mérito, dicha;
a la verdad, imprudencia;
cobardía a la paciencia,
y culpa, a lo que es desdicha.
Necia, a la mujer honesta;
mal hecha, a la hermosa y casta,
y a la honrada... Pero basta;
que esto basta por respuesta.

MENGO

Digo que eres el dimuño.

BARRILDO

Soncas [4] que lo dice mal.   350

MENGO

Apostaré que la sal
la echó el cura con el puño.

LAURENCIA

¿Qué contienda os ha traído
si no es que mal lo entendí?

---

[4] *Soncas*, a fe, en verdad.

FRONDOSO

Oye, por tu vida.

LAURENCIA

Di.

FRONDOSO

Préstame, Laurencia, oído.

LAURENCIA

Como prestado, y aun dado,
Desde agora os doy el mío.

FRONDOSO

En tu discreción confío.

LAURENCIA

¿Qué es lo que habéis apostado? 360

FRONDOSO

Yo y Barrildo contra Mengo.

LAURENCIA

¿Qué dice Mengo?

BARRILDO

Una cosa
que, siendo cierta y forzosa,
la niega.

MENGO

A negarla vengo
porque yo sé que es verdad.

LAURENCIA

¿Qué dice?

BARRILDO

Que no hay amor.

LAURENCIA

Generalmente, es rigor.

BARRILDO

Es rigor y es necedad.
Sin amor, no se pudiera
ni aun el mundo conservar.   370

MENGO

Yo no sé filosofar;
leer, ¡ojalá supiera!

Pero si los elementos
en discordia eterna viven,
y de los mismos reciben
nuestros cuerpos alimentos,
cólera y melancolía,
flema y sangre, claro está.

BARRILDO

El mundo de acá y de allá,
Mengo, todo es armonía.   380
Armonía es puro amor,
porque el amor es concierto.

MENGO

Del natural, os advierto
que yo no niego el valor.
Amor hay, y el que entre sí
gobierna todas las cosas,
correspondencias forzosas
de cuanto se mira aquí;
y yo jamás he negado
que cada cual tiene amor   390
correspondiente a su humor,
que le conserva en su estado.
Mi mano al golpe que viene
mi cara defenderá;
mi pie, huyendo, estorbará
el daño que el cuerpo tiene.
Cerraránse mis pestañas
si al ojo le viene mal,
porque es amor natural.

PASCUALA

Pues ¿de qué nos desengañas? 400

MENGO

De que nadie tiene amor
más que a su misma persona.

PASCUALA

Tú mientes, Mengo, y perdona;
porque ¿es mentira el rigor
con que un hombre a una mujer,
o un animal quiere y ama
su semejante?

MENGO

Eso llama
amor propio, y no querer.
¿Qué es amor?

LAURENCIA

Es un deseo
de hermosura.

MENGO

Esa hermosura   410
¿por qué el amor la procura?

LAURENCIA

Para gozarla.

MENGO

Eso creo.
Pues ese gusto que intenta,
¿no es para él mismo?

LAURENCIA

Es así.

MENGO

Luego, ¿por quererse a sí
busca el bien que le contenta?

LAURENCIA

Es verdad.

MENGO

Pues de ese modo
no hay amor, sino el que digo,
que por mi gusto le sigo,
y quiero dármele en todo.   420

BARRILDO

Dijo el cura del lugar
cierto día en el sermón
que había cierto Platón
que nos enseñaba a amar;
que éste amaba el alma sola
y la virtud de lo amado.

PASCUALA

En materia habéis entrado
que, por ventura, acrisola
los caletres de los sabios
en su academias y escuelas.   430

LAURENCIA

Muy bien dice, y no te muelas,
en persuadir sus agravios.
Da gracia, Mengo, a los cielos,
que te hicieron sin amor.

MENGO

¿Amas tú?

LAURENCIA

Mi propio honor.

FRONDOSO

Dios te castigue con celos.

BARRILDO

¿Quién gana?

PASCUALA

Con la quistión
podéis ir al sacristán,
porque él o el cura os darán
bastante satisfacción.   440
Laurencia no quiere bien,
yo tengo poca experiencia.
¿Cómo daremos sentencia?

FRONDOSO

¿Qué mayor que ese desdén?
(Sale Flores.)

FLORES

Dios guarde a la buena gente.

PASCUALA

Este es del comendador
criado.

LAURENCIA

¡Gentil azor!
¿De adónde bueno, pariente?

FLORES

¿No me veis a lo soldado?

LAURENCIA

¿Viene don Fernando acá?   450

FLORES

La guerra se acaba ya,
puesto que nos ha costado
alguna sangre y amigos.

FRONDOSO

Contadnos cómo pasó.

FLORES

¿Quién lo dirá como yo,
siendo mis ojos testigos?

Para emprender la jornada
de esta ciudad, que ya tiene
nombre de Ciudad Real,
juntó el gallardo maestre   460
dos mil lucidos infantes
de sus vasallos valientes
y trescientos de a caballo
de seglares y de freiles; [5]
porque la cruz roja obliga
cuantos al pecho la tienen,
aunque sean de orden sacro;
mas contra moros, se entiende.
Salió el muchacho bizarro
con una casaca verde,   470
bordada de cifras de oro,
que sólo los brazaletes
por las mangas descubrían,
que seis alamares prenden.
Un corpulento bridón,
rucio rodado, que al Betis
bebió el agua, y en su orilla
despuntó la grama fértil;
el codón labrado en cintas
de ante, y el rizo copete   480
cogido en blancas lazadas,
que con las moscas de nieve
que bañan la blanca piel
iguales labores teje.
A su lado Fernán Gómez,
vuestro señor, en un fuerte
melado, de negro cabos,
puesto que con blanco bebe.
Sobre turca jacerina,
peto y espaldar luciente,   490
con naranjada las saca (?),
que de oro y perlas guarnece.
El morrión, que coronado
con blancas plumas, parece
que del color naranjado
aquellos azares vierte;
ceñida al brazo una liga
roja y blanca, con que mueve
un fresno entero por lanza,
que hasta en Granada le temen. 500
La ciudad se puso en arma;
dicen que salir no quieren
de la corona real,
y el patrimonio defienden.
Entróla bien resistida,
y el maestre a los rebeldes
y a los que entonces trataron
su honor injuriosamente,
mandó cortar las cabezas,
y a los de la baja plebe,   510

con mordazas en la boca,
azotar públicamente.
Queda en ella tan temido
y tan amado, que creen
que quien en tan pocos años
pelea, castiga y vence,
ha de ser en otra edad
rayo del Africa fértil,
que tantas lunas azules
a su roja cruz sujete.   520
Al comendador y a todos
ha hecho tantas mercedes,
que el saco de la ciudad
el de su hacienda parece.
Mas ya la música suena:
recebidle alegremente,
que al triunfo, las voluntades,
son los mejores laureles.

(*Salen el Comendador y Ortuño; Músicos; Juan Rojo, Esteban y Alonso, alcaldes.*)

(*Cantan.*)

Sea bien venido
el comendadore
de rendir las tierras
y matar los hombres.
¡Vivan los Guzmanes!
¡Vivan los Girones!
Si en las paces blando,
dulce en las razones.
Venciendo moriscos,
fuertes como un roble,
de Ciudad-Reale
viene vencedore;
que a Fuente Ovejuna
trae los sus pendones.
¡Viva muchos años,
viva Fernán Gómez!

COMENDADOR

Villa, yo os agradezco justamente
el amor que me habéis mostrado. 530

ALONSO

Aun no muestra una parte del que
                                    [siente.
Pero, ¿qué mucho que seáis ama-
mereciéndolo vos?   [do,

ESTEBAN

Fuente Ovejuna
y el regimiento que hoy habéis hon-
                                    [rado,

que recibáis os ruega y importuna
un pequeño presente, que esos carros
traen, señor, no sin vergüenza al-
[guna,
de voluntades y árboles bizarros,
más que de ricos dones. Lo primero
traen dos cestas de polidos barros;
                                    540
de gansos viene un ganadillo ente-
[ro,
que sacan por las redes las cabezas,
para cantar vueso valor guerrero.
    Diez cebones en sal, valientes pie-
sin otras menudencias y cecinas; [zas,
y, más que guantes de ámbar, sus
[cortezas.
    Cien pares de capones y gallinas,
que han dejado viudos a sus gallos
en las aldeas que miráis vecinas.
    Acá no tienen armas ni caballos,
ni jaeces bordados de oro puro, 550
si no es oro el amor de los vasallos.
    Y porque digo puro, os aseguro
que vienen doce cueros, que aun en
[cueros
por enero podéis guardar un muro,
si de ellos aforráis vuestros guerre
[ros,
mejor que de las armas aceradas;
que el vino suele dar lindos aceros.
    De quesos y otras cosas no excu-
[sadas
no quiero daros cuenta: justo pecho
                                    560
de voluntades que tenéis ganadas;
y a vos y a vuestra casa, buen p-
[vecho.

COMENDADOR

Estoy muy agradecido.
Id, regimiento, en buen hora.

ALONSO

Descansad, señor, agora,
y seáis muy bien venido;
    que esta espadaña que veis
y juncia a vuestros umbrales,
fueran perlas orientales,
y mucho más merecéis,   570
    a ser posible a la villa.

COMENDADOR

Así lo creo, señores.
Id con Dios.

ESTEBAN

    Ea, cantores,
vaya otra vez la letrilla.

(Cantan.)

Sea bien venido
el comendadore
de rendir las tierras
y matar los hombres.
(Vanse.)   I. vii

COMENDADOR

Esperad vosotras dos.

LAURENCIA

¿Qué manda su señoría?

COMENDADOR

¡Desdenes el otro día,
pues, conmigo! ¡Bien, por Dios!

LAURENCIA

¿Habla contigo, Pascuala?

PASCUALA

Conmigo no, tirte ahuera.[6]   580

COMENDADOR

Con vos hablo, hermosa fiera,
y con esotra zagala.
¿Mías no sois?

PASCUALA

            Sí, señor;
mas no para casos tales.

COMENDADOR

Entrad, pasad los umbrales;
hombres hay, no hayáis temor.

LAURENCIA

    Si los alcaldes entraran   = Esteban
(que de uno soy hija yo),
bien fuera entrar, mas si no...

COMENDADOR

Flores...

FLORES

    Señor...

____
* Tirte ahuera, ¡anda allá!

2

COMENDADOR

¿Qué reparan
en no hacer lo que les digo? 590

FLORES

Entra, pues.

LAURENCIA

No nos agarre.

FLORES

Entrad; que sois necias.

PASCUALA

Arre;
que echaréis luego el postigo.

FLORES

Entrad, que os quiere enseñar
lo que trae de la guerra.

COMENDADOR
(Aparte a Ortuño.)

Si entraren, Ortuño, cierra.

LAURENCIA

Flores, dejadnos pasar.

ORTUÑO

¿También venís presentadas
con lo demás?

PASCUALA

¡Bien a fe!   600
Desvíese, no le dé...

FLORES

Basta; que son extremadas.

LAURENCIA

¿No basta a vueso señor
tanta carne presentada?

ORTUÑO

La vuestra es la que le agrada.

LAURENCIA

Reviente de mal dolor. (Vanse.)

FLORES

¡Muy buen recado llevamos!
No se ha de poder sufrir
lo que nos ha de decir
cuando sin ellas nos vamos.   610

ORTUÑO

Quien sirve se obliga a esto.
Si en algo desea medrar,
o con paciencia ha de estar,
o ha despedirse de presto.
(Vanse los dos, y salen el Rey don
Fernando, la Reina doña Isabel,
Manrique y acompañamiento.)

ISABEL

Digo, señor, que conviene
el no haber descuido en esto,
por ver a Alfonso en tal puesto.
y tu ejército previene
     Y es bien ganar por la mano
antes que el daño veamos;   620
que si no lo remediamos,
el ser muy cierto está llano.

REY

     De Navarra y de Aragón
está el socorro seguro,
y de Castilla procuro
hacer la reformación
     de modo, que el buen suceso
con la prevención se vea.

ISABEL

Pues vuestra majestad crea
que el buen fin consiste en esto.   630

MANRIQUE

     Aguardando tu licencia
dos regidores están
de Ciudad Real: ¿entrarán?

REY

No les nieguen mi presencia
(Salen dos Regidores de Ciudad
Real.)

REGIDOR 1º

     Católico rey Fernando,
a quien ha enviado el cielo,
desde Aragón a Castilla,

para bien y amparo nuestro:
en nombre de Ciudad Real
a vuestro valor supremo   640
humildes nos presentamos,
real amparo pidiendo
A mucho dicha tuvimos
tener títulos de vuestros;
pero pudo derribarnos
deste honor el hado adverso.
El famoso don Rodrigo
Téllez Girón, cuyo esfuerzo
es en valor extremado,
aunque es en la edad tan tierno, 650
maestre de Calatrava,
él ensanchar pretendiendo
el honor de la encomienda,
nos puso apretado cerco .
Con valor nos prevenimos,
a su fuerza resistiendo,
tanto, que arroyos corrían
de la sangre de los muertos.
Tomó posesión, en fin,
pero no llegara a hacerlo,   66
a no le dar Fernán Gómez
orden, ayuda y consejo.
El queda en la posesión,
y sus vasallos seremos,
suyos, a nuestro pesar,
a no remediarlo presto.

REY

¿Dónde queda Fernán Gómez?

REGIDOR 1º

En Fuente Ovejuna creo,
por ser su villa, y tener
en ella casa y asiento.   670
Allí, con más libertad
de la que decir podemos,
tiene a los súbditos suyos
de todo contento ajenos.

REY

¿Tenéis algún capitán?

REGIDOR 2º

Señor, el no haberle es cierto,
pues no escapó ningún noble
de preso, herido o de muerto.

ISABEL

Ese caso no requiere
ser despacio remediado;   680

que es dar al contrario osado
el mismo valor que adquiere;
y puede el de Portugal,
hallando puerta segura,
entrar por Extremadura
y causarnos mucho mal.

REY

Don Manrique, partid luego,
llevando dos compañías;
remediad sus demasías,
sin darles ningún sosiego.   690
El conde de Cabra ir puede
con vos; que es Córdoba osado,
a quien nombre de soldado
todo el mundo le concede;
que éste es el medio mejor
que la ocasión nos ofrece.

MANRIQUE

El acuerdo me parece
como de tan gran valor.
Pondré límite a su exceso,
si el vivir en mí no cesa.   700

ISABEL

Partiendo vos a la empresa,
seguro está el buen suceso.
(Vanse todos, y salen Laurencia y
                Frondoso.)

LAURENCIA

A medio torcer los paños,
quise, atrevido Frondoso,
para no dar que decir,
desviarme del arroyo;
decir a tus demasías
que murmura el pueblo todo,
que me miras y te miro,
y todos nos traen sobre ojo.   710
Y como tú eres zagal,
de los que huellan, brioso,
y excediendo a los demás,
vistes bizarro y costoso,
en todo el lugar no hay moza,
o mozo en el prado o soto,
que no se afirme diciendo
que ya para en uno somos;
y esperan todos el día
que el sacristán Juan Chamorro 720
nos eche de la tribuna,
en dejando los piporros.[7]

_____
    7 Instrumento musical llamado también
bajón.

Y mejor sus trojes vean
de rubio trigo en agosto
atestadas y colmadas,
y sus tinajas de mosto,
que tal imaginación
me ha llegado a dar enojo:
ni me desvela ni aflige,
ni en ella el cuidado pongo.   730

FRONDOSO

Tal me tienen tus desdenes,
bella Laurencia, que tomo,
en el peligro de verte,
la vida, cuando te oigo.
Si sabes que es mi intención
el desear ser tu esposo,
mal premio das a mi fe.

LAURENCIA

Es que yo no sé dar otro.

FRONDOSO

¿Posible es que no te duelas
de verme tan cuidadoso   740
y que imaginando en ti,
ni bebo, duermo ni como?
¿Posible es tanto rigor
en ese angélico rostro?
¡Viven los cielos que rabio!

LAURENCIA

Pues salúdate,[8] Frondoso.

FRONDOSO

Ya te pido yo salud,
y que ambos, como palomos,
estemos, juntos los picos,
con arrullos sonorosos,   750
después de darnos la Iglesia.

LAURENCIA

Dilo a mi tío Juan Rojo;
que aunque no te quiero bien,
ya tengo algunos asomos.

FRONDOSO

¡Ay de mí! El señor es éste.

---

[8] *Pues salúdate*. Saludar... vale curar con
gracia... los saludadores dan unos bocaditos al
ganado cortados por su boca y mojados en su
saliva (con virtud). para algunas enfermedades
rabiosas... Covarrubias, *ibíd*.

LAURENCIA

Tirando viene a algún corzo.
Escóndete en esas ramas.

FRONDOSO

Y ¡con qué celos me escondo!
(*Sale el Comendador.*)

COMENDADOR

No es malo venir siguiendo
un corcillo temeroso,   760
y topar tan bella gama.

LAURENCIA

Aquí descansaba un poco
de haber lavado unos paños;
y así, al arroyo me torno,
si manda su señoría.

COMENDADOR

Aquesos desdenes toscos
afrentan, bella Laurencia,
las gracias que el poderoso
cielo te dió, de tal suerte,
que vienes a ser un monstruo.   770
Mas si otras veces pudiste
huir mi ruego amoroso,
agora no quiere el campo,
amigo secreto y solo;
que tú sola no has de ser
tan soberbia que tu rostro
huyas al señor que tienes,
teniéndome a mí en tan poco.
¿No se rindió Sebastiana,
mujer de Pedro Redondo,   780
con ser casadas entrambas,
y la de Martín del Pozo,
habiendo apenas pasado
dos días del desposorio?

LAURENCIA

Esas, señor, ya tenían,
de haber andado con otros,
el camino de agradaros;
porque también muchos mozos
merecieron sus favores.
Id con Dios, tras vueso corzo;   790
que a no veros con la cruz,
os tuviera por demonio,
pues tanto me perseguís.

COMENDADOR

¡Qué estilo tan enfadoso!
Pongo la ballesta en tierra,
y a la práctica de manos
reduzco melindres.

LAURENCIA

                    ¡Cómo!
¿Eso hacéis? ¿Estáis en vos?
(Sale Frondoso y toma la ballesta.)

COMENDADOR

No te defiendas.

FRONDOSO
(Aparte.)

              Si tomo
la ballesta, ¡vive el cielo   800
que no la ponga en el hombro!

COMENDADOR

Acaba, ríndete.

LAURENCIA

              ¡Cielos,
ayudadme agora!

COMENDADOR

              Solos
estamos; no tengas miedo.

FRONDOSO

Comendador generoso,
dejad la moza, o creed
que de mi agravio y enojo
será blanco vuestro pecho,
aunque la cruz me da asombro.

COMENDADOR

¡Perro, villano!...

FRONDOSO

              No hay perro.
Huye, Laurencia.   810

LAURENCIA

              Frondoso,
mira lo que haces.

FRONDOSO
              Vete.
(Vase.)   I. XI

COMENDADOR

¡Oh; mal haya el hombre loco,
que se desciñe la espada!
que, de no espantar medroso
la caza, me la quité.

FRONDOSO

Pues, pardiez, señor, si toco
la nuez,[9] que os he de apiolar.

COMENDADOR

Ya es ida. Infame, alevoso,
suelta la ballesta luego.   820
Suéltala, villano.

FRONDOSO

              ¿Cómo?
Que me quitaréis la vida.
Y advertid que amor es sordo,
y que no escucha palabras
el día que está en su trono.

COMENDADOR

Pues ¿la espalda ha de volver
un hombre tan valeroso
a un villano? Tira, infame,
tira y guárdate; que rompo
las leyes de caballero.   830

FRONDOSO

Eso no. Yo me conformo
con mi estado, y pues me es
guardar la vida forzoso,
con la ballesta me voy.

COMENDADOR

¡Peligro extraño y notorio!
Mas yo tomaré venganza
del agravio y del estorbo.
¡Que no cerrara con él!
¡Vive el cielo, que me corro!

---

    9 *Nuez.* Nuez de ballesta, dicho así por
la semejanza con la nuez de garganta. **Cova**-
rrubias, *ibíd.*

ACTO SEGUNDO

(Salen Esteban y el Regidor.)

ESTEBAN

Así tenga salud, como parece,
que no se saque más agora el pósito.
El año apunta mal, y el tiempo crece,
y es mejor que el sustento esté en de-
[pósito,
aunque lo contradicen más de trece.

REGIDOR

Yo siempre he sido, al fin, de este
[propósito
en gobernar en paz esta república.

ESTEBAN

Hagamos de ello a Fernán Gómez
[súplica.
No se puede sufrir que estos astró-
[logos
en las cosas futuras ignorantes, 10
nos quieran persuadir con largos pró-
[logos
los secretos a Dios sólo importantes.
¡Bueno es que, presumiendo de teó-
[logos,
hagan un tiempo el que después y
[antes!
Y pidiendo el presente lo importante,
al más sabio veréis más ignorante.
¿Tienen ellos las nubes en su casa
y el proceder de las celestes lumbres?
¿Por dónde ven lo que en el cielo
[pasa,
para darnos con ello pesadumbres?
20
Ellos en el sembrar nos ponen tasa:
daca el trigo, cebada y las lugumbres,
calabazas, pepinos y mostazas...
Ellos son, a la fe, las calabazas.
Luego cuentan que muere una ca-
[beza
y después viene a ser en Transilva-
[nia;

que el vino será poco, y la cerveza
sobrará por las partes de Alemania;
que se helará en Gascuña la cereza
y que habrá muchos tigres en Hir-
[cania. 30
Y al cabo, al cabo, siembre o no se
[siembre
el año se remata por diciembre.
*(Salen el licenciado Leonelo y Ba-
rrildo.)*

LEONELO

A fe que no ganéis la palmatoria,
porque ya está ocupado el menti-
[dero.

BARRILDO

¿Cómo os fué en Salamanca?

LEONELO

Es larga historia.

BARRILDO

Un Bártulo seréis.

LEONELO

Ni aun un barbero.
Es como digo cosa muy notoria
en esta facultad lo que os refiero.

BARRILDO

Sin duda que venís buen estudian-
[te.

LEONELO

Saber he procurado lo importante 40

BARRILDO

Después que vemos tanto libro im-
[preso
no hay nadie que de sabio no pre-
[suma.

LEONELO

Antes que ignoran más siento por
                    [eso
por no se reducir a breve suma;
porque la confusión, con el exceso,
los intentos resuelve en vana espuma;
y aquel que de leer tiene más uso,
de ver letreros sólo está confuso.
No niego yo que de imprimir el
                    [arte
mil ingenios sacó de entre la jerga, 50
y que parece que en sagrada parte
sus obras guarda y contra el tiempo
                    [alberga;
éste las distribuye y las reparte.
Débese esta invención a Gutmberga,
un famoso tudesco de Maguncia,
en quien la fama su valor renuncia.
Mas muchos que opinión tuvieron
                    [grave,
por imprimir sus obras la perdieron;
tras esto, con el nombre del que sabe,
muchos sus ignorancias imprimieron.
                    60
Otros, en quien la baja envidia cabe,
sus locos desatinos escribieron,
y con nombre de aquel que aborre-
                    [cían,
impresos por el mundo los envían.

BARRILDO

No soy de esa opinión.

LEONELO

                    El ignorante
es justo que se vengue del letrado.

BARRILDO

Leonelo, la impresión es importante.

LEONELO

Sin ella muchos siglos se han pasado,
y no vemos que en éste se levante
un Jerónimo santo, un Agustino. 70

BARRILDO

Dejadlo y asentaos, que estáis mo-
                    [hino.
(Salen Juan Rojo y otro labrador.)

JUAN ROJO

No hay en cuatro haciendas para
                    [un dote

si es que las vistas han de ser al uso;
que el hombre que es curioso es bien
                    [que note
que en esto el barrio y vulgo anda
                    [confuso.

LABRADOR

¿Qué hay del comendador? No os al-
                    [borote.

JUAN ROJO

¡Cuál a Laurencia en ese campo pu-
                    [so!

LABRADOR

¿Quién fué cual él tan bárbaro y las-
                    [civo?
Colgado le vea yo de aquel olivo.
*(Salen el Comendador, Ortuño y
Flores.)*

COMENDADOR

Dios guarde la buena gente.   80

REGIDOR

¡Oh, señor!

COMENDADOR

                    Por vida mía,
que se estén.

ESTEBAN

                    Vusiñoría,
adonde suele se siente,
que en pie estaremos muy bien.

COMENDADOR

Digo que se han de sentar.

ESTEBAN

De los buenos es honrar,
que no es posible que den
honra los que no la tienen.

COMENDADOR

Siéntense; hablaremos algo.

ESTEBAN

¿Vió vusiñoría el galgo?   90

concepto de la honra

COMENDADOR

Alcalde, espantados vienen
esos criados de ver
tan notable ligereza.

ESTEBAN

Es una extremada pieza.
Pardiez, que puede correr
al lado de un delincuente
o de un cobarde en quistión.

COMENDADOR

Quisiera en esta ocasión
que le hiciérades pariente [10]
a una liebre que por pies   100
por momentos se me va.

ESTEBAN

Sí haré, por Dios. ¿Dónde está?

COMENDADOR

Allá vuestra hija es.

ESTEBAN

¡Mi hija!

COMENDADOR

Sí.

ESTEBAN

Pues ¿es buena
para alcanzada de vos?

COMENDADOR

Reñidla, alcalde, por Dios.

ESTEBAN

¿Cómo?

COMENDADOR

Ha dado en darme pena.
Mujer hay, y principal,
de alguno que está en la plaza,
que dió, a la primera traza,   110
traza de verme.

ESTEBAN

Hizo mal;
y vos, señor, no andáis bien
en hablar tan libremente.

_____

[10] _Hacer pariente_, juntar reunir.

COMENDADOR

¡Oh, qué villano elocuente!
¡Ah, Flores!, haz que le den
la _Política_, en que lea
de Aristóteles.

ESTEBAN

Señor,
debajo de vuestro honor
vivir el pueblo desea.
Mirad que en Fuente Ovejuna 120
hay gente muy principal.

LEONELO

¿Vióse desvergüenza igual?

COMENDADOR

Pues ¿he dicho cosa alguna
de que os pese, regidor?

REGIDOR 1º

Lo que decís es injusto;
no lo digáis, que no es justo
que nos quitéis el honor.

COMENDADOR

¿Vosotros honor tenéis?
¡Qué frailes de Calatrava!

REGIDOR 1º

Alguno acaso se alaba   130
de la cruz que le ponéis,
que no es de sangre tan limpia.

COMENDADOR

¿Y ensúciola yo juntando
la mía a la vuestra?

REGIDOR 1º

Cuando
que el mal más tiñe que alimpia.

COMENDADOR

De cualquier suerte que sea,
vuestras mujeres se honran.

ESTEBAN

Esas palabras deshonran;
las otras, no hay quien las crea.

II.V

COMENDADOR

¡Qué cansado villanaje!   140
¡Ah! Bien hayan las ciudades;
que a hombres de calidades
no hay quien sus gustos ataje;
allá se precian casados
que visiten sus mujeres.

ESTEBAN

No harán; que con esto quieres
que vivamos descuidados.
En las ciudades hay Dios,
y más presto quien castiga.

COMENDADOR

Levantaos de aquí.

ESTEBAN

　　　　　¿Que diga   150
lo que escucháis por los dos?

COMENDADOR

Salid de la plaza luego;
no quede ninguno aquí.

ESTEBAN

Ya nos vamos.

COMENDADOR

　　　　　Pues no ansí.

FLORES

Que te reportes te ruego.

COMENDADOR

Querrían hacer corrillo
los villanos en mi ausencia.

ORTUÑO

Ten un poco de paciencia.

COMENDADOR

De tanta me maravillo.
Cada uno de por sí   160
se vayan hasta sus casas.

LEONELO

¡Cielo! ¿Que por esto pasas?

ESTEBAN

Ya yo me voy por aquí.
　　　　(Vanse.)

COMENDADOR

¿Qué os parece de esta gente?

ORTUÑO

No sabes disimular
que no quieres escuchar
el disgusto que se siente.

consejos, adver-
tencia de
criados

COMENDADOR

Estos ¿se igualan conmigo?

FLORES

Que no es aqueso igualarse.

COMENDADOR

Y el villano ¿ha de quedarse   170
con ballesta y sin castigo?

FLORES

　Anoche pensé que estaba
a la puerta de Laurencia,
y a otro, que su presencia
y su capilla imitaba,
de oreja a oreja le di
un beneficio famoso.

COMENDADOR

¿Dónde estará aquel Frondoso?

FLORES

Dicen que anda por ahí.

COMENDADOR

¡Por ahí se atreve a andar   180
hombre que matarme quiso!

FLORES

Como el ave sin aviso,
o como el pez, viene a dar
al reclamo o al anzuelo.

COMENDADOR

¡Que a un capitán cuya espada
tiemblan Córdoba y Granada,
un labrador, un mozuelo
ponga una ballesta al pecho!
El mundo se acaba, Flores.

FLORES

Como eso pueden amores.   190

ORTUÑO

Y pues que vive, sospecho
que grande amistad le debes.

COMENDADOR

Yo he disimulado, Ortuño;
que si no, de punta a puño,
antes de dos horas breves,
    pasara todo el lugar;
que hasta que llegue ocasión
al freno de la razón
hago la venganza estar.
    ¿Qué hay de Pascuala?

FLORES

                        Responde
                        200
que anda agora por casarse.

COMENDADOR

¿Hasta allá quiere fiarse?

FLORES

En fin, te remite donde
te pagarán de contado.

COMENDADOR

¿Qué hay de Olalla?

ORTUÑO

                    Una graciosa
respuesta.

COMENDADOR

                Es moza briosa.
¿Cómo?

ORTUÑO

    Que su desposado
anda tras ella estos días
celoso de mis recados,
y de que con tus criados   210
a visitalla venías;
    pero que si se descuida,
entrarás como primero.

COMENDADOR

¡Bueno, a fe de caballero!
Pero el villanejo cuida...

ORTUÑO

Cuida, y anda por los aires.

COMENDADOR

¿Qué hay de Inés?

FLORES

                ¿Cuál?

COMENDADOR

                    La de Antón.

FLORES

Para cualquier ocasión
ya ha ofrecido sus donaires.
    Háblala por el corral,   220
por donde has de entrar si quieres.

COMENDADOR

A las fáciles mujeres
quiero bien y pago mal.
    Si éstas supiesen, ¡oh Flores!,
estimarse en lo que valen...

FLORES

No hay disgustos que se igualen
a contrastar sus favores.
    Rendirse presto desdice
de la esperanza del bien;
mas hay mujeres también,   230
porque el filósofo dice
    que apetecen a los hombres
como la forma desea
la materia; y que esto sea
así, no hay de que te asombres.

COMENDADOR

    Un nombre de amores loco
huélgase que a su accidente
se le rindan fácilmente,
mas después las tiene en poco,
    y el camino de olvidar   240
al hombre más obligado
es haber poco costado
lo que pudo desear.
        (Sale Cimbranos.)   II. vi

CIMBRANOS

    ¿Está aquí el Comendador?

ORTUÑO

¿No le ves en tu presencia?

CIMBRANOS

¡Oh, gallardo Fernán Gómez!
Trueca la verde montera

en. el blanco morrión
y el gabán en armas nuevas,
que el maestre de Santiago   250
y el conde de Cabra cercan
a don Rodrigo Girón,
por la castellana reina,
en Ciudad Real; de suerte
que no es mucho que se pierda
lo que en Calatrava sabes
que tanta sangre le cuesta.
Ya divisan con las luces,
desde las altas almenas,
los castillos y leones   260
y barras aragonesas.
Y aunque el rey de Portugal
honrar a Girón quisiera,
no hará poco en que el maestre
a Almagro con vida vuelva.
Ponte a caballo, señor;
que sólo con que te vean,
se volverán a Castilla.

COMENDADOR

No prosigas; tente, espera.
Haz, Ortuño, que en la plaza   270
toquen luego una trompeta.
¿Qué soldados tengo aquí?

ORTUÑO

Pienso que tienes cincuenta.

COMENDADOR

Pónganse a caballo todos.

CIMBRANOS

Si no caminas apriesa,
Ciudad Real es del rey.

COMENDADOR

No hayas miedo que lo sea.
(Vanse, y salen Mengo, Laurencia y
Pascuala, huyendo.)

PASCUALA

No te apartes de nosotras.

MENGO

Pues ¿a qué tenéis temor?

LAURENCIA

Mengo, a la villa es mejor   280

que vamos unas con otras
(pues no hay hombre ninguno),
por que no demos con él.

MENGO

¡Que este demonio cruel
no sea tan importuno!

LAURENCIA

No nos deja a sol ni a sombra.

MENGO

¡Oh! Rayo del cielo baje,
que sus locuras ataje.

LAURENCIA

Sangrienta fiera le nombra;
arsénico y pestilencia   290
del lugar.

MENGO

Hanme contado
que Frondoso, aquí en el prado,
para librarte, Laurencia,
le puso al pecho una jara.

LAURENCIA

Los hombres aborrecía,
Mengo; mas desde aquel día
los miro con otra cara.
¡Gran valor tuvo Frondoso!
Pienso que le ha de costar
la vida.

MENGO

Que del lugar   300
se vaya, será forzoso.

LAURENCIA

Aunque ya le quiero bien,
eso mismo le aconsejo;
mas recibe mi consejo
con ira, rabia y desdén;
y jura el comendador
que le ha de colgar de un pie.

PASCUALA

¡Mal garrotillo le dé!

MENGO

Mala pedrada es mejor
¡Voto al sol, si le tirara   310

con la que llevo al apero,
que al sonar el crujidero,
al casco se la encajara!
    No fue Sábalo, el romano,
tan vicioso por jamás.

LAURENCIA

Heliogábalo dirás,
más que una fiera inhumano.

MENGO

    Pero Galván, o quién fue,
que yo no entiendo de historia;
mas su cativa memoria   320
vencida de éste se ve.
    ¿Hay hombre en naturaleza
como Fernán Gómez?

PASCUALA

                    No;
que parece que le dio
de una tigre la aspereza.
    (Sale Jacinta.)

II·viii

JACINTA

Dadme socorro, por Dios,
si la amistad os obliga.

LAURENCIA

¿Qué es esto, Jacinta amiga?

PASCUALA

Tuyas lo somos las dos.

JACINTA

    Del comendador criados,   330
que van a Ciudad Real,
más de infamia natural
que de noble acero armados,
    me quieren llevar a él.

LAURENCIA

Pues Jacinta, Dios te libre;
que cuando contigo es libre,
conmigo será cruel. *(Vase.)*

PASCUALA

    Jacinta, yo no soy hombre
que te puedo defender. *(Vase.)*

MENGO

Yo sí lo tengo de ser,   340

porque tengo el ser y el nombre.
    Llégate, Jacinta, a mí,

JACINTA

¿Tienes armas?

MENGO

                    Las primeras
del mundo.

JACINTA

    ¡Oh, si las tuvieras!

MENGO

Piedras hay, Jacinta, aquí.
    (Salen Flores y Ortuño.)   II·ix

FLORES

¿Por los pies pensabas irte?

MENGO

                    Señores...
¡A estos pobres labradores!...

ORTUÑO

Pues ¿tú quieres persuadirte
a defender la mujer?   350

MENGO

Con los ruegos la defiendo;
que soy su deudo y pretendo
guardalla, si puede ser.

FLORES

    Quitadle luego la vida.

MENGO

¡Voto al sol, si me emberrincho,
y el cáñamo me descincho,
que la llevéis bien vendida!
    (Salen el Comendador y Cimbranos.)   II

COMENDADOR

    ¿Qué es eso? ¡A cosas tan viles
me habéis de hacer apear!

FLORES

Gente de este vil lugar   360
(que ya es razón que aniquiles,
    pues en nada te da gusto)
a nuestras armas se atreve.

MENGO *pide justicia*

Señor, si piedad os mueve
de suceso tan injusto,
  castigad estos soldados,
que con vuestro nombre agora
roban una labradora
a esposo y padres honrados;
  y dadme licencia a mí   370
que me la pueda llevar.

COMENDADOR

Licencia les quiero dar...
para vengarse de ti.
Suelta la honda.

MENGO

              ¡Señor!...

COMENDADOR

Flores, Ortuño, Cimbranos,
con ella le atad las manos.

MENGO

¿Así volvéis por su honor?

COMENDADOR

  ¿Qué piensan Fuente Ovejuna
y sus villanos de mí?

MENGO

Señor, ¿en qué os ofendí,   380
ni el pueblo en cosa ninguna?

FLORES

¿Ha de morir?

COMENDADOR

              No ensuciéis
las armas, que habéis de honrar
en otro mejor lugar.

ORTUÑO

¿Qué mandas?

COMENDADOR

        Que lo azotéis.
  Llevadle, y en ese roble
le atad y le desnudad,
y con las riendas...

MENGO

              ¡Piedad!
¡Piedad, pues sois hombre noble!

COMENDADOR

  Azotadle hasta que salten   390
los hierros de las correas.

MENGO

¡Cielos ¿A hazañas tan feas
queréis que castigos falten? (*Vanse.*)

COMENDADOR   II.xi

  Tú, villana, ¿por qué huyes?
¿Es mejor un labrador
que un hombre de mi valor?

JACINTA

¡Harto bien me restituyes
  el honor que me han quitado
en llevarme para ti!

COMENDADOR

¿En quererte llevar?

JACINTA

              Sí;   400
porque tengo un padre honrado,
  que si en alto nacimiento
no te iguala, en las costumbres
te vence.

COMENDADOR

        Las pesadumbres
y el villano atrevimiento
  no tiemplan bien un airado.
Tira por ahí.

JACINTA

              ¿Con quién?

COMENDADOR

Conmigo.

JACINTA

        Míralo bien.

COMENDADOR

Para tu mal lo he mirado.
  Ya no mía, del bagaje   410
del ejército has de ser.

JACINTA

No tiene el mundo poder
para hacerme, viva ultraje.

COMENDADOR

Ea, villana, camina.

JACINTA

¡Piedad, señor!

COMENDADOR

No hay piedad.

JACINTA

Apelo de tu crueldad
a la justicia divina.
(Llévanla y vanse, y salen Laurencia
y Frondoso.)

LAURENCIA

¿Cómo así a venir te atreves,
sin temer tu daño?

FRONDOSO

Ha sido
dar testimonio cumplido   420
de la afición que me debes.
Desde aquel recuesto vi
salir al comendador,
y fiado en tu valor,
todo mi temor perdí.
Vaya donde no le vean
volver.

LAURENCIA

Tente en maldecir,
porque suele más vivir
al que la muerte desean.

FRONDOSO

Si es eso, viva mil años,   430
y así se hará todo bien,
pues deseándole bien
estarán ciertos sus daños.
Laurencia, deseo saber
si vive en ti mi cuidado,
y si mi lealtad ha hallado
el puerto de merecer.
Mira que toda la villa
ya para en uno nos tiene;
y de cómo a ser no viene,   440
la villa se maravilla.

Los desdeñosos extremos
deja, y responde no o sí.

LAURENCIA

Pues a la villa y a ti
respondo que lo seremos.

FRONDOSO

Deja que tus plantas bese
por la merced recibida,
pues el cobrar nueva vida
por ello es bien que confiese.

LAURENCIA

De cumplimientos acorta;   450
y para que mejor cuadre,
habla, Frondoso, a mi padre,
pues es lo que más importa,
que allí viene con mi tío;
y fía que ha de tener
ser, Frondoso, tu mujer,
buen suceso.

FRONDOSO

En Dios confío.
(Escóndese, y salen Esteban, y el
Regidor.)

ESTEBAN

Fue su término de modo,
que la plaza alborotó:
en efecto, procedió   460
muy descomedido en todo.
No hay a quien admiración
sus demasías no den;
la pobre Jacinta es quien
pierde por su sinrazón.
Ya a los Católicos Reyes,
que este nombre les dan ya
presto España les dará
la obediencia de sus leyes.
Ya sobre Ciudad Real,   470
contra el Girón que la tiene,
Santiago a caballo viene
por capitán general.

REGIDOR

Pésame; que era Jacinta
doncella de buena pro.

ESTEBAN

Luego a Mengo le azotó.

(handwritten note at top: autoridad natural + benévola de los campesinos)

REGIDOR

No hay negra bayeta o tinta
como sus carnes están.

ESTEBAN

Callad; que me siento arder,
viendo su mal proceder,   480
y el mal nombre que le dan.
    Yo ¿para qué traigo aquí
este palo sin provecho?

REGIDOR

Si sus criados lo han hecho,
¿de qué os ofligís ansí?

ESTEBAN

    ¿Queréis más, que me contaron
que a la de Pedro Redondo
un día, que en lo más hondo
de este valle la encontraron,
    después de sus insolencias,   490
a sus criados la dio?

REGIDOR

Aquí hay gente: ¿quién es?

FRONDOSO

                            Yo,
que espero vuestras licencias.

REGIDOR

    Para mi casa, Frondoso,
licencia no es menester;
debes a tu padre el ser,
y a mí otro ser amoroso.
    Hete criado, y te quiero
como a hijo.

FRONDOSO

            Pues señor,
fiado en aquese amor,   500
de ti una merced espero.
    Ya sabes de quién soy hijo.

ESTEBAN

¿Hate agraviado ese loco
de Fernán Gómez?

FRONDOSO

                No poco.

ESTEBAN

El corazón me lo dijo.

FRONDOSO

    Pues señor, con el seguro
del amor que habéis mostrado,
de Laurencia enamorado,
el ser su esposo procuro.
    Perdona si en el pedir   510
mi lengua se ha adelantado;
que he sido en decirlo osado
como otro lo ha de decir.

ESTEBAN

    Vienes, Frondoso, a ocasión
que me alargarás la vida
por la cosa más temida
que siente mi corazón.
    Agradezco, hijo, al cielo,
que así vuelvas por mi honor,
y agradézcole a tu amor   520
la limpieza de tu celo.
    Mas como es justo, es razón
dar cuenta a tu padre de esto;
solo digo que estoy presto,
en sabiendo su intención;
    que yo dichoso me hallo
en que aqueso llegue a ser.

REGIDOR

De la moza el parecer
tomad antes de acetallo.

ESTEBAN

No tengáis de eso cuidado   530
que ya el caso está dispuesto:
antes de venir a esto,
entre ellos se ha concertado.
    —En el dote, si advertís,
se puede agora tratar;
que por bien os pienso dar
algunos maravedís.

FRONDOSO

    Yo dote no he menester;
de eso no hay que entristeceros.

REGIDOR

Pues que no la pide en cueros   540
lo podéis agradecer.

análisis de estructura natural de la sociedad
✕ cambios abruptos entre escenas
significado de la fiesta (poner de ambos mundos)

ESTEBAN

Tomaré el parecer de ella;
si os parece, será bien.

FRONDOSO

Justo es; que no hace bien
quien los gustos atropella.

ESTEBAN

¡Hija! ¡Laurencia!...

II. XIV

LAURENCIA

Señor...

ESTEBAN

Mirad si digo bien yo.
¡Ved qué presto respondió!—
Hija, Laurencia, mi amor,
a preguntarte ha venido   550
(apártate aquí) si es bien
que a Gila, tu amiga, den
a Frondoso por marido,
que es un honrado zagal,
si le hay en Fuente Ovejuna...

LAURENCIA

¿Gila se casa?

ESTEBAN

Y si alguna
le merece y es su igual.

LAURENCIA

Yo digo, señor, que sí.

ESTEBAN

Sí; mas yo digo que es fea
y que harto mejor se emplea   560
Frondoso, Laurencia, en ti.

LAURENCIA

¿Aun no se te han olvidado
los donaires con la edad?

ESTEBAN

¿Quiéresle tú?

LAURENCIA

Voluntad
le he tenido y le he cobrado;
pero por lo que tú sabes...

ESTEBAN

¿Quieres tú que diga sí?

LAURENCIA

Dilo tú, señor, por mí.

ESTEBAN

¿Yo? Pues tengo las llaves,
hecho está. —Ven, buscaremos
a mi compadre en la plaza.   570

REGIDOR

Vamos.

ESTEBAN

Hijo, y en la traza
del dote, ¿qué le diremos?
Que yo bien te puedo dar
cuatro mil maravedís.

FRONDOSO

Señor, ¿eso me decís?
Mi honor queréis agraviar.

ESTEBAN

Anda, hijo, que eso es
cosa que pasa en un día;
que si no hay dote, a fe mía   580
que se echa menos después.
(Vanse, y quedan Frondoso y Lau-
rencia.)

LAURENCIA

Di, Frondoso, ¿estás contento?

FRONDOSO

¡Cómo si lo estoy! ¡Es poco,
pues que no me vuelvo loco
de gozo, del bien que siento!
Risa vierte el corazón
por los ojos de alegría,
viéndote, Laurencia mía,
en tal dulce posesión.
(Vanse, y salen el Maestre, el Co-
mendador, Flores y Ortuño.)

II. XV

cambi.

COMENDADOR

Huye, señor, que no hay otro re-
[medio. 590

MAESTRE

La flaqueza del muro lo ha causado,
y el poderoso ejército enemigo.

COMENDADOR

Sangre les cuesta y infinitas vidas.

MAESTRE

Y no se alabarán que en sus despojos
pondrán nuestro pendón de Calatra-
[va,
que a honrar su empresa y los demás
[bastaba.

COMENDADOR

Tus desinios, Girón, quedan perdi-
[dos.

MAESTRE

¿Qué puedo hacer, si la fortuna cie-
[ga,
a quien hoy levantó mañana humi-
[lla? *(Dentro.)*
¡Vitoria por los reyes de Castilla! 600

MAESTRE

Ya coronan de luces las almenas,
y las ventanas de las torres altas
entoldan con pendones vitoriosos.

COMENDADOR

Bien pudieran, de sangre que les
[cuesta.
A fe que es más tragedia que no fies-
[ta.

MAESTRE

Yo vuelvo a Calatrava, Fernán Gó-
[mez.

COMENDADOR

Y yo a Fuente Ovejuna, mientras
[trata
o seguir esta parte de tus deudos,
o reducir la tuya al Rey Católico.

MAESTRE

Yo te diré por cartas lo que intento.
610

COMENDADOR

El tiempo ha de enseñarte.

MAESTRE

                    ¡Ah, pocos años,
sujetos al rigor de sus engaños!

*(Sale la boda, Músicos, Mengo, Fron-
doso, Laurencia, Pascuala, Barrildo,
Esteban y alcalde Juan Rojo.)*

MÚSICOS

*¡Vivan muchos años
los desposados!
¡Vivan muchos años!*

MENGO

A fe, que no os ha costado
mucho trabajo el cantar.

BARRILDO

Supiéraslo tú trovar
mejor que él está trovado.

FRONDOSO

Mejor entiende de azotes
Mengo que de versos ya.

MENGO

Alguno en el valle está,
para que no te alborotes,   620
a quien el comendador...

BARRILDO

No lo digas, por tu vida;
que este bárbaro homicida
a todos quita el honor.

MENGO

Que me azotasen a mí
cien soldados aquel día...
sola una honda tenía;
    pero que le hayan echado
una melecina " a un hombre,
que, aunque no diré su nombre, 630
todos saben que es honrado,
    llena de tinta y de chinas,
¿cómo se puede sufrir?

BARRILDO

Haríalo por reír.

MENGO

No hay risa con melecinas;
    que aunque es cosa saludable...
yo me quiero morir luego.

" *Melecina.* Lavativa, y el mismo instrumento con se hecha se llama *melecina*, que es
un saquillo de cuero con un cañuto.

3

FRONDOSO

Vaya la copla, te ruego.
si es la copla razonable.

MENGO

Vivan muchos años juntos   640
los novios, ruego a los cielos,
y por envidia ni celos
ni riñan ni anden en puntos.
Lleven a entrambos difuntos,
de puro vivir cansados.
¡Vivan muchos años!

FRONDOSO

¡Maldiga el cielo el poeta
que tal coplón arrojó!

BARRILDO

Fue muy presto...

MENGO

Pienso yo
una cosa de esta secta.[12]   650
¿No habéis visto un buñolero,
en el aceite abrasando
pedazos de masa echando
hasta llenarse el caldero?
¿Que unos le salen hinchados,
otros tuertos y mal hechos,
ya zurdos y ya derechos,
ya fritos y ya quemados?
Pues así imagino yo
un poeta componiendo,   660
la materia previniendo,
que es quien la masa le dio.
Va arrojando verso aprisa
al caldero del papel,
confiado en que la miel
cubrirá la burla y risa.
Mas poniéndolo en el pecho,
apenas hay quien los tome;
tanto que sólo los come
el mismo que los ha hecho.   670

BARRILDO

Déjate ya de locuras;
deja los novios hablar.

LAURENCIA

Las manos nos da a besar.

12 Covarrubias. *Ibíd.*

JUAN ROJO

Hija, ¿mi mano procuras?
Pídela a tu padre luego
para ti y para Frondoso.

ESTEBAN

Rojo, a ella y a su esposo
que se la dé el cielo ruego,
con su larga bendición.

FRONDOSO

Los dos a los dos la echad.   680

JUAN ROJO

Ea, tañed y cantad,
pues que para en uno son.

MÚSICOS

Al val de Fuente Ovejuna
la niña en cabellos baja;
el caballero la sigue
de la Cruz de Calatrava.
Entre las ramas se esconde,
de vergonzosa y turbada;
fingiendo que no le ha visto,
pone delante las ramas.
«¿Para qué te escondes,
niña gallarda?
Que mis linces deseos
paredes pasan.»
Acercóse el caballero,
y ella, confusa y turbada,
hacer quiso celosías
de las intrincadas ramas;
mas como quien tiene amor
los mares y las montañas
atraviesa fácilmente,
la dice tales palabras:
«¿Para qué te escondes,
niña gallarda?
Que mis linces deseos
paredes pasan.»
(Salen el Comendador, Flores, Ortuño y Cimbranos.)

COMENDADOR

Estése la boda queda,
y no se alborote nadie.

JUAN ROJO

No es juego aqueste, señor,
y basta que tú lo mandes.

¿Quieres lugar? ¿Cómo vienes
con tu belicoso alarde?
¿Venciste? Mas ¿qué pregunto?

FRONDOSO

¡Muerto soy! ¡Cielo, libradme!   690

LAURENCIA

Huye por aquí, Frondoso.

COMENDADOR

Eso no; prendedle, atadle.

JUAN ROJO

Date, muchacho, a prisión.

FRONDOSO

Pues, ¿quieres tú que me maten?

JUAN ROJO

¿Por qué?

COMENDADOR

            No soy hombre yo
que mato sin culpa a nadie;
que si lo fuera, le hubieran
pasado de parte a parte
esos soldados que traigo.
Llevarle mando a la cárcel,   700
donde la culpa que tiene
sentencie su mismo padre.

PASCUALA

Señor, mirad que se casa.

COMENDADOR

¿Qué me obliga a que se case?
¿No hay otra gente en el pueblo?

PASCUALA

Si os ofendió, perdonadle,
por ser vos quien sois.

COMENDADOR

            No es cosa,
Pascuala, en que yo soy parte.
Es esto contra el maestre
Téllez Girón, que Dios guarde;   710
es contra toda su orden,
es su honor, y es importante
para el ejemplo el castigo;

que habrá otro día quien trate
de alzar el pendón contra él,
pues ya sabéis que una tarde
al comendador mayor
(¡qué vasallos tan leales!)
puso una ballesta al pecho.

ESTEBAN

Supuesto que el disculparle   720
ya puede tocar a un suegro,
no es mucho que en causas tales
se descomponga con vos
un hombre, en efecto, amante;
porque si vos pretendéis
su propia mujer quitarle,
¿qué mucho que la defienda?

COMENDADOR

Majadero sois, alcalde.

ESTEBAN

Por vuestra virtud, señor.

COMENDADOR

Nunca yo quise quitarle   730
su mujer, pues no lo era.

ESTEBAN

Sí quisistes... —Y esto baste;
que reyes hay en Castilla
que nuevas órdenes hacen
con que desórdenes quitan.
Y harán mal cuando descansen
de las guerras, en sufrir
en sus villas y lugares
a hombres tan poderosos
por traer cruces tan grandes;   740
póngasela el rey al pecho,
que para pechos reales
es esa insignia y no más.

COMENDADOR

¡Hola! La vara quitadle.

ESTEBAN

Tomad, señor, norabuena.

COMENDADOR

Pues con ella quiero dalle,
como a caballo brioso.

ESTEBAN

Por señor os sufro. Dadme.

PASCUALA

¡A un viejo de palos das!

LAURENCIA

Si le das porque es mi padre,   750
¿qué vengas en él de mí?

COMENDADOR

Llevarla, y haced que guarden
su persona diez soldados.
      (Vanse él y los suyos.)

ESTEBAN

Justicia del cielo baje. (Vase.)

PASCUALA

Volvióse en luto la boda. (Vase.)

BARRILDO

¿No hay aquí un hombre que hable?

MENGO

Yo ya tengo mis azotes,
que aun se ven los cardenales
sin que un hombre vaya a Roma.
Prueben otros enojarle.   760

BARRILDO

Hablemos todos.

JUAN ROJO

                    Señores,
aquí todo el mundo calle.
Como ruedas de salmón
me puso los atabales.

ACTO TERCERO

(Salen Esteban, Alonso y Barrildo.)

ESTEBAN

¿No han venido a la junta?

BARRILDO

No han venido.

ESTEBAN

Pues más apriesa nuestro daño corre.

BARRILDO

Ya está lo más del pueblo prevenido.

ESTEBAN

Frondoso con prisiones en la torre,
y mi hija Laurencia en tanto aprieto,
si la piedad de Dios no los socorre...
(Salen Juan Rojo y el Regidor.)

JUAN ROJO

¿De qué dais voces, cuando im-
[porta tanto
a nuestro bien, Esteban, el secreto?

ESTEBAN

Que doy tan pocas es mayor espanto.
(Sale Mengo.)

MENGO

También vengo yo a hallarme en
esta junta. 10

ESTEBAN

Un hombre cuyas canas baña el llan-
labradores honrados, os pregunta [to,
qué obsequias[13] debe hacer toda
[esa gente
a su patria sin honra, ya perdida.
Y si se llaman honras justamente

¿cómo se harán, si no hay entre
[nosotros
hombre a quien este bárbaro no
[afrente?
Respondedme: ¿hay alguno de vos-
[otros
que no esté lastimado en honra y
[vida?
¿No os lamentáis los unos y los
[otros? 20
Pues si ya la tenéis todos perdida,
¿a qué aguardáis? ¿Qué desventu-
[ra es ésta?

JUAN ROJO

La mayor que en el mundo fue su-
[frida.
Mas pues ya se publica y manifiesta
que en paz tienen los reyes a Cas-
[tilla
y su venida a Córdoba se apresta,
vayan dos regidores a la villa,
y echándose a sus pies pidan re-
[medio.

BARRILDO

En tanto que Fernando, aquel que
[humilla
a tantos enemigos, otro medio 30
será mejor, pues no podrá, ocupa-
[do,
hacernos bien, con tanta guerra en
[medio.

REGIDOR

Si mi voto de vos fuera escuchado,
desamparar la villa doy por voto.

JUAN ROJO

¿Cómo es posible en tiempo limi-
[tado?

MENGO

A la fe, que si entiendo el alboroto,
que ha de costar la junta alguna
[vida.

---

[13] *Obsequias.* Honras fúnebres.

REGIDOR

Ya, todo el árbol de paciencia roto,
corre la nave de temor perdida.
La hija quita con tan gran fiereza   40
a un hombre honrado, de quien es
[regida
la patria en que vivís, y en la cabeza
la vara quiebran tan injustamente.
¿Qué esclavo se trató con más baje-
[za?

JUAN ROJO

¿Qué es lo que quieres tú que el pue-
[blo intente?

REGIDOR

#3

Morir, o dar la muerte a los ti-
[ranos,
pues somos muchos, y ellos poca
[gente.

BARRILDO

¡Contra el señor las armas en las
[manos!

ESTEBAN

El rey sólo es señor después del
[cielo,
y no bárbaros hombres inhumanos.
     50
Si Dios ayuda nuestro justo celo,
¿qué nos ha de costar?

MENGO

         Mirad, señores,
que vais en estas cosas con recelo.
Puesto que por los simples labrado-
[res
estoy aquí, que más injurias pasan,
más cuerdo represento sus temores.

JUAN ROJO

Si nuestras desventuras se compasan,
para perder las vidas, ¿qué aguar-
[damos?
Las casas y las viñas nos abrasan:
tiranos son; a la venganza vamos. 60

III.III   *(Sale Laurencia, desmelenada.)*

LAURENCIA

Dejadme entrar, que bien puedo
en consejo de los hombres;

que bien puede una mujer,
si no a dar voto a dar voces.
¿Conocéisme?

ESTEBAN

         ¡Santo Cielo!
¿No es mi hija?

JUAN ROJO

         ¿No conoces
a Laurencia?

LAURENCIA

         Vengo tal,
que mi diferencia os pone
en contingencia quién soy.

ESTEBAN

¡Hija mía!

LAURENCIA

         No me nombres   70
tu hija.

ESTEBAN

         ¿Por qué, mis ojos?
¿Por qué?

LAURENCIA

         Por muchas razones,
y sean las principales,
porque dejas que me roben
tiranos sin que me vengues,
traidores sin que me cobres.
Aun no era yo de Frondoso,
para que digas que tome,
como marido, venganza;
que aquí por tu cuenta, corre;   80
que en tanto que de las bodas
no haya llegado la noche,
del padre, y no del marido,
la obligación presupone;
que en tanto que no me entregan
una joya, aunque la compre,
no ha de correr por mi cuenta
las guardas ni los ladrones.
Llevóme de vuestros ojos
a su casa Fernán Gómez: 90
la oveja al lobo dejáis,
como cobardes pastores.
¡Qué dagas no vi en mi pecho!
¡Qué desatinos enormes,
qué palabras, qué amenazas,

y qué delitos atroces,
por rendir mi castidad
a sus apetitos torpes!
Mis cabellos, ¿no lo dicen?
¿No se ven aquí los golpes,   100
de la sangre y las señales?
¿Vosotros sois hombres nobles?
¿Vosotros padres y deudos?
¿Vosotros, que no se os rompen
las entrañas de dolor,
de verme en tantos dolores?
Ovejas sois, bien lo dice
de Fuente Ovejuna el nombre.
Dadme unas armas a mí,
pues sois piedras, pues sois bronces,
                                      110
pues sois jaspes, pues sois tigres...
—Tigres no, porque feroces
siguen quien roba a sus hijos,
matando los cazadores
antes que entren por el mar
y por sus ondas se arrojen.
Liebres cobardes nacistes;
bárbaros sois, no españoles.
Gallinas, ¡vuestras mujeres
sufrís que otros hombres gocen! 120
Poneos ruecas en la cinta.
¿Para qué os ceñís estoques?
¡Vive Dios, que he de trazar
que solas mujeres cobren
la honra de estos tiranos,
la sangre de estos traidores,
y que os han de tirar piedras,
hilanderas, maricones,
amujerados, cobardes,
y que mañana os adornen
nuestras tocas y basquiñas,
solimanes y colores!
A Frondoso quiere ya,
sin sentencia, sin pregones,
colgar el comendador
del almena de una torre;
de todos hará lo mismo;
y yo me huelgo, medio-hombres,
por que quede sin mujeres
esta villa honrada, y torne   140
aquel siglo de amazonas,
eterno espanto del orbe.

ESTEBAN

Yo, hija, no soy de aquellos
que permiten que los nombres
con esos títulos viles.
Iré solo, si se pone
todo el mundo contra mí.

JUAN ROJO

Y yo, por más que me asombre
la grandeza del contrario.

REGIDOR

Muramos todos.

BARRILDO

          Descoge   150
un lienzo al viento en un palo,
y mueran estos enormes.

JUAN ROJO

¿Qué orden pensáis tener?

MENGO

Ir a matarle sin orden.
Juntad el pueblo a una voz;
que todos están conformes
en que los tiranos mueran.

ESTEBAN

Tomad espadas, lanzones,
ballestas, chuzos y palos.

MENGO

¡Los reyes nuestros señores   160
vivan!

TODOS

     ¡Vivan muchos años!

MENGO

¡Mueran tiranos traidores!

TODOS

¡Traidores tiranos mueran!
     (Vanse todos.)

LAURENCIA

Caminad, que el cielo os oye.
—¡Ah, mujeres de la villa!
¡Acudid, por que se cobre
vuestro honor, acudid todas!
(Salen Pascuala, Jacinta y otras mu-
     jeres.)

PASCUALA

     ¿Qué es esto? ¿De qué das voces?

LAURENCIA

¿No véis cómo todos van   170
a matar a Fernán Gómez,
y hombres, mozos y muchachos,
furiosos, al hecho corren?
¿Será bien que solos ellos
de esta hazaña el honor gocen,
pues no son de las mujeres
sus agravios los menores?

JACINTA

Di, pues, ¿qué es lo que pretendes?

LAURENCIA

Que puestas todas en orden,
acometamos a un hecho   180
que dé espanto a todo el orbe.
Jacinta, tu grande agravio,
que sea cabo; responde
de una escuadra de mujeres.

JACINTA

No son los tuyos menores.

LAURENCIA

Pascuala, alférez serás.

PASCUALA

Pues déjame que enarbole
en un asta la bandera:
verás si merezco el nombre.

LAURENCIA

No hay espacio para eso   190
pues la dicha nos socorre:
bien nos basta que llevemos
nuestras tocas por pendones.

PASCUALA

Nombremos un capitán.

LAURENCIA

Eso no.

PASCUALA

¿Por qué?

LAURENCIA

Que adonde
asiste mi gran valor,
no hay Cides ni Rodamontes.

(Vanse, y sale Frondoso, atadas las
manos; Flores, Ortuño, Cimbranos y
el Comendador.)

COMENDADOR

De ese cordel que de las manos
[sobra,
quiero que le colguéis, por mayor
[pena.

FRONDOSO

¡Qué nombre, gran señor, tu sangre
[cobra! 200

COMENDADOR

Colgadle luego en la primera almena.

FRONDOSO

Nunca fue mi intención poner por
tu muerte entonces.   [obra

FLORES

Grande ruido suena.
(Ruido suena.)

COMENDADOR

¿Ruido?

FLORES

Y de manera que interrumpen
tu justicia, señor.

ORTUÑO

Las puertas rompen.
(Ruido.)

COMENDADOR

¡La puerta de mi casa y siendo
de la encomienda!   [casa

FLORES

El pueblo, junto viene.

JUAN ROJO
(Dentro.)

Rompe, derriba, hunde, quema, abra-
[sa.

ORTUÑO

Un popular motín mal se detiene.

COMENDADOR

¡El pueblo contra mí!

FLORES

La furia pasa
210
tan adelante, que las puertas tiene
echadas por la tierra.

COMENDADOR

Desatalde.
Templa, Frondoso, ese villano alcal-
[de.

FRONDOSO

Yo voy, señor; que amor les ha
[movido. (Vase.)

MENGO

(Dentro.) †   —
¡Vivan Fernando e Isabel, y mueran
los traidores!

FLORES

Señor, por Dios te pido
que no te hallen aquí.

COMENDADOR

Si perseveran,
este aposento es fuerte y defendido.
Ellos se volverán.

FLORES

Cuando se alteran
los pueblos agraviados, y resuelven,
220
nunca sin sangre o sin venganza vuel-
[ven.

COMENDADOR

En esta puerta, así como rastrillo,
su furor con las armas defendamos.

FRONDOSO

(Dentro.)
¡Viva Fuente Ovejuna!

COMENDADOR

¡Qué caudillo!
Estoy porque a su furia acometamos.

FLORES

De la tuya, señor, me maravillo.

ESTEBAN

Ya el tirano y los cómplices miramos.
¡Fuente Ovejuna, y los tiranos mue-
[ran! (Salen todos.)

COMENDADOR

Pueblo, esperad.

TODOS

Agravios nunca esperan.

COMENDADOR

Decídmelos a mí, que iré pagan-
[do 230
a fe de caballero esos errores.

TODOS

¡Fuente Ovejuna! ¡Viva el rey Fer-
[nando!
¡Mueran malos cristianos y traidores!

COMENDADOR

¿No me queréis oír? Yo estoy ha-
yo soy vuestro señor.   [blando;

TODOS

Nuestros señores
son los Reyes Católicos.

COMENDADOR

Espera.

TODOS

¡Fuente Ovejuna, y Fernán Gómez
[muera!
(Vanse, y salen las mujeres, armadas)

LAURENCIA

Parad en este puesto de esperanzas,
soldados atrevidos, no mujeres.

PASCUALA

¿Los que mujeres son en las ven-
[ganzas 240
en él beban su sangre es bien que
[esperes?

JACINTA

Su cuerpo recojamos en las lanzas.

PASCUALA

Todas son de esos mismos pareceres.

ESTEBAN
(Dentro.)

¡Muere, traidor comendador!

COMENDADOR

Ya muero,
¡Piedad, Señor, que en tu clemencia
[espero!

BARRILDO
(Dentro.)

Aquí está Flores.

MENGO

Dale a ese bellaco;
que ése fue el que me dio dos mil
[azotes.

FRONDOSO
(Dentro.)

No me vengo si el alma no le saco.

LAURENCIA

No excusamos entrar.

PASCUALA

No te alborotes.
Bien es guardar la puerta.

BARRILDO
(Dentro.)

No me aplaco.   250
¡Con lágrimas agora, marquesotes!

LAURENCIA

Pascuala, yo entro dentro; que la
[espada
no ha de estar tan sujeta ni envai-
[nada. *(Vase.)*

BARRILDO
(Dentro.)

Aquí está Orduño.

FRONDOSO
(Dentro.)

Córtale la cara.
*(Sale Flores, huyendo, y Mengo tras
él.)*

FLORES

¡Mengo, piedad!, que no soy yo el
[culpado.

MENGO

Cuando ser alcahuete no bastara,
bastaba haberme el pícaro azotado.

PASCUALA

Dánoslo a las mujeres, Mengo, pa-
Acaba por tu vida.   [ra...

MENGO

Ya está dado;
que no le quiero yo mayor castigo.
260

PASCUALA

Vengaré tus azotes.

MENGO

Eso digo.

JACINTA

¡Ea, muera el traidor!

FLORES

¡Entre mujeres!

JACINTA

¿No le viene muy ancho?

PASCUALA

¿Aqueso lloras?

JACINTA

Muere, concertador de sus placeres.

PASCUALA

¡Ea muera el traidor!

FLORES

¡Piedad, señoras
(Sale Ortuño, huyendo de Laurencia.)

ORTUÑO

Mira que no soy yo...

LAURENCIA

Ya sé quién eres.—
Entrad, teñid las armas vencedoras
en estos viles.

PASCUALA

Moriré matando.

TODOS

¡Fuente Ovejuna, y viva el rey Fer-
[nando!
(*Vanse, y salen el rey don Fernando
y la reina Isabel, y don Manrique,
maestre.*)

MANRIQUE

De modo la prevención   270
fue, que el efeto esperado
llegamos a ver logrado
con poca contradicción.

Hubo poca resistencia;
y supuesto que la hubiera,
sin duda ninguna fuera
de poca o ninguna esencia.

Queda el de Cabra ocupado
en conservación del puesto,
por si volviere dispuesto   280
a él el contrario osado.

REY

Discreto el acuerdo fue
y que asista es conveniente,
y reformando la gente,
el paso tomado esté.

Que con eso se asegura
no podernos hacer mal
Alfonso, que en Portugal
tomar la fuerza procura.

Y el de Cabra es bien que esté 290
en ese sitio asistente,
y como tan diligente,
muestras de su valor dé;

porque con esto asegura
el daño que nos recela
y como fiel centinela,
el bien del reino procura.
(*Sale Flores, herido.*)

FLORES

Católico rey Fernando,
a quien el cielo concede
la corona de Castilla,   300
como varón excelente;
oye la mayor crueldad
que se ha visto entre las gentes
desde donde nace el sol
hasta donde se oscurece.

REY

Repórtate.

FLORES

Rey supremo,
mis heridas no consienten
dilatar el triste caso,
por ser mi vida tan breve.
De Fuente Ovejuna vengo,   310
donde, con pecho inclemente,
los vecinos de la villa
a su señor dieron muerte.
Muerto Fernán Gómez queda
por sus súbditos aleves;
que vasallos indignados
con leve pausa se atreven.
El título de tirano
le acumula todo el plebe
y a la fuerza de esta voz   320
el hecho fiero acometen;
y quebrantando su casa,
no atendiendo a que se ofrece
por la fe de caballero
a que pagará a quien debe,
no sólo no le escucharon,
pero con furia impaciente
rompen el cruzado pecho
con mil heridas crueles,
y por las altas ventanas   330
le hacen que al suelo vuele,
adonde en picas y espadas
le recogen las mujeres.
Llévanle a una casa muerto,
y, a porfía, quien más puede
mesa su barba y cabello
y apriesa su rostro hieren.
En efeto fue la furia
tan grande que en ellos crece,
que las mayores tajadas   340
las orejas a ser vienen.
Sus armas borran con picas
y a voces dicen que quieren
tus reales armas fijar,
porque aquéllas les ofenden.
Saqueáronle la casa
cual si de enemigos fuese,
y gozosos entre todos
han repartido sus bienes.
Lo dicho he visto escondido,   350
porque mi infelice suerte
en tal trance no permite
que mi vida se perdiese;
y así estuve todo el día
hasta que la noche viene,
y salir pude escondido

para que cuenta te diese.
Haz señor, pues eres justo,
que la justa pena lleven
de tan riguroso caso   360
los bárbaros delincuentes:
mira que su sangre a voces
pide que tu rigor prueben.

REY

Estar puedes confiado
que sin castigo no queden.
El triste suceso ha sido
tal, que admirado me tienen,
y que vaya luego un juez
que lo averigüe conviene,
y castigue a los culpados   370
para ejemplo de las gentes.
Vaya un capitán con él,
por que seguridad lleve;
que tan grande atrevimiento
castigo ejemplar requiere;
y curad a este soldado
de las heridas que tiene.

(Vanse, y salen los labradores y la-
bradoras, con la cabeza de Fernán
Gómez en una lanza.)

MÚSICOS

¡Muchos años vivan
Isabel y Fernando,
y mueran los tiranos!

BARRILDO

Diga su copla Frondoso.

FRONDOSO

Ya va mi copla a la fe;
si le faltare algún pie,   380
enmiéndelo el más curioso.
«¡Vivan la bella Isabel,
pues que para en uno son,
él con ella, ella con él!
A los cielos San Miguel
lleve a los dos de las manos.
¡Vivan muchos años,
y mueran los tiranos!»

LAURENCIA

Diga Barrildo.

BARRILDO

          Ya va;
que a fe que la he pensado.   390

PASCUALA

Si la dices con cuidado,
buena y rebuena será.

BARRILDO

  «¡Vivan los reyes famosos
muchos años, pues que tienen
la vitoria, y a ser vienen
nuestros dueños venturosos!
Salgan siempre vitoriosos
de gigantes y de enanos,
y ¡mueran los tiranos!»

MÚSICOS

¡Muchos años vivan!, etc.

LAURENCIA

Diga Mengo.

FRONDOSO

          Mengo diga.   400

MENGO

Yo soy poeta donado.

PASCUALA

Mejor dirás lastimado
el envés de la barriga.

MENGO

«Una mañana en domingo
me mandó azotar aquél,
de manera que el rabel
daba espantoso respingo;
pero agora que los pringo,
¡Vivan los reyes cristiánigos,
y mueran los tiránigos!»   410

MÚSICOS

¡Vivan muchos años!

ESTEBAN

Quita la cabeza allá.

MENGO

Cara tiene de ahorcado.
(Saca un escudo Juan Rojo, con las
armas reales.)

REGIDOR

Ya las armas han llegado.

ESTEBAN

Mostrá las armas acá.

JUAN ROJO

¿Adónde se han de poner?

REGIDOR

Aquí, en el ayuntamiento.

ESTEBAN

¡Bravo escudo!

BARRILDO

¡Qué contento!

FRONDOSO

Ya comienza a amanecer,
con este sol, nuestro día.

ESTEBAN

¡Vivan Castilla y León,   420
y las barras de Aragón,
y muera la tiranía!
   Advertid, Fuente Ovejuna,
a las palabras de un viejo;
que el admitir su consejo
no ha dañado vez ninguna.
   Los reyes han de querer
averiguar este caso,
y más tan cerca del paso
y jornada que han de hacer.   430
Concertaos todos a una
en lo que habéis de decir.

FRONDOSO

¿Qué es tu consejo?

ESTEBAN

                    Morir
diciendo *Fuente Ovejuna,*
   y a nadie saquen de aquí.

FRONDOSO

Es el camino derecho.
Fuente Ovejuna lo ha hecho.

ESTEBAN

¿Queréis responder así?

TODOS

Sí.

ESTEBAN

   Ahora pues; yo quiero ser
agora el pesquisidor,   440
para ensayarnos mejor
en lo que habemos de hacer.
   Sea Mengo el que esté puesto
en el tormento.

MENGO

                ¿No hallaste
otro más flaco?

ESTEBAN

                ¿Pensaste
que era de veras?

MENGO

                  Di presto.

ESTEBAN

¿Quién mató al comendador?

MENGO

Fuente Ovejuna lo hizo.

ESTEBAN

Perro, ¿si te martirizo?

MENGO

Aunque me matéis, señor.   450

ESTEBAN

Confiesa, ladrón.

MENGO

                  Confieso.

ESTEBAN

Pues ¿quién fue?

MENGO

                 Fuente Ovejuna.

ESTEBAN

Dadle otra vuelta.

MENGO

                   Es ninguna.

soneto = reafirmación de amor

ESTEBAN

Cagajón para el proceso.
(Sale el Regidor.)

REGIDOR

¿Qué hacéis de esta suerte aquí?

FRONDOSO

¿Qué ha decidido, Cuadrado?

REGIDOR

Pesquisidor ha llegado.

ESTEBAN

Echá todos por ahí.

REGIDOR

Con él viene un capitán.

ESTEBAN

Venga el diablo: ya sabéis 460
lo que responder tenéis.

REGIDOR

El pueblo prendiendo van,
sin dejar alma ninguna.

ESTEBAN

Que no hay que tener temor.
¿Quién mató al comendador,
Mengo?

MENGO

¿Quién? Fuente Ovejuna.
*(Vanse, y salen el Maestre y un Sol-
dado.)*

MAESTRE

¡Que tal caso ha sucedido!
Infelice fue su suerte.
Estoy por darte la muerte
por la nueva que has traído. 470

SOLDADO

Yo, señor, soy mensajero,
y enojarte no es mi intento.

MAESTRE

¡Que a tal tuvo atrevimiento
un pueblo enojado y fiero!

Iré con quinientos hombres,
y la villa ha de asolar;
en ella no ha de quedar
ni aun memoria de los hombres.

SOLDADO

Señor, tu enojo reporta;
porque ellos al rey se han dado, 480
y no tener enojado
al rey es lo que te importa.

MAESTRE

¿Cómo al rey se puedan dar,
si de la encomienda son?

SOLDADO

Con él sobre esa razón
podrás luego pleitar.

MAESTRE

Por pleito ¿cuándo salió
lo que él le entregó en sus manos?
Son señores soberanos,
y tal reconozco yo. 490
Por saber que al rey se han dado
me reportará mi enojo,
y ver su presencia escojo
por lo más bien acertado;
que puesto que tenga culpa
en casos de gravedad,
en todo mi poca edad
viene a ser quien me disculpa.
Con vergüenza voy; mas es
honor quien puede obligarme, 500
y importa no descuidarme
en tan honrado interés.
(Vanse; sale Laurencia sola.)

LAURENCIA

Amando, recelar daño en lo ama-
      [do,
nueva pena de amor se considera;
que quien en lo que ama daño espera
aumenta en el temor nuevo cuidado.
El firme pensamiento desvelado,
si le aflige el temor, fácil se altera;
que no es a firme pena ligera
ver llevar el temor el bien robado.
         510
Mi esposo adoro; la ocasión que
      [veo
al temor de su daño me condena,
si no le ayuda la felice suerte.

Al bien suyo se inclina mi deseo:
si está presente, está cierta mi pena;
si está en ausencia, está cierta mi
[muerte.

(Sale Frondoso.)

FRONDOSO

¡Mi Laurencia!

LAURENCIA

                    ¡Esposo amado!
¿Cómo estar aquí te atreves?

FRONDOSO

¿Esas resistencias debes
a mi amoroso cuidado?   520

LAURENCIA

Mi bien, procura guardarte,
porque tu daño recelo.

FRONDOSO

No quiera, Laurencia, el cielo
que tal llegue a disgustarte.

LAURENCIA

¿No temes ver el rigor
que por los demás sucede,
y el furor con que procede
aqueste pesquisidor?
    Procura guardar la vida.
Huye, tu daño no esperes.   530

FRONDOSO

¿Cómo que procure quieres
cosa tan mal recibida?
    ¿Es bien que los demás deje
en el peligro presente
y de tu vista me ausente?
No me mandes que me aleje;
    porque no es puesto en razón
que, por evitar mi daño,
sea con mi sangre extraño
en tan terrible ocasión.   540
        (Voces dentro.)
    Voces parece que he oído,
y son, si yo mal no siento,
de alguno que dan tormento.
Oye con atento oído.
(Dice dentro el Juez, y responden.)

JUEZ

Decid la verdad, buen viejo.

FRONDOSO

Un viejo, Laurencia mía,
atormentan.

LAURENCIA

        ¡Qué porfía!

ESTEBAN

Déjenme un poco.

JUEZ

                Ya os dejo.
Decid, ¿quién mató a Fernando?

ESTEBAN

Fuente Ovejuna lo hizo.   550

LAURENCIA

Tu nombre, padre, eternizo.

FRONDOSO

    ¡Bravo caso!

JUEZ

                Ese muchacho
aprieta. Perro, yo sé
que lo sabes. Di quién fue.
¿Callas? Aprieta, borracho.

NIÑO

Fuente Ovejuna, señor.

JUEZ

¡Por vida del rey, villanos,
que os ahorque con mis manos!
¿Quién mató al comendador?

FRONDOSO

    ¡Que a un niño le den tormento
                                    560
y niegue de aquesta suerte!

LAURENCIA

¡Bravo pueblo!

FRONDOSO

        Bravo y fuerte.

48 LOPE DE VEGA

JUEZ

Esa mujer al momento
en ese potro tened.
Dale esa mancuerda luego.

LAURENCIA

Ya está de cólera ciego.

JUEZ

Que os he de matar, creed,
en ese potro, villanos.
¿Quién mató al comendador?

PASCUALA

Fuente Ovejuna, señor.   570

JUEZ

¡Dale!

FRONDOSO

Pensamientos vanos.

LAURENCIA

Pascuala niega, Frondoso.

FRONDOSO

Niegan niños: ¿qué te espantas?

JUEZ

Parece que los encantas.
¡Aprieta!

PASCUALA

¡Ay, cielo piadoso

JUEZ

¡Aprieta, infame! ¿Estás sordo?

PASCUALA

Fuente Ovejuna lo hizo.

JUEZ

Traedme aquel más rollizo;
ese desnudo, ese gordo.

LAURENCIA

¡Pobre Mengo! El es sin duda   580

FRONDOSO

Temo que ha de confesar.

MENGO

¡Ay, ay!

JUEZ

Comienza a apretar.

MENGO

¡Ay!

JUEZ

¿Es menester ayuda?

MENGO

¡Ay, ay!

JUEZ

¿Quién mató, villano,
al señor comendador?

MENGO

¡Ay, yo lo diré, señor!

FRONDOSO

El confiesa.

JUEZ

Al palo aplica
la espalda.

MENGO

Quedo, que yo
lo diré.

JUEZ

¿Quién lo mató?

MENGO

Señor, Fuente Ovejuna.   590

JUEZ

¿Hay tan gran bellaquería?
Del dolor se están burlando.
En quien estaba esperando,
niega con mayor porfía.
Dejadlos; que estoy cansado.

FRONDOSO

¡Oh, Mengo, bien te haga Dios!
Temor que tuve de dos,
el tuyo me le ha quitado.
(Salen Mengo, Barrildo y el Regidor.)

BARRILDO

¡Vítor, Mengo!

REGIDOR

Y con razón.

BARRILDO

¡Mengo, vítor!

FRONDOSO

Eso digo.   600

MENGO

¡Ay, ay!

BARRILDO

Toma, bebe, amigo.
Come.

MENGO

¡Ay, ay! ¿Qué es?

BARRILDO

Diacitrón.

MENGO

¡Ay, ay!

FRONDOSO

Echa de beber.

BARRILDO

Ya va.

FRONDOSO

Bien lo cuela. Bueno está.

LAURENCIA

Dale otra vez de comer.

MENGO

¡Ay, ay!

BARRILDO

Esta va por mí.

LAURENCIA

Solemnemente lo embebe.

FRONDOSO

El que bien niega bien bebe.

REGIDOR

¿Quieres otra?

MENGO

¡Ay, ay! Sí, sí.

FRONDOSO

Bebe, que bien lo mereces.   610

LAURENCIA

A vez por vuelta las cuela.

FRONDOSO

Arrópale, que se hiela.

BARRILDO

¿Quieres más?

MENGO

Sí, otras tres veces.
¡Ay, ay!

FRONDOSO

Si hay vino pregunta.

BARRILDO

Sí hay: bebe a tu placer;
que quien niega ha de beber.
¿Qué tiene?

MENGO

Una cierta punta.[14]
Vamos; que me arromadizo.

FRONDOSO

Que beba, que éste es mejor.
¿Quién mató al comendador?   620

MENGO

Fuente Ovejunica lo hizo. (Vanse.)

FRONDOSO

Justo es que honores le den.
Pero, decidme, mi amor,
¿quién mató al comendador?

LAURENCIA

Fuente Ovejuna, mi bien.

---

[14] *Punta.* Tener punta el vino, hacerse
vinagre. Covarrubias, *ibid.*

4

FRONDOSO

¿Quién le mató?

LAURENCIA

Dasme espanto.
Pues Fuente Ovejuna fue.

FRONDOSO

Y yo ¿con qué te maté?

LAURENCIA

¿Con qué? Con quererte tanto.
*(Vanse, y salen el Rey y la Reina y
Manrique, luego.)*

ISABEL

No entendí, señor, hallaros   630
aquí, y es buena mi suerte.

REY

En nueva gloria convierte
mi vista el bien de miraros.
Iba a Portugal de paso,
y llegar aquí fue fuerza.

ISABEL

Vuestra majestad le tuerza,
siendo conveniente el caso.

REY

¿Cómo dejáis a Castilla?

ISABEL

En paz queda, quieta y llana.

REY

Siendo vos la que la allana   640
no lo tengo a maravilla.
(Sale don Manrique.)

MANRIQUE

Para ver vuestra presencia
el maestre de Calatrava,
que aquí de llegar acaba,
pide que le deis licencia.

ISABEL

Verle tenía deseado.

MANRIQUE

Mi fe, señora, os empeño,
que, aunque es en edad pequeño,
es valeroso soldado. *(Vase, y sale el
Maestre.)*

MAESTRE

Rodrigo Téllez Girón,   650
que de loaros no acaba,
maestre de Calatrava,
os pide, humilde, perdón.
    Confieso que fui engañado,
y que excedí de lo justo
en cosas de vuestro gusto,
como mal aconsejado.
    El consejo de Fernando
y el interés me engañó,
injusto fiel; y ansí, yo   660
perdón, humilde, os demando.
    Y si recebir merezco
esta merced que suplico,
desde aquí me certifico
en que a serviros me ofrezco,
    y que en aquesta jornada
de Granada, adonde váis,
os prometo que veáis
el valor que hay en mi espada;
    donde sacándola apenas,   670
dándoles fieras congojas,
plantaré mis cruces rojas
sobre sus altas almenas;
    y más quinientos soldados
en serviros emplearé,
junto con la firma y fe
de en mi vida disgustaros.

REY

Alzad, maestre, del suelo;
que siempre que hayáis venido
seréis muy bien recibido.   680

MAESTRE

Sois de afligidos consuelo.

ISABEL

Vos, con valor peregrino,
sabéis bien decir y hacer.

MAESTRE

Vos sois una bella Ester,
y vos un Jerjes divino.
    (Sale Manrique.)

III . XXIII

MANRIQUE

Señor, el pesquisidor
que a Fuente Ovejuna ha ido,
con el despacho ha venido
a verse ante tu valor.

REY

Sed juez de estos agresores.   690

MAESTRE

Si a vos, señor, no mirara,
sin duda les enseñara
a matar comendadores.

REY

Eso ya no os toca a vos.

ISABEL

Yo confieso que he de ver
el cargo en vuestro poder,
si me lo concede Dios.
        (Sale el Juez.)   III XXIV

JUEZ

A Fuente Ovejuna fui
de la suerte que has mandado,
y con especial cuidado   700
y diligencia asistí.
    Haciendo averiguación
del cometido delito,
una hoja no se ha escrito
que sea en comprobación;
    porque conformes a una,
con un valeroso pecho,
en pidiendo quién lo ha hecho,
responden: «Fuente Ovejuna».
    Trescientos he atormentado   710
con no pequeño rigor,
y te prometo, señor,
que más que esto no he sacado
    Hasta niños de diez años
al potro arrimé, y no ha sido
posible haberlo inquirido
ni por halagos ni engaños.
    Y pues tan mal se acomoda
el poderlo averiguar,
o los has de perdonar,   720
o matar la villa toda
    Todos vienen ante ti
para más certificarte:
de ellos podrás informarte.

REY

Que entren, pues vienen, les di.   III. XXV
(Salen los dos Alcaldes, Frondoso, las
mujeres y los villanos que quisieren.)

LAURENCIA

¿Aquestos los reyes son?

FRONDOSO

Y en Castilla poderosos.

LAURENCIA

Por mi fe, que son hermosos:
¡bendígalos San Antón!

ISABEL

¿Los agresores son éstos?   730

ALC. ESTEBAN

Fuente Ovejuna, señora,
que humildes llegan agora
para serviros dispuestos
    La sobrada tiranía
y el insufrible rigor
del muerto comendador,
que mil insultos hacía,
    fue el autor de tanto daño.
Las haciendas nos robaba
y las doncellas forzaba,   740
siendo de piedad extraño.

FRONDOSO

Tanto, que aquesta zagala,
que el cielo me ha concedido,
en que tan dichoso he sido
que nadie en dicha me iguala,
    cuando conmigo casó,
aquella noche primera,
mejor que si suya fuera,
a su casa la llevó;
    y a no saberse guardar   750
ella, que en virtud florece,
ya manifiesto parece
lo que pudiera pasar.

MENGO

¿No es ya tiempo que hable yo?
Si me dais licencia, entiendo
que os admiréis, sabiendo
del modo que me trató.
    Porque quise defender

una moza de su gente,
que con término insolente   760
fuerza la querían hacer,
   aquel perverso Nerón,
de manera me ha tratado
que el reverso me ha dejado
como rueda de salmón.
   Tocaron mis atabales
tres hombres con tal porfía,
que aun pienso que todavía
me duran los cardenales
   Gasté en este mal prolijo,   770
porque el cuero se me curta,
polvos de arrayán y murta
más que vale mi cortijo.

ALC. ESTEBAN

   Señor, tuyos ser queremos.
Rey nuestro eres natural,
y con título de tal
ya tus armas puesto habemos.

   Esperamos tu clemencia,
y que veas, esperamos,
que en este caso te damos   780
por abono la inocencia.

REY

   Pues no puede averiguarse
el suceso por escrito,
aunque fue grave el delito,
por fuerza ha de perdonarse.
   Y la villa es bien se quede
en mí, pues de mí se vale,
hasta ver si acaso sale
comendador que la herede.

FRONDOSO

   Su majestad habla, en fin,   790
como quien tanto ha acertado.
Y aquí, discreto senado,
FUENTE OVEJUNA da fin.

FIN
DE «FUENTE OVEJUNA»

PERIBAÑEZ Y EL COMENDADOR DE OCAÑA

PERIBAÑEZ Y EL COMENDADOR DE OCAÑA

Se publicó por vez primera en la *Cuarta parte de las Comedias de Lope de Vega*, que salió a la luz en 1614. La fecha de composición es incierta. Ya Hartzenbusch, en su edición de esta obra (Biblioteca de Autores Españoles, vol. 41) reparó en que Lope se introduce en la acción —como hizo en otras ocasiones— bajo el nombre de Belardo, quien en el acto tercero declara:

> Cayó un año mucha nieve,
> y como lo rucio vi,
> a la iglesia me acogí.

Es decir, que Lope alude a su profesión religiosa como cosa reciente o próxima, lo cual hace pensar a Aubrun y Montesinos que —pues Juana de Guardo, su esposa, falleció en agosto de 1613— Lope podía escribir esos versos a finales de dicho año o a comienzos del siguiente. El profesor Green fija su atención en otro parlamento del mismo Belardo, también del acto tercero, cuando Inés le pide que le lleve "un moro", a lo que Belardo replica:

> Días ha que ando tras ellos.
> Mas, si no viniese en prosa,
> desde aquí le ofrezco en verso.

Supone Green que Lope alude a su poema *La Jerusalén conquistada*, que se publicó en 1609; lo que Lope de Vega parece indicar con esos versos es que "si no os traigo un moro *en prosa* (de carne y hueso), os lo ofrezco simbólico y en verso (el poema)". Finalmente, Morley y Bruerton, atendiendo a la versificación empleada en esta comedia, calculan que debió escribirse hacia 1610.

Uno de los problemas más debatidos en torno a *Peribáñez* es el de sus fuentes. No se conoce documento histórico ninguno que narre algún acontecimiento semejante ni en el que se mencione a ningún Peribáñez ni a ningún comendador muerto por deshonrar a una desposada. Por ello, Menéndez Pelayo opina que la fábula de *Peribáñez* tiene un fundamento tradicional. "Brotó, como otras muchas obras de Lope, de un cantar o de un fragmento de romance", afirma; y considera que tal fragmento es el que cantan los segadores en el acto segundo, repitiendo las palabras de Casilda, cuando Peribáñez regresa de Toledo:

> Más quiero yo a Peribáñez
> con su capa la pardilla,
> que no a vos, Comendador,
> con la vuesa guarnecida.

En lo que se refiere al tema de la deshonra de una villana por parte de un noble, supone Bruerton que la fuente de *Peribáñez* es otra comedia del mismo Lope, *La quinta de Florencia,* inspirada a su vez en una *novella* de Matteo Bandello, que se tradujo al francés y al castellano por aquellas fechas. El asunto de la narración de Bandello es el siguiente: "Alejandro, duque de Florencia, hace que Pietro se case con una molinera que había robado y hace que le den muy rica dote." Opina Bruerton que esa novella "es el precedente directo de *Peribáñez, Fuente Ovejuna* y *El mejor alcalde, el rey*", así como de otras comedias de Tirso de Molina y Vélez de Guevara. Que lo es, en lo que al tema general se refiere y por lo que respecta a su prioridad cronológica, está fuera de toda duda; pero eso no significa que no pudiera existir un cantarcillo popular sobre alguna tradición folklórica semejante, ni mucho menos que en el desarrollo temático no hayan interferido otras fuentes, históricas o legendarias, mucho más directas y determinantes. En *Fuente Ovejuna* el tema fundamental es el de la venganza colectiva, en tanto que el de la deshonra de la mujer campesina sirve sólo como episodio justificador de la ira popular; no cabe duda de que la fuente directa de su inspiración, en este caso, fue para Lope la *Crónica de las órdenes militares.* De igual manera, en el caso de *Peribáñez,* aunque temáticamente más próximo a *La quinta de Florencia,* pudo interferir también definitivamente alguna leyenda local. Es cierto que Lope era capaz de inventar canciones populares, como si de boca del pueblo las recogiese; mas no por ello parece imposible que, en el caso de *Peribáñez,* estuviera recreando alguna copla tradicional, adaptándola a las circunstancias particulares de su comedia. Los cuatro hermosos versos de la respuesta con que Casilda rechaza al Comendador tienen todo el aire y la apariencia de la poesía popular; Lope los utiliza como núcleo o símbolo argumental en dos pasajes de la obra; en el primero de ellos, cuando es Casilda quien los pronuncia, van dentro de una declaración de corte romancístico, es decir, tradicional: "Labrador de lejas tierras..."; en el segundo, forman parte de una *canción* de segadores. Y como canción de rueda utilizó esos mismos versos Lope en su comedia *San Isidro labrador.* Posteriormente, una religiosa poetisa volvió "a lo divino" el cantarcillo:

> Más quiero yo a Jesucristo
> con tormentos y fatigas,
> que no a vos, mundo engañoso,
> con vuestras pompas altivas,

si bien este argumento es de poco peso, ya que esta versión religiosa podría haber sido hecha sobre el cantar de Lope y no sobre romance tradicional alguno. De cualquier forma, no es desechable el parecer de Aubrun y Montesinos, para quienes el tema de *Peribáñez* puede estar tomado de fuente folklórica y no libresca; lo más probable es que Lope recreara alguna leyenda local, aprovechando o inventando la canción que podía servir como síntesis argumental de su comedia, aunque no necesariamente como núcleo temático de ella. Los elementos históricos del drama son ajenos a la acción. Sitúa Lope los hechos en el último año del reinado de Enrique III *el Justiciero,* y en el relato de las cortes de Madrid y de los preparativos de la guerra contra los árabes se muestra fiel para con la historia. Como Menéndez Pelayo ha indicado, la escena primera del último acto es versificación directa de una parte de la *Crónica de don Juan II.* Mas esto es todo lo que la historia presta a la comedia; el asunto central —el intento de deshonrar a la villana y el castigo del ofensor— no tiene apoyo documental conocido.

Paralelamente, las canciones de indudable origen popular que Lope introduce en *Peribáñez* pertenecen también a la parte episódica y no a la argumental. Así sucede con la conocidísima canción del *trébole* que cantan los segadores al comienzo del acto segundo, antes de conciliar el sueño:

> Trébole, ¡ay Jesús, como güele!
> trébole, ¡ay Jesús, qué olor!

También tradicional parece ser la canción de boda —ajena a la trama— que se canta al comienzo de la comedia, durante los esponsales de Casilda y Peribáñez:

> Y a los nuevos desposados
> eche Dios su bendición;
> parabién les den los prados,
> *pues hoy para en uno son.*

Muchos de los más bellos pasajes de la obra participan de este carácter tradicional y folklórico. La atmósfera popular queda magníficamente reflejada desde las primeras escenas. "Nunca la poesía villanesca, la legítima égloga castellana, hija del campo y no de los libros, saturada de olor de trébol y de verbena, se mostró tan fresca, donosa y gentil como en esta obra. Los rústicos de Lope son verdaderos rústicos, no cortesanos disfrazados", escribe Menéndez Pelayo. Y, como él mismo indica, a los segadores corresponde en esta obra desempeñar el importante papel que correspondía al coro en las tragedias clásicas: "No coro desligado y de puro ornato, sino con voz y acción en la fábula, a cuyas principales peripecias se asocian. Ellos [los segadores] son los que festejan con música y danza las bodas de Peribáñez; ellos los que velan, como perros fieles, a la puerta del buen labrador, e interrumpen con sus guitarras el silencio de la alta noche, de cuyas sombras quiere aprovecharse el Comendador para saltear aquel hogar honrado; ellos lo que, con las palabras del romance, disipan la nube de celos que va acumulándose sobre la cabeza de Peribáñez."

Esta obra es de capital importancia para el estudio del tema de la honra en Lope de Vega. Si bien el honor, según las palabras de Calderón, *es patrimonio del alma* y pertenece, por consiguiente, tanto a nobles como a villanos, no es menos cierto que el concepto mismo de la honra es aristocrático, según ya indicamos en el prólogo de *Fuente Ovejuna.* El villano está, normalmente, menos preocupado que el noble por las cuestiones de honor; tiene otros problemas más imperiosos a los que atender. Por eso la decisión con que Peribáñez defiende su honor no deja de sorprender al rey:

¡Cosa extraña!
¡Que un labrador tan humilde
estime tanto su fama!

Claro que Peribáñez no es un rústico cualquiera, sino un labrador escogido, un individuo destacado entre los de su casta, que inclusive ha sido ya alcalde y guía de los suyos:

Fui el mejor de mis iguales,
y en cuantas cosas trataban
me dieron primero voto,
y truje seis años vara.

Además Lope considera conveniente ennoblecer de manera particular a su héroe, armándose caballero, para que su dignidad y orgullo queden mejor justificados. Y esa distinción la recibe Peribáñez precisamente de mano de quien se convertirá en su ofensor, determinando con ello que la injuria sea doblemente insoportable. Ambas cosas, el ennoblecimiento de Peribáñez y la advertencia de que desde ese momento debe también respetarle íntegramente el Comendador, las declara el propio labriego, quien incluso convierte a don Fadrique en guardián de la honra de Casilda:

Vos me ceñisteis la espada
con que ya entiendo de honor,
que antes yo pienso, señor,
que entendiera poco o nada.
Y pues iguales los dos
con este honor me dejais,
mirad cómo le guardais
o quejareme de vos.

Esta circunstancia es también razón que esgrime la misma Casilda para rechazar las pretensiones de don Fadrique, quien solicita como amo y señor:

Mujer soy de un capitán,
si vos sois comendador.

Y aun el mismo Comendador, una vez herido de muerte por Peribáñez, abona la hidalguía del labriego, a quien Leonardo, indignado, tilda de villano:

No es villano, es caballero;
que, pues le ceñí la espada
con la guarnición dorada,
no ha empleado mal su acero.

No es que con esto trate Lope de negar la hidalguía o nobleza natural del hombre humilde, sino que sólo procura justificar el denuedo con que Peribáñez defiende su honra, atreviéndose incluso a dar muerte a su señor, actitud que resultaría quizá sorprendente en un vasallo. Mas no hay duda de que el Fénix consideraba que todos los hombres poseen la misma dignidad ante los ojos de Dios. Puede pensarse que Peribáñez, con caballería o sin ella, habría reaccionado ante el agravio de la misma manera; es su honor natural lo que le impulsa, no su grado de capitán. Lo confirman sus palabras en el momento cumbre de la tragedia:

> ¡Ay, honra! ¿qué aguardo aquí?
> Mas soy pobre labrador:
> bien será llegar y hablalle...
> pero mejor es matalle.

A su honra clama, y labrador se considera —no caballero— en esa encrucijada fundamental de su vida. Asimismo cuando se defiende ante el rey, justifica el haber dado muerte al Comendador aduciendo la traición ruín de éste y su propia deshonra, pero no esa caballería un tanto pegadiza. También entonces se considera "de villana casta" y simple pastor de su indefensa esposa. Y es el rey quien, admirado por el valor y el sentido natural de la fama que muestra Peribáñez, no sólo le perdona la vida, sino que le confirma en la humana caballería:

> A un hombre de este valor
> le quiero en esta jornada
> por capitán de la gente
> misma que sacó de Ocaña.
> . . . .
> Y después de esta ocasión,
> para la defensa y guarda
> de su persona, le doy
> licencia de traer armas
> defensivas y ofensivas.

Considera Menéndez Pelayo que sólo hay dos caracteres admirables en este drama: el de Peribáñez y el de su mujer. Casilda es un dechado de honestidad, y al mismo tiempo de brío, desenfado y gracia. La profundidad de su amor y su fidelidad a Peribáñez quedan bien sentados desde el momento en que don Fadrique vuelve de su desmayo y la requiebra galantemente. Su respuesta a los requerimientos del Comendador en el acto segundo es uno de los más bellos y más firmes parlamentos de toda la poesía dramática española. Sin embargo, no se puede estar de acuerdo con Menéndez Pelayo en el juicio que de don Fadrique hace: "El Comendador es un personaje brutal y odioso, a quien el poeta no concede ninguna cualidad amable, y así convenía que fuese para la ejemplaridad del castigo." No lo creo así; a diferencia de don Fernán Gómez, el Comendador de Calatrava en *Fuente Ovejuna*, don Fadrique no es ningún monstruo de soberbia ni de lujuria; no es ni un déspota ni un lúbrico violador de doncellas, sino un noble caballero, respetado y querido de sus súbditos. Al principio de la obra, cuando permanece desmayado en casa de Peribáñez, éste sinceramente se lamenta:

> Si aquí
> el Comendador muriese,
> no vivo más en Ocaña.
> ¡Maldita la fiesta sea!

Y Casilda es aún más explícita:

> ¡Oh, qué mal el mal se emplea
> en quien es la flor de España!
> ¡Ah, gallardo caballero!
> ¡Ah, valiente lidiador!

El Comendador es noble e hidalgo; pero un amor ciego, una pasión irrefrenable le hace perder el juicio y olvidar su hidalguía y nobleza. En un principio trata de sobreponerse a tan insana pasión —procura renunciar a Casilda, contentándose con contemplar su imagen pintada— pero la fuerza de la pasión es superior a la de su voluntad. Y aun así, herido ya por Peribáñez, recobra la lucidez de su juicio y da pruebas de su condición de caballero: se declara culpable, justifica la saña del labrador, a quien perdona, y reconoce incluso la nobleza de espíritu de éste:

> LEONARDO: ¿Qué te ha dado? Que parece
> que muy desmayado estás.
> COMENDADOR: Dióme la muerte no más,
> mas el que ofende merece.
> LEONARDO: ¡Herido! ¿De quién?
> COMENDADOR: No quiero
> voces ni venganzas ya.
> Mi vida en peligro está:
> sola la del alma espero.
> No busques ni hagas estremos,
> pues me han muerto con razón.
> Llévame a dar confesión
> y las venganzas dejemos.
> A Peribáñez perdono.

No sería ésta, precisamente, la actitud de un personaje brutal y odioso, desprovisto de toda cualidad amable. Es, frente a Peribáñez, un antagonista perfectamente estudiado, digno rival del noble labriego. La grandeza de ánimo de Peribáñez aumenta quizá ante la debilidad de espíritu del Comendador. Lope retrata a éste con mucha mayor simpatía que al Comendador de *Fuente Ovejuna* o que al infanzón don Tello de *El mejor alcalde, el rey.*

PERIBAÑEZ Y EL COMENDADOR DE OCAÑA

PERSONAJES

EL REY DON ENRIQUE III, DE CASTILLA.

LA REINA.

PERIBÁÑEZ, labrador.

CASILDA, mujer de PERIBÁÑEZ.

EL COMENDADOR, DE OCAÑA.

EL CONDESTABLE.

GÓMEZ MANRIQUE.

INÉS.

COSTANZA.

LUJÁN, lacayo.

UN CURA.

LEONARDO, criado.

MARÍN, lacayo.

BARTOLO, labrador.

BELARDO, labrador.

ANTÓN ....
BLAS ....
GIL ....
BENITO ....
LLORENTE .... } labradores.
MENDO ....
CHAPARRO ....
HELIPE ....

UN PINTOR.

UN SECRETARIO.

DOS REGIDORES.

LABRADORES Y LABRADORAS.

MÚSICOS.

PAJES.

HIDALGOS: Acompañamiento.

GUARDAS.

GENTE.

La acción pasa en Ocaña, en Toledo y en el campo.

ACTO PRIMERO

Sala en casa de PERIBÁÑEZ, *en Ocaña.*

ESCENA I

Boda de villanos. El CURA, INÉS, *madrina;* COSTANZA, *labradores;* CASILDA, *novia;* PERIBÁÑEZ; MÚSICOS, *de labradores.*

INÉS

Largos años os gocéis.

COSTANZA

Si son como yo deseo,
casi inmortales seréis.

CASILDA

Por el serviros, creo
que merezco que me honréis.

CURA

Aunque no parecen mal,
son excusadas razones
para cumplimiento igual,
ni puede haber bendiciones
que igualen con el misal.   10
Hartas os dije: no queda
cosa que deciros pueda
el más deudo, el más amigo.

INÉS

Señor doctor, yo no digo
más de que bien les suceda.

CURA

Espérolo en Dios, que ayuda
a la gente virtüosa.
Mi sobrina es muy sesuda.

PERIBÁÑEZ

Sólo con no ser celosa
saca este pleito de duda.   20

CASILDA

No me deis vos ocasión
que en mi vida tendré celos.

PERIBÁÑEZ

Por mí no sabréis qué son.

INÉS

Dicen que al amor los cielos
le dieron esta pensión.

CURA

Sentaos, y alegrad el día
en que sois uno los dos.

PERIBÁÑEZ

Yo tengo harta alegría
en ver que me ha dado Dios
tan hermosa compañía.   30

CURA

Bien es que a Dios se atribuya;
que en el reino de Toledo
no hay cara como la suya

CASILDA

Si con amor pagar puedo,
esposo, la afición tuya,
de lo que debiendo quedas
me estás en obligación.

PERIBÁÑEZ

Casilda, mientras no puedas
excederme en afición,
no con palabras me excedas.   40
Toda esta villa de Ocaña
poner quisiera a tus pies.
y aun todo aquello que baña
Tajo hasta ser portugués,
entrando en el mar de España.
El olivar más cargado
de aceitunas me parece
menos hermoso, y el prado

que por el mayo florece,
solo del alba pisado.   50
   No hay camuesa que se afeite[1]
que no te rinda ventaja,
ni rubio y dorado aceite
conservado en la tinaja,
que me cause más deleite.
   Ni el vino blanco imagino
de cuarenta años tan fino
como tu boca olorosa;
que como al señor la rosa,
le güele al villano el vino.   60
   Cepas que en diciembre arranco
y en octubre dulce mosto,
[ni] mayo de lluvias franco,
ni por los fines de agosto
la parva de trigo blanco,
   igualan a ver presente
en mi casa un bien que ha sido
prevención más excelente
para el invierno aterido
y para el verano ardiente.   70
   Contigo, Casilda, tengo
cuanto puedo desear,
y sólo el pecho prevengo;
en él te he dado lugar,
ya que a merecerte vengo.
   Vive en él; que si un villano
por la paz del alma es rey,
que tú eres reina está llano,
ya porque es divina ley,
y ya por derecho humano.   80
   Reina, pues que tan dichosa
te hará el cielo, dulce esposa,
que te diga quien te vea:
la ventura de la fea
pasóse a Casilda hermosa.

CASILDA

   Pues yo ¿cómo te diré
lo menos que miro en ti,
que lo más del alma fue?
Jamás en el baile oí
son que me bullese el pie,   90
   que tal placer me causase
cuando el tamboril sonase,
por más que el tamborilero
chillase con el garguero[2]
y con el palo tocase.

---

   [1] *Aleite.* El aderezo... que las mujeres se poner en la cara, manos y pechos... Covarrubias, *Tesoro.*
   [2] *Garguero,* "La parte interior de la garganta por otro nombre gorja, por donde desciende de la boca el alimento al estómago... Se toma también por toda la caña de pulmón." *Diccionario de Autoridades.*

   En mañana de San Juan
nunca más placer me hicieron
la verbena y arrayán,
ni los relinchos me dieron
el que tus voces me dan.   100
   ¿Cuál adufe[3] bien templado,
cuál salterio te ha igualado?
¿Cuál pendón de procesión,
con sus borlas y cordón,
a tu sombrero chapado?
   No hay pies con zapatos nuevos
como agradan tus amores;
eres entre mil mancebos
hornazo[4] en pascua de Flores
con sus picos y sus huevos.   110
   Pareces en verde prado
toro bravo y rojo echado;
pareces camisa nueva,
que entre jazmines se lleva
en azafate[5] dorado.
   Pareces cirio pascual
y mazapán de bautismo,
con capillo[6] de cendal,
y paréceste a ti mismo,
porque no tienes igual.   120

CURA

   Ea, bastan los amores,
que quieren estos mancebos
bailar y ofrecer.

PERIBÁÑEZ

     Señores,
pues no sois en amor nuevos,
perdón.

UN LABRADOR

   Ama hasta que adores.
   (Cantan y danzan.)

MÚSICOS

Dente parabienes
el mayo garrido,
los alegres campos,
las fuentes y ríos.
Alcen las cabezas   130
los verdes alisos,

---

   [3] *Adufe.* Pandero para tañer. Eguilaz, *Glosario.*
   [4] *Hornazo.* La rosca con huevos que se solía dar por Pascua de Flores. Covarrubias, *Tesoro.*
   [5] *Azafate.* Cesta grande hecha de hojas de palma. Eguilaz. *ibíd.*
   [6] *Capillo.* El que ponen al recién bautizado en la pila, en figura de la vestidura cándida de la gracia. Covarrubias, *Tesoro.*

y con frutos nuevos
almendros floridos.
Echen las mañanas,
después del rocío,
en espadas verdes
guarnición de lirios.
Suban los ganados
por el monte mismo
que cubrió la nieve,   140
a pacer tomillos.   (Folía.)
    Y a los nuevos desposados
eche Dios su bendición;
parabién les den los prados,
pues hoy para en uno son.
        (Vuelven a danzar.)
    Montañas heladas
y soberbios riscos,
antiguas encinas
y robustos pinos,
dad paso a las aguas   150
en arroyos limpios,
que a los valles bajan
de los hielos fríos.
Canten ruiseñores,
y con dulces silbos
sus amores cuenten
a estos verdes mirtos.
Fabriquen las aves
con nuevo artificio
para sus hijuelos   160
amorosos nidos.   (Folía.)
    Y a los nuevos desposados
eche Dios su bendición;
parabién les den los prados,
pues hoy para en uno son.
(Hacen gran ruido y entra Bartolo,
    labrador.)

ESCENA II

CURA

¿Qué es aquello?

BARTOLO

                    ¿No lo veis
en la grita y el rüido?

CURA

Mas ¿que el novillo han traído?

BARTOLO

¿Cómo un novillo? Y aun tres.

    Pero el tiznado que agora   170
traen del campo, ¡voto al sol,
que tiene brío español!
No se ha encintado en un hora.
    Dos vueltas ha dado a Bras,
que ningún italiano
se ha vido andar tan liviano
por la maroma jamás.
    A la yegua de ¿Antón Gil,
del verde recién sacada,
por la panza desgarrada   180
se le mira el perejil.
    No es de burlas; que a Tomás,
quitándole los calzones,
no ha quedado en opiniones,
aunque no barbe jamás.[7]
    El nueso[8] Comendador,
señor de Ocaña, y su tierra,
bizarro a picarle cierra,
más gallardo que un azor.
¡Juro a mí, si no tuviera   190
cintero[9] el novillo!...

CURA

                    Aquí
¿no podrá entrar?

BARTOLO

                    Antes sí.

CURA

Pues, Pedro, de esa manera,
allá me subo al terrado.

COSTANZA

Dígale alguna oración;
que ya ve que no es razón
irse, señor Licenciado.

CURA

Pues oración ¿a qué fin?

COSTANZA

¿A qué fin? De resistillo.   200

[7] De barbear. Tomar una res vacuna... por el hocico y el testuz o el cuerno, y haciendo fuerza con las manos en direcciones opuestas. torcerle la cabeza hasta dar en tierra con el animal. Santamaría, Diccionario de Mejicanismos. Editorial Porrúa, S. A. México, 1959.
[8] Nueso. "Los bárbaros dicen nueso y nuesa, como nuesamo." Covarrubias, Tesoro.
[9] Cintero. Soga que se ciñe a los cuernos de un toro.

CURA

Engáñaste; que hay novillo
que no entiende bien latín. *(Entrase.)*

COSTANZA

Al terrado va sin duda. *(Voces.)*
La grita creciendo va.

INÉS

Todas iremos allá;
que, atado, al fin no se muda.

BARTOLO

Es verdad que no es posible
que más que la soga alcance. *(Vase.)*

ESCENA III

PERIBÁÑEZ, CASILDA, INÉS, COSTANZA, LABRADORES, LABRADORAS, MÚSICOS.

PERIBÁÑEZ

¿Tú quieres que intente un lance?

CASILDA

¡Ay no, bien, que es terrible!   210

PERIBÁÑEZ

Aunque más terrible sea,
de los cuernos le asiré,
y en tierra con él daré,
porque mi valor se vea.

CASILDA

No conviene a tu decoro
el día que te has casado,
ni que un recién desposado
se ponga en cuernos de un toro.

PERIBÁÑEZ

Si refranes considero,
dos me dan gran pesadumbre: 220
que a la cárcel, ni aun por lumbre,
y de cuernos, ni aun tintero.
Quiero obedecer. *(Ruidos y voces dentro.)*

CASILDA

¡Ay Dios!
¿Qué es esto?

ESCENA IV

GENTE
(Dentro.)

¡Qué gran desdicha!

CASILDA

Algún mal hizo por dicha.

PERIBÁÑEZ

¿Cómo estando aquí los dos?
(Bartolo vuelve.)

BARTOLO

¡Oh, que nunca le trujeran,
plugiera al cielo, del soto!
A la fe, que no se alaben   230
de aquesta fiesta los mozos.
¡Oh mal hayas, el novillo!
Nunca en el abril lluvioso
halles hierba en verde prado,
mas que si fuera en agosto.
Siempre te venza el contrario
cuando estuvieres celoso,
y por los bosques bramando,
halles secos los arroyos.
Mueras en manos del vulgo,   240
a pura garrocha, en coso;
no te mate caballero
con lanza o cuchillo de oro;
mal lacayo por detrás,
con el acero mohoso,
te haga sentar por fuerza,
y manchar en sangre el polvo.

PERIBÁÑEZ

Repórtate ya, si quieres,
y dinos lo que es, Bartolo;
que no maldijera más   250
Zamora a Bellido Dolfos.

BARTOLO

El Comendador de Ocaña,
nueso señor generoso,
en un bayo que cubrían
moscas negras pecho y lomo,
mostrando por un bozal
de plata el rostro fogoso,
y lavando en blanca espuma
un tafetán verde y rojo,
pasaba la calle acaso;   260
y viendo correr el toro,

caló la gorra y sacó
de la capa el brazo airoso,
vibró la vara, y las piernas
puso al bayo, que era un corzo;
y, al batir los acicates,
revolviendo el vulgo loco,
trabó la soga al caballo,
y cayó en medio de todos.
Tan grande fue la caída,
que es el peligro forzoso.   270
Pero ¿qué os cuento, si aquí
le trae la gente en hombros?

ESCENA V

El COMENDADOR, *entre algunos labradores; dos lacayos, de librea;* MARÍN *y* LUJÁN, *borceguís, capa y gorra.*

BARTOLO

Aquí estaba el Licenciado,
y lo podrán absolver.

INÉS

Pienso que se fue a esconder

PERIBÁÑEZ

Sube, Bartolo, al terrado.

BARTOLO

Voy a buscarle.

PERIBÁÑEZ

Camina.
(Vase Bartolo. Ponen en una silla al Comendador.)

LUJÁN

Por silla vamos los dos
en que llevarle, si Dios
llevársele determina.   280

MARÍN

Vamos, Luján, que sospecho
que es muerto el Comendador.

LUJÁN

El corazón de temor
me va saltando en el pecho.
(Vanse Luján y Marín.)

CASILDA

Id, vos, porque me parece,
Pedro, que algo vuelve en sí,
y traed agua.

PERIBÁÑEZ

Si aquí
el Comendador muriese,
no vivo más en Ocaña.
¡Maldita la fiesta sea!   290
(Vanse todos. Quedan Casilda y el Comendador, en una silla, y ella tomándole las manos.)

ESCENA VI

CASILDA

¡Oh qué mal el mal se emplea
en quien es la flor de España!
¡Ah gallardo caballero!
¡Ah valiente lidiador!
¿Sois vos quien daba temor
con ese desnudo acero
a los moros de Granada?
¿Sois vos quien tantos mató?
Una soga ¿derribó
a quien no pudo su espada?   300
Con soga os hiere la muerte;
mas será por ser ladrón
de la gloria y opinión
de tanto capitán fuerte.
¡Ah, señor Comendador!

COMENDADOR

¿Quién llama? ¿Quién está aquí?

CASILDA

¡Albricias, que habló!

COMENDADOR

¡Ay de mí!
¿Quién eres?

Yo soy, señor.
No os aflijáis; que no estáis
donde no os desean más bien   310
que vos mismo, aunque también
quejas, mi señor, tengáis
de haber corrido aquel toro.
Haced cuenta que esta casa
es vuestra.

COMENDADOR

Hoy a ella pasa
todo el humano tesoro.
Estuve muerto en el suelo,
y como ya lo creí,
cuando los ojos abrí,
pensé que estaba en el cielo.   320
Desengañadme, por Dios;
que es justo pensar que sea
cielo donde un hombre vea
que hay ángeles como vos.

CASILDA

Antes por vuestras razones
podría yo presumir
que estáis cerca de morir.

COMENDADOR

¿Cómo?

CASILDA

Porque veis visiones.
Y advierta vueseñoría
que, si es agradecimiento   330
de hallarse en el aposento
desta humilde casa mía,
de hoy solamente lo es

COMENDADOR

¿Sois la novia, por ventura?

CASILDA

No por ventura, si dura
y crece este mal después,
venido por mi ocasión.

COMENDADOR

¿Que vos estáis ya casada?

CASILDA

Casada y bien empleada.

COMENDADOR

Pocas hermosas lo son.   340

CASILDA

Pues por eso he yo tenido
la ventura de la fea.

COMENDADOR
(Aparte.)

¡Que un tosco villano sea

desta hermosura marido!)
¿Vuestro nombre?

CASILDA

Con perdón
Casilda, señor, me nombro.

COMENDADOR
(Aparte.)

De ver su traje me asombro
y su rara perfección.
Diamante en plomo engastado,
¡dichoso el hombre mil veces   350
a quien tu hermosura ofreces!

CASILDA

No es él el bien empleado;
yo lo soy, Comendador;
créalo su señoría.

COMENDADOR

Aun para ser mujer mía
tenéis, Casilda, valor.
Dame licencia que pueda
regalarte.
(Peribáñez, entra.)

ESCENA VII

PERIBÁÑEZ

No parece
el Licenciado: si crece
ei accidente...

CASILDA

Ahí te queda,   360
porque ya tiene salud
don Fadrique, mi señor.

PERIBÁÑEZ

Albricias te da mi amor.

COMENDADOR

Tal ha sido la virtud
desta piedra celestial.

ESCENA VIII

MARÍN, LUJÁN. Lacayos.

MARÍN

Ya dicen que ha vuelto en sí.

LUJÁN

Señor, la silla está aquí.

COMENDADOR

Pues no pase del portal;
    que no he menester ponerme
en ella.

LUJÁN

    ¡Gracias a Dios!   370

COMENDADOR

Esto que os debo a los dos,
si con salud vengo a verme,
    satisfaré de manera
que conozcáis lo que siento
vuestro buen acogimiento.

PERIBÁÑEZ

Si a vuestra salud pudiera,
    señor, ofrecer la mía,
no lo dudéis. '

COMENDADOR

        Yo lo creo.

LUJÁN

¿Qué sientes?

COMENDADOR

        Un gran deseo,   380
que cuando entré no tenía.

LUJÁN

No lo entiendo.

COMENDADOR

        Importa poco.

LUJÁN

Yo hablo de tu caída.

COMENDADOR

En peligro está mi vida
por un pensamiento loco.
(Vanse: quedan Casilda y Peribá-
    ñez.)

ESCENA IX

PERIBÁÑEZ

Parece que va mejor.

CASILDA

Lástima, Pedro, me ha dado.

PERIBÁÑEZ

Por mal agüero he tomado
que caiga el Comendador.
    ¡Mal haya la fiesta, amén,   390
el novillo y quien le ató!

CASILDA

No es nada, luego me habló.
Antes lo tengo por bien,
    porque nos haga favor,
si ocasión se nos ofrece.

PERIBÁÑEZ

Casilda, mi amor merece
satisfacción de mi amor.
    Ya estamos en nuestra casa,
su dueño y mío has de ser:
ya sabes que la mujer   400
para obedecer se casa; ·
    que así se lo dijo Dios
en el principio del mundo,
que en eso estriba, me fundo,
la paz y el bien de los dos.
    Espero, amores, de ti
que has de hacer gloria mi pena

CASILDA

¿Qué ha de tener para buena
una mujer?

PERIBÁÑEZ

        Oye.

CASILDA

        Di.

PERIBÁÑEZ

    Amar y honrar su marido   410
es letra de este abecé,
siendo buena por la B,
que es todo el bien que te pido,
    Haráte cuerda la C,
la D dulce y entendida
la E, y la F en la vida
firme, fuerte y de gran fe.
    La G grave, y para honrada
la H, que con la I
te hará ilustre, si de ti   420
queda mi casa ilustrada.

Limpia serás por la L,
y por la M maestra
de tus hijos, cual lo muestra
quien de sus vicios se duele.
      La N te enseña un no
a solicitudes locas
que este no, que aprenden pocas,
está en la N y la O.
      La P te hará pensativa,   430
la Q bien quista, la R
con tal razón que destierre
toda locura excesiva.
      Solícita te ha de hacer
de mi regalo la S,
la T tal que no pudiese
hallarse mejor mujer.
      La V te hará verdadera,
la X buena cristiana,
letra que en la vida humana   440
has de aprender la primera.
      Por la Z has de guardarte
de ser zelosa; que es cosa
que nuestra paz amorosa
puede, Casilda, quitarte.
      Aprende este canto llano;
que con aquesta cartilla
tú serás flor de la villa,
y yo el más noble villano.

CASILDA

      Estudiaré, por servirte,   450
las letras de ese abecé;
pero dime si podré
otro, mi Pedro decirte,
      si no es acaso licencia.

PERIBÁÑEZ

Antes yo me huelgo. Di;
que quiero aprender de ti.

CASILDA

Pues escucha, y ten paciencia.
      La primera letra es A,
que altanero no has de ser;
por la B no me has de hacer   460
burla para siempre ya.
      La C te hará compañero
en mis trabajos; la D
dadivoso, por la fe
con que regalarte espero.
      La F de fácil trato,
la G galán para mí,
la H honesto, y la I
sin pensamiento de ingrato.

      Por la L liberal   470
y por la M el mejor
marido que tuvo amor,
porque es el mayor caudal.
      Por la N no serás
necio, que es fuerte castigo
por la O solo conmigo
todas las horas tendrás.
      Por la P me has de hacer obras
de padre; porque quererme
por la Q, será ponerme   480
en la obligación que cobras.
      Por la R regalarme,
y por la S servirme,
por la T tenerte firme,
por la V verdad tratarme;
      por la X con abiertos
brazos imitarla ansí. (Abrázale.)
Y como estamos aquí,
estemos después de muertos.

PERIBÁÑEZ

      Yo me ofrezco, prenda mía,   490
a saber este abecé
¿Quieres más?

CASILDA

                    Mi bien, no sé

si me atreva el primer día
a pedirte un gran favor.

PERIBÁÑEZ

Mi amor se agravia de ti.

CASILDA

¿Cierto?

PERIBÁÑEZ

            Sí.

CASILDA

            Pues oye.

PERIBÁÑEZ

                    Di
cuanto es obligar mi amor.

CASILDA

      El día de la Asumpción
se acerca; tengo deseó
de ir a Toledo, y creo   500
que no es gusto, es devoción

de ver la imagen también
del Sagrario, que aquel día
sale en procesión.

PERIBÁÑEZ

La mía
es tu voluntad, mi bien.
Tratemos de la partida.

CASILDA

Ya por la G me pareces
galán: tus manos mil veces
beso.

PERIBÁÑEZ

A tus primas convida,
y vaya un famoso carro.   510

CASILDA

¿Tanto me quieres honrar?

PERIBÁÑEZ

Allá te pienso comprar...

CASILDA

Dilo.

PERIBÁÑEZ

Un vestido bizarro. *(Entranse.)*
(Sala en casa del Comendador.)

ESCENA X

Sale el COMENDADOR *y* LEONARDO,
criado.

COMENDADOR

Llámale, Leonardo, presto
a Luján.

LEONARDO

Ya le avisé;
pero estaba descompuesto.

COMENDADOR

Vuelve a llamarle.

LEONARDO

Yo iré.

COMENDADOR

Parte.

LEONARDO
(Aparte.)

¿En qué ha de parar esto?
Cuando se siente mejor,
tiene más melancolía,   520
y se queja sin dolor;
suspiros al aire envía:
mátenme si no es amor. *(Vase.)*

ESCENA IX

COMENDADOR

Hermosa labradora,
más bella, más lucida,
que ya del sol vestida
la colorada aurora;
sierra de blanca nieve,
que los rayos de amor vencer se
                                    [atreve,
parece que cogiste   530
con esas blancas manos
en los campos lozanos,
que el mayo adorna y viste,
cuantas flores agora,
céfiro engendra en el regazo a Flora.
Yo vi los verdes prados
llamar tus plantas bellas,
por florecer con ellas,
de su nieve pisados,
y vi de tu labranza   540
nacer al corazón verde esperanza.
¡Venturoso el villano
que tal agosto ha hecho
del trigo de tu pecho,
con atrevida mano,
y que con blanca barba
verá en sus eras de tus hijos parva.
Para tan gran tesoro
del fruto sazonado
el mismo sol dorado   550
te preste el carro de oro,
o el que forman estrellas,
pues las del norte no serán tan bellas;
por su azadón trocara
mi dorada cuchilla
a Ocaña tu casilla,
casa en que el sol repara.
¡Dichoso tú, que tienes
en la troj de tu lecho tantos bienes!

ESCENA XII

Entra LUJÁN.

LUJÁN

Perdona; que estaba el bayo 560
necesitado de mí.

COMENDADOR

Muerto estoy, matóme un rayo;
aun dura, Luján en mí
la fuerza de aquel desmayo.

LUJÁN

¿Todavía persevera,
y aquella pasión te dura?

COMENDADOR

Como va el fuego a su esfera,
el alma a tanta hermosura
sube cobarde y ligera.
Si quiero, Luján, hacerme 570
amigo deste villano,
donde el honor menos duerme
que en el sutil cortesano,
¿qué medio puede valerme?
—¿Será bien decir que trato
de no parecer ingrato
al deseo que mostró,
[y] hacerle algún bien?

LUJÁN

Si yo
quisiera bien, con recato,
quiero decir, advertido 580
de un peligro conocido,
primero que a la mujer,
solicitara tener
la gracia de su marido.
Este, aunque es hombre de bien
y honrado entre sus iguales,
se descuidará también,
si le haces obras tales
como por otros se ven.
Que hay marido que, obligado, 590
procede más descuidado
en la guarda de su honor;
que la obligación, señor,
descuida el mayor cuidado.

COMENDADOR

¿Qué le dará por primeras
señales?

LUJÁN

Si consideras
lo que un labrador adulas ,
será darle un par de mulas
más que si a Ocaña le dieras.
Este es el mayor tesoro 600
de un labrador; y a su esposa
unas arracadas de oro
que con Angélica hermosa
esto escriben de Medoro.
Reinaldo fuerte en roja sangre ba-
[ña
por Angélica el campo de Agraman-
[te;
Roldán, valiente, gran señor de An-
[glante,
cubre de cuerpos la marcial campa-
[ña;
la furia Malgesí del cetro engaña,
sangriento corre el fiero Sacripante;
610
cuanto le pone la ocasión delante,
derriba al suelo Ferragut de España.
Mas, mientras los gallardos paladi-
armados tiran tajos y reveses, [nes
presentóle Medoro unos chapines;
y entre unos verdes olmos y cipre-
[ses
gozó de amor los regalados fines,
y la tuvo por suya trece meses.

COMENDADOR

No pintó mal el poeta
lo que puede el interés. 620

LUJÁN

Ten por opinión discreta
la del dar, porque al fin es
la más breve y más secreta.
Los servicios personales
son vistos públicamente
y dan del amor señales.
El interés diligente,
que negocia por metales,
dicen que lleva los pies
todos envueltos en lana. 630

COMENDADOR

Pues alto, venza interés.

LUJÁN

Mares y montes allana,
y tú lo verás después.

COMENDADOR

Desde que fuiste conmigo,
Luján, a Andalucía,
y fui en la guerra testigo
de tu honra y valentía,
huelgo de tratar contigo
todas las cosas que son
de gusto y secreto, a efeto   640
de saber tu condición;
que un hombre de bien discreto
es digno de estimación
en cualquier parte o lugar
que le ponga su fortuna;
y yo te pienso mudar
deste oficio.

LUJÁN

            Si en alguna
cosa te puedo agradar,
mándame, verás mi amor;
que yo no puedo, señor,   650
ofrecerte otras grandezas.

COMENDADOR

Sácame destas tristezas.

LUJÁN

Este es el medio mejor.

COMENDADOR

Pues vamos, y buscarás
el par de mulas más bello
que él haya visto jamás.

LUJÁN

Ponles ese yugo al cuello;
que antes de una hora verás
arar en su pecho fiero
surcos de afición, tributo   660
que de tu cosecha espero;
que en trigo de amor, no hay fruto,
si no se siembra dinero. *(Vanse.)*
(Sala en casa de Peribáñez.)

ESCENA XIII

Salen INÉS, COSTANZA *y* CASILDA.

CASILDA

No es tarde para partir.

INÉS

El tiempo es bueno y es llano
todo el camino.

COSTANZA

            En verano
suelen muchas veces ir
en diez horas, aun en menos.
¿Qué galas llevas, Inés?

INÉS

Pobres y el talle que ves.   670

COSTANZA

Yo llevo unos cuerpos llenos
e pasamanos de plata.

INÉS

Desabrochado el sayuelo,
salen bien.

CASILDA

            De terciopelo
sobre encarnada escarlata
los pienso llevar, que son
galas de mujer casada.

COSTANZA

Una basquiña prestada
me daba, Inés, la de Antón.
Era palmilla [10] gentil   680
de Cuenca, si allá se teje,
y oblígame a que la deje
Menga, la de Blasco Gil;
    porque dice que el color
no dice bien con mi cara.

INÉS

Bien sé yo quien te prestara
una faldilla mejor.

COSTANZA

¿Quién?

INÉS

Casilda.

CASILDA

            Si tú quieres,
la de grana blanca es buena,
o la verde, que está llena   690
de vivos.

_____

[10] *Palmilla.* Una suerte de paño. Covarrubias, *Tesoro.*

COSTANZA

Liberal eres
y bien acondicionada;
mas, si Pedro ha de reñir,
no te la quiero pedir,
y guárdete Dios, casada.

CASILDA

No es Peribáñez, Costanza,
tan mal acondicionado.

INÉS

¿Quiérete bien tu velado?

CASILDA

¿Tan presto temes mudanza?
No hay en esta villa toda   700
novios de placer tan ricos;
pero aun comemos los picos
de las roscas de la boda.

INÉS

¿Dícete muchos amores?

CASILDA

No sé yo cuáles son pocos;
sé que mis sentidos locos
lo están de tantos favores.
Cuando se muestra el lucero
viene del campo mi esposo,
de su cena deseoso;   710
siéntele el alma primero,
y salgo a abrille la puerta,
arrojando el amohadilla;
que siempre tengo en la villa
quien mis labores concierta.
El de las mulas se arroja,
y yo me arrojo en sus brazos;
tal vez de nuestros abrazos
la bestia hambrienta se enoja,
y sintiéndola gruñir,   720
dice: "En dándole la cena
al ganado, cara buena,
volverá Pedro a salir."
Mientras él paja les echa,
ir por cebada me manda;
yo la traigo, él la zaranda;
y deja la que aprovecha.
Revuélvela en el pesebre,
y allí me vuelve a abrazar;
que no hay tan bajo lugar   730
que el amor no le celebre.

Salimos donde ya está
dándonos voces la olla,
porque el ajo y la cebolla,
fuera del olor que da
por toda nuestra cocina,
tocan a la cobertera
el villano de manera,
que a bailalle nos inclina.
Sácola en limpios manteles,   740
no en plata, aunque yo quisiera;
platos son de Talavera,
que están vertiendo claveles.
Aváhole [11] su escodilla
de sopas con tal primor,
que no la come mejor
el señor de nuesa villa;
y él lo paga, porque a fe,
que apenas bocado toma,
de que, como a su paloma,   750
lo que es mejor no me dé.
Bebe y deja la mitad,
bébole las fuerzas yo,
traigo olivas, y si no,
es postre la voluntad.
Acabada la comida,
puestas las manos los dos,
dámosle gracias a Dios
por la merced recebida;
y vámonos a acostar,   760
donde le pesa a la aurora
cuando se llega la hora
de venirnos a llamar.

INÉS

¡Dichosa tú, casadilla,
que en tan buen estado estás!
Ea, ya no falta más
sino salir de la villa.

ESCENA XIV

Entra PERIBÁÑEZ.

CASILDA

¿Está el carro aderezado?

PERIBÁÑEZ

Lo mejor que puede está.

CASILDA

Luego ¿pueden subir ya?   770

---

[11] *Avahar.* Calentar con el vaho alguna cosa. *Diccionario de Autoridades.*

PERIBÁÑEZ

Pena, Casilda, me ha dado
el ver que el carro de Blas
lleva alhombra [12] y repostero.

CASILDA

Pídele a algún caballero.

INÉS

Al Comendador podrás.

PERIBÁÑEZ

El nos mostraba afición,
y pienso que nos le diera.

CASILDA

¿Qué se pierde en ir?

PERIBÁÑEZ

Espera;
que a la fe que no es razón
que vaya sin repostero.   780

INÉS

Pues vámonos a vestir.

CASILDA

También le puedes pedir...

PERIBÁÑEZ

¿Qué, mi Casilda?

CASILDA

Un sombrero.

PERIBÁÑEZ

Eso no.

CASILDA

¿Por qué? ¿Es exceso?

PERIBÁÑEZ

Porque plumas de señor
podrán darnos por favor,
a 'ti viento y a mí peso.   (Vanse
todos.)
(Sala en casa del COMENDADOR.)

_____
[12] Alhombra. Es lo mismo que tapete.
Covarrubias, Tesoro.

ESCENA XV

Entran el COMENDADOR y LUJÁN.

COMENDADOR

Ellas son con extremo.

LUJÁN

Yo no he visto
mejores bestias, por tu vida y mía,
en cuantas he tratado, y no son po-
[cas. 790

COMENDADOR

Las arracadas faltan.

LUJÁN

Dijo el dueño
que cumplen a estas yerbas los tres
[años,
y costaron lo mismo que le diste,
habrá un mes, en la feria de Man-
[silla,
y que saben muy bien de albarda y
[silla.

COMENDADOR

¿De qué manera, di, Luján, podre-
darlas a Peribáñez, su marido, [mos
que no tenga malicia en mi propósi-
[to?

LUJÁN

Llamándole a tu casa, y previniéndo-
[le
de que estás a su amor agradecido.
800
Pero cáusame risa en ver que hagas
tu secretario en cosas de tu gusto
un hombre de mis prendas.

COMENDADOR

No te espantes;
que sirviendo mujer de humildes
[prendas,
es fuerza que lo trate con las tuyas.
Si sirviera una dama, hubiera dado
parte a mi secretario o mayordomo
o a algunos gentilhombres de mi ca-
Estos hicieran joyas. y buscaran [sa.

cadenas de diamantes, brincos,[13] per-
[las, 810
telas, rasos, damascos, terciopelos,
y otras cosas extrañas y exquisitas,
hasta en Arabia procurar la fénix;
pero la calidad de lo que quiero
me obliga a darte parte de mis cosas,
Luján; aunque eres mi lacayo, mira
que para comprar mulas eres propio;
de suerte que yo trato el amor mío
de la manera misma que él me trata.

LUJÁN

Ya que no fue tu amor, señor, dis-
[creto,   820
el modo de tratarle lo parece.

ESCENA XVI

Entra LEONARDO.

LEONARDO

Aquí está Peribáñez.

COMENDADOR

¿Quién, Leonardo?

LEONARDO

Peribáñez, señor.

COMENDADOR

¿Qué es lo que dices?

LEONARDO

Digo que me pregunta Peribáñez
por ti, y yo pienso bien que le co-
[noces.
Es Peribáñez labrador de Ocaña
cristiano viejo y rico, hombre tenido
en gran veneración de sus iguales,
y que, si se quisiese alzar agora
en esta villa, seguirán su nombre 830
cuantos salen al campo con su ara-
[do,
porque es, aunque villano, muy hon-
[rado.

LUJÁN
(Aparte a su amo.)

¿De qué has perdido la color?

COMENDADOR

¡Ay cielos!
Que de sólo venir el que es esposo
de una mujer que quiero bien, me
[sienta
descolorir, helar y temblar todo.

LUJÁN

Luego ¿no ternás ánimo de verle?

COMENDADOR

Di que entre; que, del modo que a
[quien ama,
la calle, las ventanas y las rejas
agradables le son, y en las criadas
840
parece que ve el rostro de su dueño,
así pienso mirar en su marido
la hermosura por quien estoy perdi-
[do.

ESCENA XVII

PERIBÁÑEZ *con capa.*

PERIBÁÑEZ

Dame tus generosos pies.

COMENDADOR

¡Oh Pedro!
Seas mil veces bien venido. Dame
otras tantas tus brazos.

PERIBÁÑEZ

¡Señor mío!
¡Tanta merced a un rústico villano
de los menores que en Ocaña tienes!
¡Tanta merced a un labrador!

COMENDADOR

No eres
indigno, Peribáñez, de mis brazos;
850
que, fuera de ser hombre bien na-
[cido,
y por tu entendimiento y tus cos-
[tumbres
honra de los vasallos de mi tierra,
te debo estar agradecido, y tanto
cuanto ha sido por ti tener la vida
que pienso que sin ti fuera perdida.
¿Qué quieres desta casa?

---

[13] *Brincos.* Ciertos joyelitos pequeños que
cuelgan de las tocas, porque como van con
el aire parece que están saltando. Covarrubias,
Tesoro.

PERIBÁÑEZ

Señor mío,
yo soy, ya lo sabrás, recién casado.
Los hombres, y de bien, cual lo pro-
[feso,
hacemos, aunque pobres, el oficio
860
que hicieran los galanes de palacio.
Mi mujer me ha pedido que la lleve
a la fiesta de agosto, que en Toledo
es, como sabes, de su santa iglesia,
celebrada de suerte, que convoca
a todo el reino. Van también sus
[primas.
Yo, señor, tengo en casa pobres sar-
[gas
no franceses tapices de oro y seda,
no reposteros con dorada armas,
ni coronados de blasón y plumas 870
los timbres generosos; y así, vengo
a que se digne vuestra señoría
de prestarme una alhombra y repos-
[tero
para adornar el carro; y le suplico
que mi ignorancia su grandeza abone,
y como enamorado me perdone.

COMENDADOR

¿Estás contento, Peribáñez?

PERIBÁÑEZ

Tanto,
que no trocara a este sayal grosero
la encomienda mayor que el pecho
[cruza
de vuestra señoría, porque tengo 880
mujer honrada, y no de mala cara,
buena cristiana, humilde, y que me
[quiere,
no sé si tanto como yo la quiero,
pero con más amor que mujer tuvo.

COMENDADOR

Tenéis razón de amar a quien os ama
por ley divina y por humanas leyes;
que a vos eso os agrada como vues-
[tro.
¡Hola! Dadle el alfombra mequineza,
con ocho reposteros de mis armas;
890
y pues hay ocasión para pagarle
el buen acogimiento de su casa,
adonde hallé la vida, las dos mulas

que compré para el coche de camino;
y a su esposa llevad las arracadas,
si el platero las tiene ya acabadas.

PERIBÁÑEZ

Aunque bese la tierra, señor mío,
en tu nombre mil veces, no te pago
una mínima parte de las muchas
que debo a las mercedes que me ha-
[ces.
Mi esposa y yo, hasta aquí vasallos
[tuyos,   900
desde hoy somos esclavos de tu casa.

COMENDADOR

Ve, Leonardo, con él.

LEONARDO

Vente conmigo.
(Vanse.)

ESCENA XVIII

COMENDADOR

Luján, ¿qué te parece?

LUJÁN

Que se viene
la ventura a tu casa.

COMENDADOR

Escucha aparte:
el alazán al punto me adereza;
que quiero ir a Toledo rebozado,
porque me lleva el alma esta villana.

LUJÁN

¿Seguirla quieres?

COMENDADOR

Sí, pues me persigue,
porque este ardor con verla se miti-
[gue. (Vanse.)

ESCENA XIX

(Entrada a la catedral de Toledo.)
Entran en acompañamiento el REY
DON ENRIQUE III y el CONDESTABLE.

CONDESTABLE

Alegre está la ciudad,   910
y a servirte apercibida,
con la dichosa venida
de tu sacra majestad.
Auméntales el placer
ser víspera de tal día.

REY

El deseo que tenía
me pueden agradecer.
Soy de su rara hermosura
el mayor apasionado.

CONDESTABLE

Ella en amor y en cuidado   920
notablemente procura
mostrar agradecimiento.

REY

Es otava maravilla,
es corona de Castilla,
es su lustre y ornamento,
    Es cabeza, Condestable,
de quien los miembros reciben
vida, con que alegres viven;
es a la vista admirable.
    Como Roma, está sentada   930
sobre un monte que ha vencido
los siete por quien ha sido
tantos siglos celebrada.
    Salgo de su santa iglesia
con admiración y amor.

CONDESTABLE

Este milagro, señor,
vence al antiguo de Efesia.
¿Piensas hallarte mañana
en la procesión?

REY

                    Iré,
para ejemplo de mi fe,   940
con la Imagen soberana;
    que la querría obligar
a que rogase por mí
en esta jornada.

ESCENA XX

Un PAJE entra.

                ' Aquí
tus pies vienen a besar

dos regidores, de parte
de su noble ayuntamiento.

REY

Di que lleguen.
        (Dos Regidores.)

UN REGIDOR

                Esos pies
besa, gran señor, Toledo,
y dice que, para darte   950
respuesta con breve acuerdo
a lo que pides, y es justo,
de la gente y el dinero,
juntó sus nobles, y todos,
de común consentimiento,
para la jornada ofrecen
mil hombres de todo el reino
y cuarenta mil ducados.

REY

Mucho a Toledo agradezco
el servicio que me hace;   960
pero es Toledo en efeto.
¿Sois caballeros los dos?

REGIDOR

Los dos somos caballeros.

REY

Pues hablad al Condestable
mañana, porque Toledo
vea que en vosotros pago
lo que a su nobleza debo.

ESCENA XXI

Entran INÉS y COSTANZA con som-
breros de borlas y vestidos de labradoras al uso de la Sagra; y PERIBÁ-
ÑEZ y el COMENDADOR, de camino,
detrás.

INÉS

Pardiez, que tengo de verle,
pues hemos venido a tiempo
que está el Rey en la ciudad.   970

COSTANZA

¡Oh qué gallardo mancebo!

INÉS

Este llaman don Enrique
Tercero.

CASILDA

¡Qué buen tercero!

PERIBÁÑEZ

Es hijo del rey don Juan
el Primero, y así, es nieto
del Segundo don Enrique,
el que mató al rey don Pedro,
que fue Guzmán por la madre,
y valiente caballero;
aunque más lo fue el hermano;   980
pero cayendo en el suelo,
valióse de la fortuna,
y de los brazos asiendo
a Enrique, le dio daga,
que agora se ha vuelto cetro.

INÉS

¿Quién es aquel tan erguido
que habla con él?

PERIBÁÑEZ

Cuando menos
el Condestable.

CASILDA

¿Qué, son
los reyes de carne y hueso?

COSTANZA

Pues ¿de qué pensabas tú?   990

CASILDA

De damasco o terciopelo.

COSTANZA

¡Sí que eres boba en verdad!

COMENDADOR
(Aparte.)

Como sombra voy siguiendo
el sol. de aquesta villana,
y con tanto atrevimiento,
que de la gente del Rey
el ser conocido temo.
Pero ya se va al alcázar.
(Vanse el Rey y su gente.)

INÉS

¡Hola! El Rey se va.

COSTANZA

Tan presto,
que aun no he podido saber   1000
si es barbirrubio o taheño.[14]

INÉS

Los reyes son a la vista,
Costanza, por el respeto,
imágenes de milagros
porque siempre que los vemos,
de otra color nos parecen.

ESCENA XXII

LUJÁN, entra con un PINTOR.

LUJÁN

Aquí está.

PINTOR

¿Cuál dellas?

LUJÁN

Quedo.
Señor, aquí está el pintor.

COMENDADOR

¡Oh amigo!

PINTOR

A servirte vengo.

COMENDADOR

¿Traes el naipe y colores   1010

PINTOR

Sabiendo tu pensamiento,
colores y naipe traigo.

COMENDADOR

Pues, con notable secreto,
de aquellas tres labradoras
me retratas la de en medio
luego que en cualquier lugar
tomen con espacio asiento.

---

[14] Taheño. Dícese del pelo bermejo.

PINTOR

Que será dificultoso
temo; pero yo me atrevo
a que se parezca mucho.   1020

COMENDADOR

Pues advierte lo que quiero.
Si se parece en el naipe,
deste retrato pequeño
quiero que hagas uno grande
con más espacio en un lienzo.

PINTOR

¿Quiéresle entero?

COMENDADOR

          No tanto;
basta que de medio cuerpo,
mas con las mismas patenas,[15]
sartas, camisa y sayuelo.

LUJÁN

Allí se sientan a ver
la gente.

PINTOR

          Ocasión tenemos,
yo haré el retrato.

PERIBÁÑEZ

          Casilda,

---

[15] *Patenas*. Una lámina ancha, que antigua-
mente traían a los pechos con alguna insignia
de devoción, que el día de hoy tan solamente
se usa entre las labradoras. Covarrubias. *Tesoro*.

tomemos aqueste asiento.
para ver las luminarias.

INÉS

Dicen que al ayuntamiento
traerán bueyes esta noche.

CASILDA

Vamos: que aquí los veremos
sin peligro y sin estorbo.

COMENDADOR

Retrata, pintor, al cielo,
todo bordado de nubes,   1040
y retrata un prado ameno
todo cubierto de flores.

PINTOR

Cierto que es bella en extremo.

LUJÁN

Tan bella, que está mi amo
todo cubierto de vello,
de convertido en salvaje.

PINTOR

La luz faltará muy presto.

COMENDADOR

No lo temas; que otro sol
tiene en sus ojos serenos,
siendo estrellas para ti,   1050
para mí rayos de fuego.

ACTO SEGUNDO

(Sala de Juntas de una cofradía, en Ocaña.)

ESCENA I

Cuatro labradores: BLAS, GIL, AN-
TÓN, BENITO.

BENITO

Yo soy deste parecer.

GIL

Pues sentaos y escribildo.

ANTÓN

Mal hacemos en hacer
entre tan pocos cabildo.

BENITO

Ya se llamó desde ayer.

BLAS

Mil faltas se han conocido
en esta fiesta pasada.

GIL

Puesto, señores, que ha sido
la procesión tan honrada
y el Santo tan bien servido   10
debemos considerar
que parece mal faltar
en tan noble cofradía
lo que ahora se podría
fácilmente remediar.
Y cierto que, pues que toca
a todos un mal que daña
generalmente, que es poca
devoción de toda Ocaña,
y a toda España provoca,   20
de nuestro santo patrón,
Roque, vemos cada día
aumentar la devoción

una y otra cofradía,
una y otra procesión
en el reino de Toledo.
Pues ¿porqué tenemos miedo
a ningún gasto?

BENITO

No ha sido
sino descuido y olvido.

ESCENA II

Entra PERIBÁÑEZ

PERIBÁÑEZ

Si en algo serviros puedo,   30
véisme aquí, si ya no es tarde.

BLAS

Peribáñez, Dios os guarde,
gran falta nos habéis hecho.

PERIBÁÑEZ

El no seros de provecho
me tiene siempre cobarde.

BENITO

Toma asiento junto a mí.

GIL

¿Dónde has estado?

PERIBÁÑEZ

En Toledo;
que a ver con mi esposa fui.
la fiesta.

ANTÓN

¿Gran cosa?

PERIBÁÑEZ

Puedo
decir, señores, que vi   40
un cielo en ver en el suelo

6

su santa iglesia, y la imagen
que ser más bella recelo,
si no es que a pintarla bajen
los escultores del cielo;
    porque, quien la verdadera
nc haya visto en la alta esfera
del trono en que está sentada,
no podrá igualar en nada
lo que Toledo venera.   50
    Hízose la procesión
con aquella majestad
que suelen, y que es razón,
añadiendo autoridad
el Rey en esta ocasión
    Pasaba al Andalucía
para proseguir la guerra.

GIL

Mucho nuestra cofradía
sin vos en mil cosas yerra.

PERIBÁÑEZ

Pensé venir otro día,   60
    y hallarme a la procesión
de nuestro Roque divino;
pero fue vana intención,
porque mi Casilda vino
con tan devota intención,
    que hasta que pasó la octava
no pude hacella venir.

GIL

¿Qué allá el señor Rey estaba?

PERIBÁÑEZ

Y el maestre, oí decir,
de Alcántara y Calatrava.   70
    ¡Brava jornada aperciben !
No ha de quedar moro en pie
de cuantos beben y viven
el Betis, aunque bien sé
del modo que los reciben
    Pero, esto aparte dejando,
¿de que estábades tratando?

BENITO

De la nuestra cofradía
de San Roque, y, a fe mía,
que el ver que has llegado cuando 80
    mayordomo están haciendo,
me ha dado, Pedro, a pensar
que vienes a serlo.

ANTÓN

              En viendo
a Peribáñez entrar,
lo mismo estaba diciendo.

BLAS

¿Quién lo ha de contradecir?

GIL

Por mí digo que lo sea,
y en la fiesta por venir
se ponga cuidado, y vea
lo que es menester pedir.   90

PERIBÁÑEZ

Aunque por recién casado
replicar fuera razón,
puesto que me habéis honrado,
agravio mi devoción,
huyendo el rostro al cuidado.
    Y por servir a San Roque,
la mayordomía aceto
para que más me provoque
a su servicio.

ANTÓN

              En efeto,
haréis mejor que toque.   100

PERIBÁÑEZ

¿Qué es lo que falta de hacer?

BENITO

Yo quisiera proponer
que otro San Roque se hiciese
más grande, porque tuviese
más vista.

PERIBÁÑEZ

              Buen parecer.
¿Qué dice Gil?

GIL

              Que es razón;
que es viejo y chico el que tiene
la cofradía.

PERIBÁÑEZ

              ¿Y Antón?

ANTÓN

Que hacerle grande conviene,
y que ponga devoción.   110

Está todo desollado
el perro, y el panecillo
más de la mitad quitado,
y el *santo,* quiero decillo,
todo abierto por un lado,
    y a los dos dedos, que son
con que da la bendición,
falta más de la mitad.

PERIBÁÑEZ

Blas ¿qué diz?

BLAS

              Que a la ciudad
vayan hoy Pedro y Antón,   120
    y hagan aderezar
el viejo a algún buen pintor,
porque no es justo gastar
ni hacerle agora mayor,
pudiéndole renovar.

PERIBÁÑEZ

Blas dice bien, pues está
tan pobre la cofradía;
mas ¿cómo se llevará?

ANTÓN

En vuesa pollina o mía
sin daño y sin golpes irá,   130
    de una sábana cubierto.

PERIBÁÑEZ

Pues esto baste por hoy,
si he de ir a Toledo.

BLAS

                Advierto
que este parecer doy
no lleva engaño encubierto;
que, si se ofrece a gastar,
cuando Roque se volviera
San Cristóbal, sabré dar
mi parte.

GIL

              Cuando eso fuera,
¿quién se pudiera excusar?   140

PERIBÁÑEZ

    Pues vamos, Antón; que quiero
despedirme de mi esposa.

ANTÓN

Yo con la imagen te espero.

PERIBÁÑEZ

Llamará Casilda hermosa
este mi amor lisonjero;
    que, aunque desculpado quedo
con que el cabildo me ruega,
pienso que enojarla puedo,
pues en tiempo de la siega
me voy de Ocaña a Toledo.   150
              (Entran.)
(Sala en casa del Comendador.)

ESCENA III

Salen el COMENDADOR *y* LEONARDO.

COMENDADOR

Cuéntame el suceso todo.

LEONARDO

Si de algún provecho es
haber conquistado a Inés,
pasa, señor, deste modo.
    Vino a Ocaña de Toledo
Inés con tu labradora,
como de su sol aurora,
más blanda y menos extraña.
    Pasé sus calles las veces
que pude, aunque con recato,   160
porque en gente de aquel trato
hay maliciosos jüeces.
    Al baile salió una fiesta,
ocasión de hablarla hallé;
habléla de amor, y fue
la vergüenza la respuesta.
    Pero saliendo otro día
a las eras, pude hablalla,
y en el camino contalla
la fingida pena mía.   170
    Ya entonces más libremente
mis palabras escuchó,
y pagarme prometió
mi afición honestamente
porque yo le di a entender
que ser mi esposa podría,
aunque ella mucho temía
lo que era razón temer.
    Pero asegúrela yo
que tú, si era su contento,   180
harías el casamiento,
y de otra manera no.

Con esto está de manera,
que si a Casilda ha de haber
puerta, por aquí ha de ser;
que es prima y es bachillera.

COMENDADOR

¡Ay, Leonardo! ¡Si mi suerte
al imposible inhumano
de aqueste desdén villano,
roca del mar siempre fuerte,   190
hallase fácil camino!

LEONARDO

¿Tan ingrata te responde?

COMENDADOR

Seguila, ya sabes dónde,
sombra de su sol divino;
    y en viendo que me quitaba
el rebozo, era de suerte,
que, como de ver la muerte
de mi rostro se espantaba.
    Ya le salían los colores
al rostro, ya se teñía   200
de blanca nieve, y hacía
su furia y desdén mayores.
    Con efetos desiguales,
yo con los humildes ojos
mostraba que sus enojos
me daban golpes mortales.
    En todo me parecía
que aumentaba su hermosura,
y atrevióse mi locura,
Leonardo, a llamar un día   210
    un pintor que retrató
en un naipe su desdén.

LEONARDO

Y ¿parecióse?

COMENDADOR

                Tan bien,
que despés me le pasó
    a un lienzo grande, que quiero
tener donde siempre esté
a mis ojos, y me dé
más favor que el verdadero.
    Pienso que estará acabado:
tú irás por él a Toledo: 220
pues con el vivo no puedo,
viviré con el pintado.

LEONARDO

Iré a servirte, aunque siento
que te aflijas por mujer,
que la tardas en vencer
lo que ella en saber tu intento.
    Déjame hablar con Inés;
que verás lo que sucede.

COMENDADOR

Si ella lo que dices puede,
no tiene el mundo interés...   230

ESCENA IV

LUJÁN, *entra como segador.*

LUJÁN

¿Estás solo?

                    ¡Oh buen Luján!
Sólo está Leonardo aquí.

LUJÁN

¡Albricias, señor!

COMENDADOR

                Si a ti
deseos no te las dan,
que hacienda tengo en Ocaña.

LUJÁN

En forma de segador,
a Peribáñez, señor
(tanto la apariencia engaña),
pedí jornal en su trigo,
y desconocido, estoy   240
en su casa desde hoy.

COMENDADOR

¡Quién fuera, Luján, contigo!

LUJÁN

    Mañana al salir la aurora
hemos de ir los segadores
al campo; mas tus amores
tienen gran remedio agora,
que Peribáñez es ido
a Toledo, y te ha dejado
esta noche a mi cuidado;
porque, en estando dormido   250
el escuadrón de la siega

alrededor del portal,
en sintiendo que al umbral
tu seña o tu planta llega,
abra la puerta, y te adiestre
por donde vayas a ver
esta invencible mujer.

COMENDADOR

¿Cómo quieres que te muestre
debido agradecimiento,
Luján, de tanto favor?   260

LEONARDO

Es el tesoro mayor
del alma el entendimiento.

COMENDADOR

¡Por qué camino tan llano
has dado a mi mal remedio!
Pues no estando de por medio
aquel celoso villano,
y abriéndome tú la puerta
al dormir los segadores,
queda en mis locos amores
la de mi esperanza abierta.   270
¡Brava ventura he tenido,
no sólo en que se partiese,
pero de que no te hubiese
por el disfraz conocido!
¿Has mirado bien la casa?

LUJÁN

Y ¡cómo si la miré!
Hasta el aposento entré
del sol que tu pecho abrasa.

COMENDADOR

¿Qué has entrado a su aposento?
Que de tan divino sol   280
¿fuiste Faetón español?
¡Espantoso atrevimiento!
¿Qué hacía aquel ángel bello?

LUJÁN

Labor en un limpio estrado,
no de seda ni brocado,
aunque pudiera tenello,
mas de azul guardamecí,[16]
con unos vivos dorados,

---
[16] *Guadalmecí.* Los guademecis (cueros)
bermejos e los clavos bien dorados. *Poema del Cid.*

que, en vez de borlas, cortados
por las cuatro esquinas vi.   290
Y como en toda Castilla
dicen del agosto ya
que el frío en el rostro da,
y ha llovido en nuestra villa,
o por verse caballeros
antes del invierno frío,
sus paredes, señor mío,
sustentan tus reposteros.
Tanto, que dije entre mí,
viendo tus armas honradas: 300
"rendidas, que no colgadas,
pues amor lo quiere ansí."

COMENDADOR

Antes ellas te advirtieron
de que en aquella ocasión
tomaban la posesión
de la conquista que hicieron;
porque donde están colgadas,
lejos están de rendidas.
Pero, cuando fueran vidas,
las doy por bien empleadas.   310
Vuelve, no te vean aquí
que, mientras me voy a armar,
querrá la noche llegar
para dolerse de mí.

LUJÁN

¿Ha de ir Leonardo contigo?

COMENDADOR

Paréceme discreción;
porque en cualquiera ocasión
es bueno al lado un amigo. *(Vanse.)*
(Portal de casa de Peribáñez.)

ESCENA V

Entran CASILDA *e* INÉS.

CASILDA

Conmigo te has de quedar
esta noche, por tu vida.   320

INÉS

Licencia es razón que pida.
Desto no te has de agraviar;
que son padres en efeto.

CASILDA

Enviaréles un recado,

porque no estén con cuidado.
Que ya es tarde te prometo.

INÉS

Trázalo como te dé
más gusto, prima querida.

CASILDA

No me habrás hecho en tu vida
mayor placer a la fe.   330

INÉS

Esto debes a mi amor.
Estás, Casilda, enseñada
a dormir acompañada:
no hay duda, tendrás temor.
Y yo mal podré suplir
la falta de tu velado;
que es mozo a la fe chapado,
y para hacer y decir.
Yo, si viese algún rüido,
cuéntame por desmayada.   340
Tiemblo una espada envainada;
desnuda, pierdo el sentido.

CASILDA

No hay en casa qué temer;
que duermen en el portal
los segadores.

INÉS

Tu mal
soledad debe de ser,
y temes que estos desvelos
te quiten el sueño.

CASILDA

Aciertas;
que los desvelos son puertas
para que pasen los celos   350
desde el amor al temor;
y en comenzando a temer,
no hay más dormir que poner
con celos remedio a amor.

INÉS

Pues ¿qué ocasión puede darte
en Toledo?

CASILDA

Tú ¿no ves
que celos es aire, Inés,
que viene de cualquier parte?

INÉS

Que de Medina venía
oí yo siempre cantar.   360

CASILDA

Y Toledo ¿no es lugar
de adonde venir podría?

INÉS

Grandes hermosuras tiene.

CASILDA

Ahora bien, vente a cenar.

ESCENA VI

LLORENTE, MENDO, *segadores.*

LLORENTE

A quien ha de madrugar
dormir luego le conviene.

MENDO

Digo que muy justo es.
Los ranchos pueden hacerse.

CASILDA

Ya vienen a recogerse
los segadores, Inés.   370

INÉS

Pues vamos, y a Sancho avisa
el cuidado de la huerta. *(Vanse.)*

ESCENA VII

Entran BARTOLO, CHAPARRO,
segadores.

LLORENTE

Muesama acude a la puerta.
Andará dándonos prisa,
por no estar aquí su dueño.

BARTOLO

Al alba he de haber segado
todo el repecho del prado.

CHAPARRO

Si diere licencia el sueño.—
Buenas noches os dé Dios,
Mendo y Llorente.

MENDO

      El sosiego   380
no será mucho, si luego
habemos de andar los dos
con las hoces a destajo,
aquí manada, aquí corte.

CHAPARRO

Pardiez. Mendo, cuando importe.
bien luce el justo trabajo.
  Sentaos. y antes de dormir,
o cantemos o contemos
algo de nuevo, y podremos
en esto nos divertir.   390

BARTOLO

¿Tan dormido estáis, Llorente?

LLORENTE

Pardiez, Bartolo, que quisiera
que en un año amaneciera
cuatro veces solamente.

ESCENA VIII

HELIPE y LUJÁN, segadores.

HELIPE

¿Hay para todos lugar?

MENDO

¡Oh Helipe! [17] Bien venido.

LUJÁN

Y yo, si lugar os pido,
¿podréle por dicha hallar?

CHAPARRO

  No faltará para vos.
Aconchaos junto a la puerta.   400

BARTOLO

Cantar algo se concierta.

CHAPARRO

Y aun contar algo, por Dios.

---

[17] *Helipe.* Felipe.

LUJÁN

  Quien supiere un lindo cuento,
pónganle luego en el corro.

CHAPARRO

De mi capote me ahorro,
y para escuchar me asiento.

LUJÁN

  Vá primero de canción,
y luego diré una historia
que me viene a la memoria.

MENDO

Cantad.

LLORENTE

    Ya comienzo el son.   410
(Cantan con las guitarras.)
  Trébole, ¡ay Jesús, cómo güele!
Trébole, ¡ay Jesús, qué olor!
que a su esposo quiere bien;
Trébole de la casada,
de la doncella también,
entre paredes guardada,
que fácilmente engañada,
sigue su primero amor.
Trébole, ¡ay Jesús, cómo güele!
Trébole, ¡ay Jesús, qué olor!   420
Trébole de la soltera,
que tantos amores muda;
trébole de la viuda,
que otra vez casarse espera,
tocas blancas por defuera
y el faldellín de color.
Trébole, ¡ay Jesús, cómo güele!
Trébole, ¡ay Jesús, qué olor!

LUJÁN

  Parece que se han dormido,
no tenéis ya que cantar.   430

LLORENTE

Yo me quiero recostar,
aunque no en trébol florido.

LUJÁN
(Aparte.)

  ¿Qué me detengo? Ya están
los segadores durmiendo.
Noche, este amor te encomiendo:
prisa los silbos me dan.
La puerta le quiero abrir. *(Abre.)*

ESCENA IX

Entran el COMENDADOR *y* LEONARDO.

LUJÁN

¿Eres tú, señor?

COMENDADOR

Yo soy.

LUJÁN

Entra presto.

COMENDADOR

Dentro estoy.

LUJÁN

Ya comienzan a dormir.   440
Seguro por ellos pasa;
que un carro puede pasar
sin que puedan despertar.

COMENDADOR

Luján, yo no sé la casa.
Al aposento me guía.

LUJÁN

Quédese Leonardo aquí.

LEONARDO

Que me place.

LUJÁN

Ven tras mí.

COMENDADOR

¡Oh amor! ¡Oh fortuna mía!
¡Dame próspero suceso!
(*Entran el Comendador y Luján;
Leonardo se queda detrás de una
puerta.*)

ESCENA X

LLORENTE

¡Hola, Mendo!

MENDO

¿Qué hav Llorente?
450

LLORENTE

En casa anda gente.

MENDO

¿Gente?
Que lo temí te confieso.
¿Así se guarda el decoro
a Peribáñez?

LLORENTE

No sé.
Sé que no es gente de a pie.

MENDO

¿Cómo?

LLORENTE

Trae capa con oro.

MENDO

¿Con oro? Mátenme aquí
si no es el Comendador.

LLORENTE

Demos voces.

MENDO

¿No es mejor
callar?

LLORENTE

Sospecho que sí.
Pero ¿de qué sabes que es
el Comendador?

MENDO

No hubiera
en Ocaña quien pusiera
tan atrevidos los pies,
ni aun el pensamiento, aquí.

LLORENTE

Esto es casar con mujer
hermosa.

MENDO

¿No puede ser
que ella esté sin culpa?

LLORENTE

Sí.
Ya vuelven. Hazte dormido.

ESCENA XI

El COMENDADOR *y* LUJÁN, *emboza-
dos. Dichos.*

COMENDADOR
(En voz baja.)

¡Ce! ¡Leonardo!

LEONARDO

¿Qué hay, señor? 470

COMENDADOR

Perdí la ocasión mejor
que pudiera haber tenido.

LEONARDO

¿Cómo?

COMENDADOR

Ha cerrado, y muy bien,
el aposento esta fiera.

LEONARDO

Llama.

COMENDADOR

¡Si gente no hubiera!...
Mas despertarán también.

LEONARDO

No harán, que son segadores;
y el vino y cansancio son
candados de la razón
y sentidos exteriores.
Pero escucha: que han abierto 480
la ventana del portal.

COMENDADOR

Todo me sucede mal.

LEONARDO

¿Si es ella?

COMENDADOR

Tenlo por cierto.

ESCENA XII

A la ventana con un rebozo, CASILDA.

CASILDA

¿Es hora de madrugar,
amigos?

COMENDADOR

Señora mía,
ya se va acercando el día,
y es tiempo de ir a segar.
Demás, que saliendo vos,
sale el sol, y es tarde ya.
Lástima a todos nos da   490
de veros sola, por Dios.
No os quiere bien vuestro esposo,
pues a Toledo se fue,
y os deja una noche. A fe
que si fuera tan dichoso
el Comendador de Ocaña
(que sé yo que os quiere bien,
aunque le mostráis desdén
y sola con él tan extraña),
que no os dejara, aunque el Rey   500
por sus cartas le llamara;
que dejar sola esa cara
nunca fue de amantes ley.

CASILDA

Labrador de lejas tierras,
que has venido a nuesa villa,
convidado del agosto,
¿quién te dio tanta malicia?
Ponte tu tosca antipara,[18]
del hombro el gabán derriba,
la hoz menuda en el cuello,   510
los dediles en la cinta.
Madruga al salir del alba,
mira que te llama el día,
ata las manadas secas
sin maltratar las espigas.
Cuando salgan las estrellas
a tu descanso camina,
y no te metas en cosas
de que algún mal se te siga,
El Comendador de Ocaña   520
servirá dama de estima,
no con sayuelo de grana
ni con saya de palmilla.
Copete traerá rizado,
gorguera de holanda fina,
no cofia de pinos tosca
y toca de argentería.[19]
En coche o silla de seda
los disantos[20] irá a misa;
no vendrá en carro de estacas   530

18 . *Antípara.* Polaina.
19 *Argentería.* Bordadura brillante de oro o plata.
20 *Disantos.* Día santo, como los domingos y fiestas. Covarrubias, *Tesoro.*

de los campos a las viñas.
Dirále en cartas discretas
requiebros a maravilla,
no labradores desdenes,
envueltos en señorías.
Olerále a guantes de ámbar,
a perfumes y pastillas;
no a tomillo ni cantueso,
poleo y zarzas floridas.
Y cuando el Comendador   540
me amase como a su vida
y se diesen virtud y honra
por amorosas mentiras,
más quiero yo a Peribáñez
con su capa la pardilla
que al Comendador de Ocaña
con la suya guarnecida.
Más precio verle venir
en su yegua la tordilla,
la barba llena de escarcha   550
y de nieve la camisa,
la ballesta atravesada,
y del arzón de la silla
dos perdices o conejos,
y el podenco de traílla,
que ver al Comendador
con gorra de seda rica,
y cubierto de diamantes
los brahones y capilla; [21]
que más devoción me causa   560
la cruz de piedra en la ermita
que la roja de Santiago
en su bordada ropilla.
Vete, pues, el segador,
mala fuese la tu dicha;
que si Peribáñez viene,
no verás la luz del día.

COMENDADOR

Quedo, señora... ¡Señora...!
Casilda, amores, Casilda,
yo soy el Comendador;   570
abridme, por vuestra vida.
Mirad que tengo que daros
dos sartas de perlas finas
y una cadena esmaltada
de más peso que la mía

CASILDA

Segadores de mi casa,
no durmáis, que con su risa

os está llamando el alba.
Ea, relinchos [22] y grita;
que al que a la tarde viniere   580
con más manadas cogidas,
le mando el sombrero grande
con que va Pedro a las viñas.
(Quítase de la ventana.)

MENDO

Llorente, muesa ama llama.

LUJÁN
(Aparte a su amo.)

Huye, señor, huye aprisa;
que te ha de ver esta gente.

COMENDADOR
(Aparte.)

¡Ah crüel sierpe de Libia!
Pues aunque gaste mi hacienda,
mi honor, mi sangre y mi vida,
he de rendir tus desdenes,   590
tengo de vencer tus iras.
(Vase el Comendador. Luján y Leo-
        nardo.)

BARTOLO

Yérguete cedo, [23] Chaparro;
que viene a gran prisa el día.

CHAPARRO

Ea, Helipe; que es muy tarde.

HELIPE

Pardiez, Bartolo, que se miran
todos los montes bañados
de blanca luz por encima.

LLORENTE

Seguidme todos, amigos,
porque muesama no diga
que porque muesamo falta,   600
andan las hoces baldías.
(Entran todos relinchando.) ..
(Sala en casa de un pintor de
        Toledo.)

---

[21] *Brahones.* Doblez que ceñía la parte superior del brazo en algunos vestidos antiguos.

[22] *Relinchos.* Grito de fiesta o de alegría
en algunos lugares.
[23] *Cedo.* Luego, presto, al instante.

ESCENA XIII

Entran PERIBÁÑEZ, *el* PINTOR *y*
ANTÓN.

PERIBÁÑEZ

Entre las tablas que vi
de devoción o retratos,
adonde menos ingratos
los pinceles conocí,
una he visto que me agrada,
o porque tiene primor,
o porque soy labrador
y lo es también la pintada.
Y pues ya se concertó   610
el aderezo del santo,
reciba yo favor tanto,
que vuelva a mirarla yo.

PINTOR

Vos tenéis mucha razón;
que es bella la labradora.

PERIBÁÑEZ

Quitalda del clavo ahora;
que quiero enseñarla a Antón.

ANTÓN

Ya la vi; mas si queréis,
también holgaré de vella.

PERIBÁÑEZ

Id, por mi vida, por ella.   620

PINTOR

Yo voy.

PERIBÁÑEZ

               Un ángel veréis. (*Vase el*
                                   [*Pintor.*)

ESCENA XIV

ANTÓN

Bien sé yo por qué miráis
la villana con cuidado.

PERIBÁÑEZ

Sólo el traje me le ha dado;
que en el gusto, os engañáis.

ANTÓN

Pienso que os ha parecido
que parece a vuestra esposa.

PERIBÁÑEZ

¿Es Casilda tan hermosa?

ANTÓN

Pedro, vos sois su marido:
a vos os está más bien   630
alaballa, que no a mí.

ESCENA XV

El PINTOR, *con un retrato de* CASIL-
DA, *grande.*

PINTOR

La labradora está aquí.

PERIBÁÑEZ
(*Aparte.*)

Y mi deshonra también.

PINTOR

¿Qué os parece?

PERIBÁÑEZ

                 Que es notable.
¿No os agrada, Antón?

ANTÓN

                       Es cosa
a vuestros ojos hermosa,
y a los del mundo admirable.

PERIBÁÑEZ

Id, Antón, a la posada,
y ensillad mientras que voy.

ANTÓN
(*Aparte.*)

(Puesto que ignorante soy,   640
Casilda es la retratada,
y el pobre de Pedro está
abrasándose de celos.)
Adiós. (*Vase Antón.*)

PERIBÁÑEZ

        No han hecho los cielos
cosa, señor, como ésta.

¡Bellos ojos! ¡Linda boca!
¿De dónde es esta mujer?

PINTOR

No acertarla conocer
a imaginar me provoca
que no está bien retratada,   650
porque donde vos, nació.

PERIBÁÑEZ

¿En Ocaña?

PINTOR

Sí.

PERIBÁÑEZ

Pues yo
conozco una desposada
a quien algo se parece.

PINTOR

Yo no sé quién es; mas sé
que a hurto la retraté,
no como agora se ofrece,
mas en un naipe. De allí
a este lienzo la he pasado.

PERIBÁÑEZ

Ya sé quién la ha retratado,   660
Si acierto, ¿diréislo?

PINTOR

Sí.

PERIBÁÑEZ

El Comendador de Ocaña.

PINTOR

Por saber que ella no sabe
el amor de hombre tan grave,
que es de lo mejor de España,
me atrevo a decir que es él.

PERIBÁÑEZ

Luego ¿ella no es sabidora?

PINTOR

Como vos antes de agora;
antes, por ser tan fiel,
tanto trabajo costó   670
el poderla retratar.

PERIBÁÑEZ

¿Queréismela a mí fiar,
y llevarésela yo?

PINTOR

No me han pagado el dinero.

PERIBÁÑEZ

Yo os daré todo el valor.

PINTOR

Temo que el Comendador
se enoje, y mañana espero
un lacayo suyo aquí.

PERIBÁÑEZ

Pues ¿sábelo ese lacayo?

PINTOR

Anda veloz como un rayo
por rendirla.

PERIBÁÑEZ

Ayer le vi,
y le quise conocer.

PINTOR

¿Mandáis otra cosa?

PERIBÁÑEZ

En tanto
que nos reparáis el santo,
tengo que venir a ver
mil veces este retrato.

PINTOR

Como fuéredes servido.
Adiós. (Vase el Pintor.)

ESCENA XVI

PERIBÁÑEZ

¿Qué he visto y oído,
cielo airado, tiempo ingrato?
Mas si deste falso trato   690
no es cómplice mi mujer,
¿cómo doy a conocer
mi pensamiento ofendido?
Porque celos de marido

no se han de dar a entender.
Basta que el Comendador
a mi mujer solicita;
basta que el honor me quita,
debiéndome dar honor.
Soy vasallo, es mi señor,   700
vivo en su amparo y defensa;
si en quitarme el honor piensa,
quitaréle yo la vida;
que la ofensa acometida
ya tiene fuerza de ofensa.
Erré en casarme, pensando
que era una hermosa mujer
toda la vida un placer
que estaba el alma pasando;
pues no imaginé que cuando   710
la riqueza poderosa
me la mirará envidiosa,
la codiciara también.
¡Mal haya el humilde, amén,
que busca mujer hermosa
Don Fadrique me retrata
a mi mujer; luego ya
haciendo debujo está
contra el honor, que me mata.
Si pintada me maltrata   720
la honra, es cosa forzosa
que venga a estar peligrosa
la verdadera también:
¡mal haya el humilde, amén,
que busca mujer hermosa!
Mal lo miró mi humildad
en buscar tanta hermosura;
mas la virtud asegura
la mayor dificultad.
Retirarme a mi heredad   730
es dar puerta vergonzosa
a quien cuanto escucha glosa,
y trueca en mal todo el bien...
¡Mal haya el humilde, amén,
que busca mujer hermosa!
Pues también salir de Ocaña
es el mismo inconveniente,
y mi hacienda no consiente
que viva por tierra extraña.
Cuanto me ayuda me daña;   720
pero hablaré con mi esposa,
aunque es ocasión odiosa
pedirle celos también.
¡Mal haya el humilde, amén,
que busca mujer hermosa! *(Vase.)*
    (Sala en casa del Comendador.)

ESCENA XVII

Entran LEONARDO *y el* COMENDADOR.

COMENDADOR

Por esta carta, como digo, manda
su majestad, Leonardo, que le envíe
de Ocaña y de su tierra alguna gente.

LEONARDO

Y ¿qué piensas hacer?

COMENDADOR

                    Que se echen bandos
y que se alisten valientes mozos   750
hasta doscientos hombres, repartidos
en dos lucidas compañías, ciento
de gente labradora, y ciento hidalgos.

LEONARDO

Y ¿no será mejor hidalgos todos?

COMENDADOR

No caminas al paso de mi intento,
y así, vas lejos de mi pensamiento.
Destos cien labradores hacer quiero
cabeza y capitán a Peribáñez,
y con esta invención tenelle ausente.

LEONARDO

¡Extrañas cosas piensan los amantes!
                                                    760

COMENDADOR

Amor es guerra, y cuanto piensa ar-
¿Si habrá venido ya?   [dides.

LEONARDO

                    Luján me dijo
que a comer le esperaban, y que esta-
Casilda llena de congoja y miedo, [ba
supe después de Inés, que no diría
cosa de lo pasado aquella noche,
y que de acuerdo de las dos, pensaba
disimular, por no causarle pena,
a que viéndola triste y afligida,
no se atreviese a declarar su pecho
                                                    770
lo que después para servirte haría.

COMENDADOR

¡Rigurosa mujer! ¡Maldiga el cielo
el punto en que caí, pues no he podi-
                                                    [do

desde entonces, Leonardo, levantar-
[me
de los umbrales de su puerta!

LEONARDO
Calla;
que más fuerte era Troya, y la con-
[quista
derribó sus murallas por el suelo.
Son estas labradoras encogidas,
y por hallarse indignas, las más veces
niegan, señor, lo mismo que desean.
780
Ausenta a su marido honradamente;
que tú verás el fin de tu deseo.

COMENDADOR
Quiéralo mi ventura; que te juro
que, habiendo sido en tantas ocasio-
[nes
tan animoso como sabe el mundo,
en ésta voy con un temor notable.

LEONARDO
Bueno será saber si Pedro viene.

COMENDADOR
Parte, Leonardo, y de tu Inés te in-
[forma,
sin que pases la calle ni levantes
los ojos a ventana o puerta suya. 790

LEONARDO
Exceso es ya tan gran desconfianza,
porque ninguno amó sin esperanza.
(Vase Leonardo.)

ESCENA XVIII

COMENDADOR
Cuentan de un rey que a un árbol
[adoraba,
y que un mancebo a un [mármol]
[asistía,
a quien, sin dividirse noche y día,
sus amores y quejas le contaba,
    pero el que un tronco y una piedra
[amaba
más esperanza de su bien tenía,
pues en fin acercársele podría,
y a hurto de la gente le abrazaba. 800
    ¡Mísero yo, que adoro en otro mu-
[ro

colgada, aquella ingrata y verde hie-
[dra,
cuya dureza enternecer procuro!
Tal es el fin que mi esperanza
[medra:
mas, pues que de morir estoy seguro,
¡plega al amor que te convierta en
piedra! (Vase.)
(Campo.)

ESCENA XIX
Entran PERIBÁÑEZ *y* ANTÓN.

PERIBÁÑEZ
Vos os podéis ir, Antón
a vuestra casa; que es justo.

ANTÓN
Y vos ¿no fuera razón?

PERIBÁÑEZ
Ver mis segadores gusto,   810
pues llego a buena ocasión;
    que la haza cae aquí.

ANTÓN
Y ¿no fuera mejor haza
vuestra Casilda?

PERIBÁÑEZ
Es ansí;
pero quiero darles traza
de lo que han de hacer, por mi.
Id a ver vuesa mujer,
y a la mía así de paso
decid que me quedo a ver
nuestra hacienda.

ANTÓN
(Aparte.)
¡Extraño caso!   820
no quiero darle a entender
que entiendo su pensamiento.
Quedad con Dios.

PERIBÁÑEZ
El os guarde.
(Vase Antón.)

ESCENA XX

PERIBÁÑEZ

Tanta es la afrenta que siento,
que sólo por entrar tarde,
hice aqueste fingimiento.
¡Triste yo! Si no es culpada
Casilda, ¿por qué rehuyo
el verla? ¡Ay mi prenda amada!
Pero a tu gracia atribuyo   830
mi fortuna desgraciada.
    Si tan hermosa no fueras,
claro está que no le dieras
al señor Comendador
causa de tan loco amor.—
Estos son mi trigo y eras.
    ¡Con qué diversa alegría,
oh campos, pensé miraros
cuando contento vivía!
Porque viniendo a sembraros,   840
otra esperanza tenía.
    Con alegre corazón
pensé de vuestras espigas
henchir mis trojes, que son
agora eternas fatigas
de mi perdida opinión.
    Mas quiero disimular;
que ya sus relinchos siento.
Oírlos quiero cantar,
porque en ajeno instrumento   850
comienza el alma a llorar.
(Dentro gritan, como que siegan.)

ESCENA XXI

MENDO
(Dentro.)

Date más priesa, Bartol;
mira que la noche baja,
y se va poner el sol.

BARTOLO
(Dentro.)

Bien cena quien bien trabaja,
dice el réfrán español.

UN SEGADOR
(Dentro.)

Echote una pulla, Andrés;
que te bebas media azumbre.

OTRO SEGADOR
(Dentro.)

Echame otras dos, Ginés.

PERIBÁÑEZ

Todo me da pesadumbre,   860
todo mi desdicha es.

MENDO
(Dentro.)

Canta, Llorente, el cantar
de la mujer de muesamo.

PERIBÁÑEZ

¿Qué tengo más que esperar?
La vida, cielos, desamo.
¿Quién me la quiere quitar?

LLORENTE
(Canta dentro.)

La mujer de Peribáñez
hermosa es a maravilla;
el Comendador de Ocaña
de amores la requería.   870
La mujer es virtüosa
cuanto hermosa y cuanto linda;
mientras Pedro está en Toledo
desta suerte respondía:
"Más quiero yo a Peribáñez
con su capa la pardilla,
que no a vos, Comendador,
con la vuesa guarnecida."

PERIBÁÑEZ

    Notable aliento he cobrado
con oír esta canción,   880
porque lo que éste ha cantado
las mismas verdades son
que en mi ausencia habrán pasado.
    ¡Oh cuánto le debe al cielo
quien tiene buena mujer!—
Que el jornal dejan, recelo.
Aquí me quiero esconder.
¡Ojalá se abriera el suelo!
    Que aunque en gran satisfacción,
Casilda, de ti me pones,   890
pena tengo con razón,
porque honor que anda en canciones
tiene dudosa opinión. *(Vase.)*
(Sala en casa de Peribáñez.)

ESCENA XXII

INÉS y CASILDA.

CASILDA

¿Tú me habías de decir
desatino semejante?

INÉS

Deja que pase adelante.

CASILDA

Ya ¿cómo te puedo oír?

INÉS

Prima, no me has entendido,
y este preciarte de amar
a Pedro te hace pensar   900
que ya está Pedro ofendido.
Lo que yo te digo a ti
es cosa que a mí me toca.

CASILDA

¿A ti?

INÉS

Sí.

CASILDA

Yo estaba loca.
Pues a ti te toca, di.

INÉS

Leonardo, aquel caballero
del Comendador, me ama
y por su mujer me quiere.

CASILDA

Mira, prima, que te engaña.

INÉS

Yo sé, Casilda, que soy   910
su misma vida.

CASILDA

Repara
que son sirenas los hombres,
que para matarnos cantan.

INÉS

Yo tengo cédula [24] suya.

---

[24] *Cédula.* Documento en que se reconoce
una deuda u otra obligación.

CASILDA

Inés, plumas y palabras
todas se las lleva el viento.
Muchas damas Ocaña
con ricos dotes, y tú
ni eres muy rica ni hidalga.

INÉS

Prima, si con el desdén   920
que ahora comienzas, tratas
al señor Comendador,
falsas son mis esperanzas,
todo mi remedio impides.

CASILDA

¿Ves, Inés, cómo te engañas,
pues porque me digas eso
quieres fingir que te ama?

INÉS

Hablar bien no quita honor;
que yo no digo que salgas
a recebirle a la puerta   930
ni a verle por la ventana.

CASILDA

Si te importara la vida,
no le mirara la cara.
Y advierte que no le nombres
o no entres más en mi casa;
que del ver viene el oír,
y de las locas palabras
vienen las infames obras.

ESCENA XXIII

PERIBÁÑEZ, *con unas alforjas en las
manos.*

PERIBÁÑEZ

¡Esposa!

CASILDA

¡Luz de mi alma!

PERIBÁÑEZ

¿Estás buena?

CASILDA

Estoy sin ti.   940
¿Vienes bueno?

PERIBÁÑEZ

              El verte basta
para que salud me sobre.—
¡Prima!

INÉS

¡Primo!

PERIBÁÑEZ

              ¿Qué me falta,
si juntas os veo?

CASILDA

              Estoy
a nuestra Inés obligada;
que me ha hecho compañía
lo que has faltado de Ocaña.

PERIBÁÑEZ

A su casamiento rompas
dos chinelas argentadas,
y yo los zapatos nuevos,   950
que siempre en bodas se calzan.

CASILDA

¿Qué me traes de Toledo?

PERIBÁÑEZ

Deseos; que por ser carga
tan pesada, no he podido
traerte joyas ni galas.
Con todo, te traigo aquí
para esos pies, que bien hayan,
unas chinelas abiertas,
que abrocan cintas de nácar.
Traigo más seis tocas rizas,   960
y para prender las sayas
dos cintas de vara y media
con sus herretes de plata.

CASILDA

Mil años te guarde el cielo.

PERIBÁÑEZ

Sucedióme una desgracia;
que a la fe que fue milagro
llegar con vida a mi casa.

CASILDA

¡Ay, Jesús! Toda me turbas.

PERIBÁÑEZ

Caí de unas cuestas altas
sobre unas piedras.

CASILDA

              ¿Qué dices?
                                        970

PERIBÁÑEZ

Que si no me encomendara
al santo en cuyo servicio
caí de la yegua baya,
a estas horas estoy muerto.

CASILDA

Toda me tienes helada.

PERIBÁÑEZ

Prometíle la mejor
prenda que hubiese en mi casa
para honor de su capilla;
y así, quiero que mañana
quiten estos reposteros,   980
que nos harán poca falta,
y cuelgen en las paredes
de aquella su ermita santa
en justo agradecimiento.

CASILDA

Si fueran paños de Francia,
de oro, seda, perlas, piedras,
no replicara palabra.

PERIBÁÑEZ

Pienso que nos está bien
que no estén en nuestra casa
paños con armas ajenas;   990
no murmuren en Ocaña
que un villano labrador
cerca su inocente cama
de paños comendadores,
llenos de blasones y armas.
Timbre y plumas no están bien
entre el arado y la pala,
bieldo, trillo y azadón;
que en nuestras paredes blancas
no han de estar cruces de seda,   1000
sino de espigas y pajas,
con algunas amapolas,
manzanillas y retamas.
Yo ¿qué moros he vencido
para castillos y bandas?

Fuera de que sólo quiero
que haya imágenes pintadas:
la Anunciación, la Asunción,
San Francisco con sus llagas,
San Pedro Mártir, San Blas   1010
contra el mal de la garganta,
San Sebastián y San Roque,
y otras pinturas sagradas
que retratos es tener
en las paredes fantasmas.—
Uno vi yo, que quisiera...
Pero no quisiera nada.
Vamos a cenar Casilda,
y apercíbanme la cama.

CASILDA

¿No estás bueno?

PERIBÁÑEZ

          Bueno estoy. 1020

ESCENA XXIV

Entra LUJÁN.

LUJÁN

Aquí un criado te aguarda
del Comendador.

PERIBÁÑEZ

          ¿De quién?

LUJÁN

Del Comendador de Ocaña.

PERIBÁÑEZ

Pues ¿qué me quiere a estas horas?

LUJÁN

Eso sabrás si le hablas.

PERIBÁÑEZ

¿Eres tú aquel segador
que anteayer entró en mi casa?

LUJÁN

¿Tan presto me desconoces?

PERIBÁÑEZ

Donde tantos hombres andan,
no te espantes.

LUJÁN
(Aparte.)

(Malo es esto.)   1030

INÉS
(Aparte.)

Con muchos sentidos habla.

PERIBÁÑEZ
(Aparte.)

¿El Comendador a mí?
¡Ay, honra, al cuidado ingrata!
Si eres vidrio, al mejor vidrio
cualquiera golpe le basta.

ACTO TERCERO

(Plaza de Ocaña.)

ESCENA I

El COMENDADOR *y* LEONARDO.

COMENDADOR

Cuéntame, Leonardo, breve
lo que ha pasado en Toledo.

LEONARDO

Lo que referirte puedo,
puesto que a ceñirlo pruebe
en las más breves razones,
quiere más paciencia.

COMENDADOR

                Advierte
que soy un sano a la muerte.
y que remedios me pones.

LEONARDO

El rey Enrique el Tercero.
que hoy el Justiciero llaman,   10
porque Catón y Arístides
en la equidad no le igualan,
el año de cuatrocientos
y seis sobre mil estaba
en la villa de Madrid,
donde le vinieron las cartas,
que quebrándole las treguas
el rey moro de Granada,
no queriéndole volver
por promesas y amenazas   20
el castillo de Ayamonte,
ni menos pagarle parias
determinó hacerle guerra;
y para que la jornada
fuese como convenía
a un rey el mayor de España
y le ayudasen sus deudos
de Aragón y Navarra,
juntó Cortes en Toledo,
donde al presente se hallan   30

prelados y caballeros,
villas y ciudades varias...
—Digo sus procuradores,
donde en su real alcázar
la disposición de todo
con justos acuerdos tratan:
el obispo de Sigüenza,
que la insigne iglesia santa
rige de Toledo ahora,
porque está su silla vaca   40
por la muerte de don Pedro
Tenorio, varón de fama;
el obispo de Palencia,
don Sancho de Rojas, clara
imagen de sus pasados,
y que el de Toledo aguarda;
don Pablo el de Cartagena,
a quien ya a Burgos señalan:
el gallardo don Fadrique,
hoy conde de Trastamara,   50
aunque ya duque de Arjona
toda la corte le llama,
y don Enrique Manuel,
primos del Rey, que bastaban,
no de Granada, de Troya,
ser incendio sus espadas;
Ruy López de Avalos, grande
por la dicha y por las armas,
Condestable de Castilla,
alta gloria de su casa;   60
el Camarero mayor
del Rey, por sangre heredada
y virtud propia, aunque tiene
también de quién heredarla,
por Juan de Velasco digo,
digno de toda alabanza;
don Diego López de Estúñiga,
que Justicia mayor llaman;
y el mayor Adelantado
de Castilla, de quien basta   70
decir que es Gómez Manrique,
de cuyas historias largas
tienen Granada y Castilla
cosas tan raras y estrañas;
los oidores del Audiencia
del Rey, y que el reino amparan;

Pero Sánchez del Castillo,
Rodríguez de Salamanca,
y Peribáñez...

COMENDADOR

        Detente.
¿Qué Peribáñez? Aguarda;   80
que la sangre se me hiela
con ese nombre.

LEONARDO

            ¡Oh qué gracia!
Háblote de los oidores
del Rey, y ¡del que se llama
Peribáñez, imaginas
que es el labrador de Ocaña!

COMENDADOR

Si hasta ahora te pedía
la relación y la causa
de la jornada del Rey,
ya no me atrevo a escucharla.   90
Eso ¿todo se revuelve
en que el Rey hace jornada
con lo mejor de Castilla
a las fronteras, que guardan,
con favor del Granadino,
los que le niegan las parias?

LEONARDO

Eso es todo.

COMENDADOR

            Pues advierte
sólo (que me es de importancia)
que mientras fuiste a Toledo,
tuvo ejecución la traza.   100
Con Peribáñez hablé,
y le dije que gustaba
de nombralle capitán
de cien hombres de labranza,
y que se pusiese a punto.
Parecióle que le honraba,
como es verdad, a no ser
honra aforrada en infamia.
Quiso ganarla en efeto;
gastó su hacendilla en galas,   110
y sacó su compañía
ayer, Leonardo, a la plaza;
y hoy, según Luján me ha dicho,
con ella a Toledo marcha.

LEONARDO

¡Buena te deja a Casilda,
tan villana y tan ingrata
como siempre!

COMENDADOR

            Sí; mas mira
que amor en ausencia larga
hará el efeto que suele
en piedra el curso del agua.   120
    (Tocan cajas.)
Pero ¿qué cajas son éstas?

LEONARDO

No dudes que son sus cajas.

COMENDADOR

Tu alférez trae los hidalgos.
Toma, Leonardo, tus armas,
porque mejor le engañemos,
para que a la vista salgas
también con tu compañía.

LEONARDO

Ya llegan. Aquí me aguarda.
    (Vase Leonardo.)

ESCENA II

Entran una compañía de labradores,
armados graciosamente, y detrás PE-
RIBÁÑEZ, con espada y daga.

PERIBÁÑEZ

No me quise despedir
sin ver a su señoría.   130

COMENDADOR

Estimo la cortesía.

PERIBÁÑEZ

Yo os voy, señor, a servir.

PERIBÁÑEZ

Decid al Rey mi señor.

PERIBÁÑEZ

Al Rey y a vos...

COMENDADOR

            Está bien.

PERIBÁÑEZ

Que al Rey es justo, y también
a vos, por quien tengo honor;
    que yo, ¿cuándo mereciera
ver mi azadón y gabán
con nombre de capitán,
con jinete y con bandera   140
    del Rey, a cuyos oídos
mi nombre llegar no puede,
porque su estructura excede
todos mis cinco sentidos?
Guárdeos muchos años Dios.

COMENDADOR

Y os traiga Pedro, con bien.

PERIBÁÑEZ

¿Vengo bien vestido?

COMENDADOR

                    Bien
No hay diferencia en los dos.

PERIBÁÑEZ

    Sola una cosa querría...
No sé si a vos os agrada.   150

COMENDADOR

Decid, a ver.

PERIBÁÑEZ

                Que la espada
me ciña su señoría,
    para que ansí vaya honrado.

COMENDADOR

Mostrad, hareos caballero;
que de esos bríos espero,
Pedro, un valiente soldado.

PERIBÁÑEZ

    ¡Pardiez, señor, hela aquí!
Cíñame su mercé.

COMENDADOR

Esperad, os la pondré,
porque la llevéis por mí.   160

BELARDO

    Híncate, Blas de rodillas;
que le quieren her [25] hidalgo.

---

[25] *Her.* Hacer.

BLAS

Pues ¿quedará falto en algo?

BELARDO

En mucho, si no te humillas.

BLAS

    Belardo, vos, que sois viejo,
¿hanle de dar con la espada?

BELARDO

Yo de mi burra manchada,
de su albarda y aparejo
    entiendo más que de armar
caballeros de Castilla.   170

COMENDADOR

Ya os he puesto la cuchilla.

PERIBÁÑEZ

¿Qué falta agora?

COMENDADOR

                Jurar
que a Dios, supremo Señor,
y al Rey serviréis con ella.

PERIBÁÑEZ

    Eso juro, y de traella
en defensa de mi honor,
    del cual, pues voy a la guerra,
adonde vos me mandáis,
ya por defensa quedáis,
como señor desta tierra.   180
    Mi casa y mujer que dejo
por vos, recién desposado,
remito a vuestro cuidado
cuando de los dos me alejo.
    Esto os fío, porque es más
que la vida, con quien voy;
que aunque tan seguro estoy
que no la ofendan jamás,
    gusto que vos la guardéis,
y corra por vos, a efeto   190
de que, como tan discreto
lo que es el honor sabéis;
    que con él no se permite
que hacienda y vida se iguale,
y quien sabe lo que vale,
no es posible que le quite.
    Vos me ceñistes espada,
con que ya entiendo de honor:

que antes yo pienso, señor,
que entendiera poco o nada.   200
   Y pues iguales los dos
con este honor nos dejáis,
mirad cómo le guardáis,
o quejaréme de vos.

COMENDADOR

   Yo os doy licencia, si hiciere
en guardalle deslealtad,
que de mí os quejéis.

PERIBÁÑEZ

             Marchad,
y venga lo que viniere.
(Entra, marchando detrás con gra-
ciosa arrogancia.)

ESCENA III

COMENDADOR

   Algo confuso me deja
el estilo con que habla,   210
porque parece que entabla
o la venganza o la queja.
   --Pero es que, como he tenido
el pensamiento culpado,
con mi malicia he juzgado
lo que su inocencia ha sido.
   Y cuando pudiera ser
malicia lo que entendí,
¿dónde ha de haber contra mí
en un villano poder?--   220
   Esta noche has de ser mía,
villana, rebelde, ingrata,
porque muera quien me mata
antes que amanezca el día. *(Entra.)*
(Calle de Ocaña con vista exterior de
la casa de Peribáñez.)

ESCENA IV

En lo alto COSTANZA, CASILDA e
INÉS.

COSTANZA

En fin ¿se ausenta tu esposo?

CASILDA

Pedro a la guerra se va;
que en la que me deja acá,
pudiera ser **más famoso.**

INÉS

   Casilda, no te enternezcas;
que el nombre de capitán   230
no como quieran le dan.

CASILDA

¡Nunca estos nombres merezcas!

COSTANZA

   A fe que tienes razón,
Inés; que entre tus iguales
nunca he visto cargos tales,
porque muy de hidalgos son.
   Demás que tengo entendido
que a Toledo solamente
ha de llegar con la gente.

CASILDA

Pues si eso no hubiera sido,   240
¿quedárame vida a mí?

ESCENA V

La caja y PERIBÁÑEZ, *bandera,*
soldados.

INÉS

La caja suena: ¿si es él?

COSTANZA

De los que van con él
ten lástima y no de ti.

BELARDO

   Véislas allí en el balcón,
que me remozo de vellas;
mas ya no soy para ellas,
y ellas para mi no son.

PERIBÁÑEZ

¿Tan viejo estáis ya, Belardo?

BELARDO

El gusto se acabó ya.   250

PERIBÁÑEZ

Algó dél os quedará
bajo del capote pardo.

BELARDO

   ¡Pardiez, señor capitán,
tiempo hué que el sol y el aire

solía hacerme donaire,
ya pastor, ya sacristán!
   Cayó un año mucha nieve,
y como lo rucio vi
a la Iglesia me acogí.

PERIBÁÑEZ

¿Tendréis tres dieces y un nueve? 260

BELARDO

   Esos y otros tres decía
un aya que me criaba;
¡Poca memoria tenía!
Cuando la Cava nació,
me salió la primer muela.

PERIBÁÑEZ

¿Ya íbades a la escuela?

BELARDO

Pudiera juraros yo
   de lo que entonces sabía;
pero mil dan a entender   270
que apenas supe leer,
y es lo más cierto, a fe mía;
   que como en gracia se lleva
danzar, cantar o tañer,
yo sé escribir sin leer,
que a fe que es gracia bien nueva.

CASILDA

   ¡Ah, gallardo capitán
de mis tristes pensamientos!

PERIBÁÑEZ

¡Ah, dama la del balcón,
por quien la bandera tengo!   280

CASILDA

¿Vaisos de Ocaña, señor?

PERIBÁÑEZ

Señora, voy a Toledo
a llevar estos soldados,
que dicen que son mis celos.

CASILDA

Si soldados los lleváis,
ya no ternéis pena dellos;
que nunca el honor quebró
en soldándose los celos.

PERIBÁÑEZ

No los llevo tan soldados,
que no tenga mucho miedo,   290
no de vos, mas de la causa
por quien sabéis que los llevo.
Que si celos fueran tales
que yo los llamara vuestros,
ni ellos fueran donde van,
ni yo, señora, con ellos.
La seguridad, que es paz
de la guerra en que me veo,
me lleva a Toledo, y fuera
del mundo al último extremo.   300
A despedirme de vos
vengo, y a decir que os dejo
a vos de vos misma en guarda,
porque en vos y con vos quedo;
y que me déis el favor
que a los capitanes nuevos
suelen las damas, que esperan
de su guerra los trofeos.
¿No parece que ya os hablo
a lo grave y caballero?   310
¡Quién dijera que un villano
que ayer al rastrojo seco
dientes menudos ponía
de la hoz corva de acero,
los pies en las tintas uvas,
rebosando el mosto negro
por encima del lagar,
o la tosca mano al hierro
del arado, hoy os hablara
en lenguaje soldadesco,   320
con plumas de presunción
y espada de atrevimiento!
Pues sabed que soy hidalgo,
y que decir y hacer puedo;
que el Comendador, Casilda,
me la ciñó, cuando menos.
Pero este *menos*, si el *cuando*
viene a ser cuando sospecho,
por ventura será más;
pero yo no menos bueno.   330

CASILDA

Muchas cosas me decís
en lengua que yo no entiendo;
el favor sí; que yo sé
que es bien debido a los vuestros.
Mas ¿qué podrá una villana
dar a un capitán?

PERIBÁÑEZ

       No quiero
que os tratéis ansí.

CASILDA

Tomad,
mi Pedro, este listón negro.

PERIBÁÑEZ

¿Negro me lo dáis, esposa?

CASILDA

Pues ¿hay en la guerra agüeros? 340

PERIBÁÑEZ

Es favor desesperado.
Promete luto o destierro.

BLAS

Y vos, señora Costanza,
¿no dáis por tantos requiebros
alguna prenda a un soldado?

COSTANZA

Blas, esa cinta de perro,
aunque tú vas donde hay tantos,[26]
que las podrás hacer dellos.

BLAS

¡Plega a Dios que los moriscos
las hagan de mi pellejo,   350
si no dejare matados
cuantos me fueren huyendo!

INÉS

¿No pides favor, Belardo?

BELARDO

Inés, por soldado viejo,
ya que no por nuevo amante,
de tus manos le merezco.

INÉS

Tomad aqueste chapín.

BELARDO

No, señora, deteneldo;
que favor de chapinazo
desde tan alto, no es bueno.   360

INÉS

Traedme un moro, Belardo.

BELARDO

Días ha que ando tras ellos.
Mas, si no viniere en prosa,
desde aquí le ofrezco en verso.

ESCENA VI

LEONARDO, capitán, caja y bandera
y compañía de hidalgos.

LEONARDO

Vayan marchando, soldados,
con el orden que decía.

INÉS

¿Qué es esto?

COSTANZA

La compañía
de los hidalgos cansados.

INÉS

Más lucidos han salido
nuestros fuertes labradores.

COSTANZA

Si son las galas mejores,   370
los ánimos no lo han sido.

PERIBÁÑEZ

¡Hola! Todo hombre esté en vela
y muestre gallardos bríos.

BELARDO

¡Que piensen estos judíos
que nos mean la pajuela![27]
Déles un gentil barzón [28]
muesa gente por delante.

PERIBÁÑEZ

¡Hola! Nadie se adelante;
siga a ballesta lanzón.
(Va una compañía alrededor de la
otra, mirándose.)

BLAS

Agora es tiempo, Belardo,   380
de mostrar brío.

---

[26] Donde hay tantos (perros), o sea, moriscos.

[27] Mearle la pajuela. Género de desafío que usan los niños unos con otros. Covarrubias, Tesoro.
[28] Barzón. Paseo ocioso.

BELARDO

Callad;
que a la más caduca edad
suple un ánimo gallardo.

LEONARDO

Basta, que los labradores
compiten con los hidalgos.

BELARDO

Estos huirán como galgos.

BLAS

No habrá ciervos corredores
como éstos, en viendo un moro,
y aun hasta oírlo decir.

BELARDO

Ya los vi a todos hüir   390
cuando corrimos el toro.
(Entran los labradores.)

ESCENA VII

LEONARDO

Ya se han traspuesto.—¡Ce! ¡Inés!

INÉS

¿Eres tú, mi capitán?

LEONARDO

¿Por qué tus primas se van?

INÉS

¿No sabes ya por lo que es?
Casilda es como una roca.
Esta noche hay mal humor.

LEONARDO

¿No podrá el Comendador
verla un rato?

INÉS

Punto en boca;
que yo le daré lugar   400
cuando imagine que llega
Pedro a alojarse.

LEONARDO

Pues ciega,
si me quieres obligar,

los ojos desta mujer,
que tanto mira su honor;
porque está el Comendador
para morir desde ayer.

INÉS

Dile que venga a la calle.

LEONARDO

¿Qué señas?

INÉS

Quien cante bien.

LEONARDO

Pues adiós.

INÉS

¿Vendrás también?   410

LEONARDO

Al alférez pienso dalle
estos bravos españoles,
y yo volverme al lugar.

INÉS

Adiós. (Entra.)

LEONARDO

Tocad a marchar;
que ya se han puesto dos soles.
(Vanse.)

ESCENA VIII

El COMENDADOR, en casa, con ropa,
y LUJÁN, lacayo.

COMENDADOR

En fin ¿le viste partir?

LUJÁN

Y en una yegua marchar,
notable para alcanzar
y famosa para huir.
Si vieras cómo regia   420
Peribáñez sus soldados,
te quitara mil ciudados.

COMENDADOR

Es muy gentil compañía;
pero a la de su mujer
tengo más envidia yo.

LUJÁN

Quien no siguió no alcanzó.

COMENDADOR

Luján, mañana a comer
en la ciudad estarán.

LUJÁN

Como esta noche alojaren.

COMENDADOR

Yo te digo que no paren   430
soldados ni capitán.

LUJÁN

Como es gente de labor,
y es pequeña la jornada,
y va la danza engañada
con el son del atambor,
no dudo que sin parar
vayan a Granada ansí.

COMENDADOR

¡Cómo pasará por mí
el tiempo que ha de tardar
desde aquí a las diez!

LUJÁN

Ya son   440
casi las nueve. No seas
tan triste, que cuando veas
el cabello a la ocasión,
pierdas el gusto esperando;
que la esperanza entretiene.

COMENDADOR

Es, cuando el bien se detiene,
esperar desesperando.

LUJÁN

Y Leonardo ¿ha de venir?

COMENDADOR

¿No ves que el concierto es
que se case con Inés,   450
que es quien la puerta ha de abrir?

LUJÁN

Qué señas ha de llevar?

COMENDADOR

Unos músicos que canten.

LUJÁN

¿Cosa que la caza espanten?

COMENDADOR

Antes nos darán lugar
para que con el rüido
nadie sienta lo que pasa
de abrir ni cerrar la casa.

LUJÁN

Todo está bien prevenido;
mas dicen que en un lugar   460
una parentela toda
se juntó para una boda,
ya a comer y ya a bailar.
Vino el cura y desposado,
la madrina y el padrino,
y el tamboril también vino
con un salterio extremado.
Mas dicen que no tenían
de la desposada el sí,
porque decía que allí   470
sin su gusto la traían.
Junta, pues, la gente toda,
el cura le preguntó,
dijo tres veces que no,
y deshízose la boda.

COMENDADOR

¿Quieres decir que nos falta
entre tantas prevenciones
el sí de Casilda?

LUJÁN

Pones
el hombro a empresa muy alta
de parte de su dureza,   480
y era menester el sí.

COMENDADOR

No va mal trazado así;
que su villana aspereza
no se ha de rendir por ruegos;
por engaños ha de ser.

LUJÁN

Bien puede bien suceder;
mas pienso que vamos ciegos.

ESCENA IX

Un CRIADO *y los* MÚSICOS.

PAJE

Los músicos han venido.

MÚSICO 1º

Aquí, señor, hasta el día
tiene vuesa señoría   490
a Lisardo y a Leonido.

COMENDADOR

¡Oh amigos!, agradeced
que este pensamiento os fío;
que es de honor, y en fin, es mío.

MÚSICO 2º

Siempre nos haces merced.

COMENDADOR

¿Dan las once?

LUJÁN

                Una, dos, tres...
No dio más.

MÚSICO 2º

            Contaste mal.
Ocho eran dadas.

COMENDADOR

              ¡Hay tal!
¡Que aun de mala gana des
    las que da el reloj de buena! 500

LUJÁN

Si esperas que sea más tarde,
las tres cuento.

COMENDADOR

            No hay qué aguarde.

LUJÁN

Sosiégate un poco, y cena.

COMENDADOR

¡Mala Pascua te dé Dios!
¿Qué cena dices?

LUJÁN

              Pues bebe
siquiera.

COMENDADOR

¿Hay nieve?

LUJÁN

              Sí hay nieve.

COMENDADOR

Repartilda entre los dos.

PAJE

La capa tienes aquí.

COMENDADOR

Muestra. ¿Qué es esto?

PAJE

              Bayeta.

COMENDADOR

Cuanto miro me inquieta.   510
Todos se burlan de mí.
    ¡Bestias! ¿De luto? ¿A qué efeto?

PAJE

¿Quieres capa de color?

LUJÁN

Nunca a las cosas de amor
va de color el discreto.
    Por el color se dan señas
de un hombre en un tribunal.

CHAPARRO

Muestra color, animal.
¿Sois criados o sois dueñas?

PAJE

Ves aquí color.

COMENDADOR

              Yo voy,   520
Amor, donde tú me guías.
Da una noche a tantos días
como en tu servicio estoy.

LUJÁN

¿Iré yo contigo?

COMENDADOR

Sí.
pues que Leonardo no viene.—
Templad, para ver si tiene
templanza este fuego en mí.
(Entran.)
(Calle.)

ESCENA X

Sale PERIBÁÑEZ.

PERIBÁÑEZ

¡Bien haya el que tiene bestia
destas de huir y alcanzar,
con que puede caminar   530
sin pesadumbre y molestia!
Alojé mi compañía,
y con ligereza extraña
he dado la vuelta a Ocaña.
¡Oh cuán bien decir podría:
Oh caña, la del honor!
Pues que no hay tan débil caña
Como el honor alguien daña
de cualquier viento el rigor.
Caña de honor quebradiza,   540
caña hueca y sin sustancia,
de hojas de poca importancia,
con que su tronco entapiza.
¡Oh caña, toda aparato,
caña fantástica y vil,
para quebrada sutil,
y verde tan breve rato!
¡Caña compuesta de ñudos,
y honor al fin dellos lleno,
sólo para sordos, bueno   550
y para vecinos, mudos!
Aquí naciste en Ocaña
conmigo al viento ligero;
yo te cortaré primero
que te quiebres, débil caña
—No acabo de agradecerme
el haberte sustentado,
yegua, que con tal cuidado
supiste a Ocaña traerme.
¡Oh, bien haya la cebada   560
que tantas veces te di!
Nunca de ti me serví
en ocasión más honrada.
Agora el provecho toco,
contento y agradecido.

Otras veces me has traído;
pero fue pesando poco;
que la honra mucho alienta:
y que te agradezca es bien
que hayas corrido tan bien   570
con la carga de mi afrenta.
Préciese de buena espada
y de buena cota un hombre,
del amigo de buen nombre
y de opinión siempre honrada,
de un buen fieltro de camino
y de otras cosas así;
que una bestia es para mí
un socorro peregrino.
¡Oh yegua!, ¡en menos de un hora
580
tres leguas! Al viento igualas;
que si pintan con alas,
tú las tendrás desde agora.—
Esta es la casa de Antón,
cuyas paredes confinan
con las mías, que ya inclinan
su peso a mi perdición.
Llamar quiero; que he pensado
que será bien menester.
¡Ah de casa!

ESCENA XI

Dentro, ANTÓN.

ANTÓN
(Dentro.)

¡Hola, mujer!   590
¿No os parece que han llamado?

PERIBÁÑEZ

¡Ah de casa!

ANTÓN
(Dentro.)

¿Quién golpea
a tales horas?

PERIBÁÑEZ

Yo soy,
Antón.

ANTÓN
(Dentro.)

Por la voz ya voy,
aunque lo que fuere sea.
¿Quién es? (Abre.)

PERIBÁÑEZ

Quedo, Antón amigo.
Peribáñez soy.

ANTÓN

¿Quién?

PERIBÁÑEZ

Yo,
a quien hoy el cielo dio
tan grave y cruel castigo.

ANTÓN

Vestido me eché a dormir,   600
porque pensé madrugar;
ya me agradezco el no estar
desnudo. ¿Puédoos servir?

PERIBÁÑEZ

Por vuesa casa, mi Antón,
tengo de entrar en la mía.
que ciertas cosas de día
sombras por la noche son.
Ya sospecho que en Toledo
algo entendiste de mí.

ANTÓN

Aunque callé, lo entendí.   610
Pero aseguraros puedo
que Casilda...

PERIBÁÑEZ

No hay que hablar.
Por ángel tengo a Casilda.

ANTÓN

Pues regalalda y servilda.

PERIBÁÑEZ

Hermano, dejadme estar.

ANTÓN

Entrad; que si puerta os doy,
es por lo que della sé.

PERIBÁÑEZ

Como yo seguro esté,
suyo para siempre soy.

ANTÓN

¿Dónde dejáis los soldados?   620

PERIBÁÑEZ

Mi alférez con ellos va;
que yo no he traído acá
sino sólo mis cuidados.
Y no hizo la yegua poco
en traernos a los dos,
porque hay cuidado, por Dios,
que basta a volverme loco.
(Entran.)
(Calle con vista exterior de la casa
de PERIBÁÑEZ.

ESCENA XII

Sale el COMENDADOR *y* LUJÁN, *con
broqueles y* MÚSICOS.

COMENDADOR

Aquí podéis comenzar
para que os ayude el viento.

MÚSICO 2º

Va de letra.

COMENDADOR

¡Oh cuánto siento   630
esto que llaman templar!

MÚSICOS
(Cantan.)

*Cogióme a tu puerta el toro,
linda casada;
no dijiste: Dios te valga.
El novillo de tu boda
a tu puerta me cogió;
de la vuelta que me dio,
se rió la villa toda;
y tú, grave y burladora,
linda casada,*   640
no dijiste: Dios te valga.

ESCENA XIII

INÉS, *a la puerta.*
(Los músicos tocan.)

INÉS

¡Ce, ce!, ¡señor don Fadrique!

COMENDADOR

¿Es Inés?

INÉS

La misma soy.

COMENDADOR

En pena a las once estoy.
Tu cuenta el perdón me aplique
para que salga de pena.

INÉS

¿Viene Leonardo?

COMENDADOR

       Asegura
a Peribáñez. Procura,
Inés, mi entrada, y ordena
que vea esa piedra hermosa;   650
que ya Leonardo vendrá.

INÉS

¿Tardará mucho?

COMENDADOR

       No hará;
pero fue cosa forzosa
asegurar un marido
tan malicioso.

INÉS

      Yo creo
que a estas horas el deseo
de que le vean vestido
de capitán en Toledo
le tendrá cerca de allá.
Durmiendo acaso estará.   660

COMENDADOR

¿Puedo entrar? Dime si puedo.

INÉS

Entra; que te detenía
por si Leonardo llegaba.

LUJÁN

Luján ¿ha de entrar?

COMENDADOR

(A uno de los músicos.)
Acaba,
Lisardo, Adiós hasta el día.

MÚSICO 1º

El cielo os dé buen suceso.
(Entran. Quedan los músicos.)

MÚSICO 2º

¿Dónde iremos?

MÚSICO 1º

A acostar.

MÚSICO 2º

¡Bella moza!

MÚSICO 1º

Eso... callar.

MÚSICO 2º

Que tengo envidia confieso. *(Vanse.)*
(Sala en casa de Peribáñez.)

ESCENA XIV

PERIBÁÑEZ *solo en su casa.*

PERIBÁÑEZ

Por las tapias de la huerta   670
de Antón en mi casa entré,
y desde portal hallé
la de mi corral abierta.
    En el gallinero quise
estar oculto; mas hallo
que puede ser que algún gallo
mi cuidado les avise.
    Con la luz de las esquinas
le quise ver y advertir,
y vile en medio dormir   680
de veinte o treinta gallinas.
    "Que duermas, dije, me espantas,
en tan dudosa fortuna;
no puedo yo guardar una,
y ¡quieres tú guardar tantas!
    No duermo yo; que sospecho,
y me da mortal congoja
un gallo de cresta roja,
porque la tiene en el pecho."
    Salí al fin, y cual ladrón   690
de casa hasta aquí me entré;
con las palomas topé,
que de amor ejemplo son;
    y como las vi arrullar,
y con requiebros tan ricos

a los pechos por los picos
las almas comunicar.
   dije: "¡Oh, maldígale Dios,
aunque grave y altanero
a palomino extranjero   700
que os alborota a los dos!"
   Los gansos han despertado,
gruñe el lechón, y los bueyes
braman; que de honor las leyes
hasta el jumentillo atado
   al pesebre con la soga
desasosiegan por mí;
que soy su dueño, y aquí
ven que ya el cordel me ahoga.
   Gana me da de llorar.   710
Lástima tengo de verme
en tanto mal... —Mas ¿si duerme
Casilda? —Aquí siento hablar.
   En esta saca de harina
me podré encubrir mejor,
que si es el Comendador,
lejos de aquí me imagina
          (Escóndese.)

ESCENA XV

INÉS y CASILDA.

CASILDA

Gente digo que he sentido.

INÉS

Digo que te has engañado.

CASILDA

Tú con un hombre has hablado 720

INÉS

¿Yo?

CASILDA

   Tú pues.

INÉS

      Tú ¿lo has oído?

CASILDA

   Pues si no hay malicia aquí,
mira que serán ladrones.

INÉS

¡Ladrones! Miedo me pones.

CASILDA

Da voces.

INÉS

   Yo no.

CASILDA

     Yo sí.

INÉS

   Mira que es alborotar
la vecindad sin razón.

ESCENA XVI

Entran el COMENDADOR *y* LUJÁN.

COMENDADOR

   Ya no puede mi afición
sufrir, temer ni callar.
   Yo soy el Comendador, 730
yo soy tu señor.

CASILDA

      No tengo
más señor que a Pedro.

COMENDADOR

        Vengo
esclavo, aunque soy señor.
   Duélete de mí o diré
que te hallé con el lacayo
que miras.

CASILDA

     Temiendo el rayo,
del trueno no me espanté.
   Pues, prima, ¡tú me has vendido!

INÉS

   Anda; que es locura ahora,
siendo pobre labradora, 740
y un villano tu marido,
   dejar morir de dolor
a un príncipe; que más va
en su vida, ya que está
en casa, que no en tu honor.
   Peribáñez fue a Toledo.

CASILDA

   ¡Oh prima cruel y fiera,
vuelta de prima, tercera!

COMENDADOR

Dejadme, a ver lo que puedo.
        (Vanse.)

LUJÁN

Dejémoslos; que es mejor.   750
A solas se entenderán.

ESCENA XVII

CASILDA

Mujer soy de. un capitán,
si vos sois comendador.
Y no os acerquéis a mí
porque a bocados y a coces
os haré...

COMENDADOR

        Paso y sin voces.
(Sale Peribáñez de donde estaba.)
        (Aparte.)

PERIBÁÑEZ

¡Ay honra!, ¿qué aguardo aquí?
Mas soy pobre labrador:
bien será llegar y hablalle...
pero mejor es matalle.   760
*(Adelantándose con la espada desen-
        vainada.)*
Perdonad, Comendador;
        que la honra es encomienda
de mayor autoridad.
        (Hiere al Comendador.)

COMENDADOR

¡Jesús! Muerto soy. ¡Piedad!

PERIBÁÑEZ

No temas, querida prenda;
        mas sígueme por aquí.

CASILDA

No te hablo, de turbada. *(Entran.)*
*(Siéntase el Comendador en una
        silla.)*

COMENDADOR

Señor, tu sangre sagrada
se duela agora de mí,
        pues me ha dejado la herida   770
pedir perdón a un vasallo.

ESCENA XVIII

LEONARDO, *entra.*

LEONARDO

Todo en confusión lo hallo.
¡Ah, Inés! ¿Estás escondida?
¡Inés!

COMENDADOR

        Voces oigo aquí.
¿Quién llama?

LEONARDO

        Yo soy, Inés.

COMENDADOR

¡Ay Leonardo! ¿No me ves?

LEONARDO

¿Mi señor?

COMENDADOR

        Leonardo, sí.

LEONARDO

¿Qué te ha dado? Que parece
que muy desmayado estás.

COMENDADOR

Dióme la muerte no más.   780
Más el que ofende merece.

LEONARDO

        ¡Herido! ¿De quién?

COMENDADOR

                No quiero
voces ni venganzas ya.
Mi vida en peligro está,
sola la del alma espero.
        No busques, ni hagas estremos,
pues me han muerto con razón.
Llévame a dar confesión,
y las venganzas dejemos.
        A Peribáñez perdono.   790

LEONARDO

¿Que un villano te mató,
y que no lo vengo yo?
Esto siento.

COMENDADOR

Yo le abono.
No es villano, es caballero;
que pues le ceñí la espada
con la guarnición dorada,
no ha empleado mal su acero.

LEONARDO

Vamos, llamaré a la puerta
del Remedio.

COMENDADOR

Solo es Dios.
(Vanse.)

ESCENA XIX

LUJÁN, enharinado; INÉS, PERIBÁ-
ÑEZ, CASILDA.

PERIBÁÑEZ
(Dentro.)

Aquí moriréis los dos   800

INÉS
(Dentro.)

Ya estoy, sin heridas, muerta.
(Salen huyendo Luján e Inés.)

LUJÁN

Desventurado Luján,
¿dónde podrás esconderte?
(Entranse por otra puerta, y sale Peribáñez tras ellos.)

PERIBÁÑEZ

Ya no se excusa tu muerte. (Entrase.)

LUJÁN
(Dentro.)

¿Por qué, señor capitán?

PERIBÁÑEZ
(Dentro.)

Por fingido segador.

INÉS
(Dentro.)

Y a mí ¿por qué?

PERIBÁÑEZ
(Dentro.)

Por traidora.
(Huye Luján, herido y luego Inés.)

LUJÁN
(Dentro.)

¡Muerto soy!

INÉS
(Dentro.)

¡Prima y señora!

ESCENA XX

CASILDA

No hay sangre donde hay honor.
(Vuelve Peribáñez.)

PERIBÁÑEZ

Cayeron en el portal.   810

CASILDA

Muy justo ha sido el castigo.

PERIBÁÑEZ

¿No irás, Casilda, conmigo?

CASILDA

Tuya soy al bien o al mal.

PERIBÁÑEZ

A las ancas desa yegua
amanecerás conmigo
en Toledo.

CASILDA

Y a pie, digo.
Tierra en medio es buena tregua
en todo acontecimiento,
y no aguardar al rigor.

CASILDA

Dios haya al Comendador.   820
Matóle su atrevimiento. (Vanse.)
(Galería del alcázar de Toledo.)

ESCENA XXI

Entra el REY ENRIQUE y el

CONDESTABLE.

REY

Alégrame el ver con qué alegría
Castilla toda a la jornada viene.

CONDESTABLE

Aborrecen, señor la monarquía
que en nuestra España el africano
[tiene.

REY

Libre pienso dejar la Andalucía,
si el ejército nuestro se previene,
antes que el duro invierno con su
[yelo
cubra los campos y enternezca el sue-
[lo.
Iréis, Juan de Velasco, previnien-
[do 830
pues que la Vega da lugar bastante,
el alarde famoso que pretendo,
porque la fama del concurso espante
por ese Tajo aurífero, y subiendo
al muro por escalas de diamante,
mire de pabellones y de tiendas
otro Toledo por las verdes sendas.
Tiemble en Granada el atrevido
[moro
de las rojas banderas y pendones.
Convierta su alegría en triste lloro.
840

CONDESTABLE

Hoy me verás formar los escuadro-
[nes.

REY

La Reina viene, su presencia adoro.
No ayuda mal en estas ocasiones.

ESCENA XXII

LA REINA y acompañamiento.

REINA

Si es de importancia, volveréme lue-
[go.

REY

Cuando lo sea, que no os vais os
[ruego.
¿Qué puedo yo tratar de paz, se-
[ñora,
en que vos no podáis darme consejo?
Y si es de guerra lo que trato agora,

¿cuándo con vos, mi bien, no me
¿Cómo queda don Juan? [aconsejo?

REINA

Por veros llora.   850

REY

Guárdele Dios; que es un divino es-
donde se ven agora retratados, [pejo
mejor que los presentes, los pasados.

REINA

El príncipe don Juan es hijo vues-
[tro.
Con esto sólo encarecido queda.

REY

Mas con decir que es vuestro, siendo
[nuestro,
el mismo dice la virtud que encierra.

REINA

Hágale el cielo en imitaros diestro;
que con esto no más que le conceda,
le he dado todo el bien que le deseo.
860

REY

De vuestro generoso amor lo creo.

REINA

Como tiene dos años, le quisiera
de edad que esta jornada acompañara
vuestras banderas.

REY

¡Ojalá pudiera
y a ensalzar la de Cristo comenzara!

ESCENA XXIII

GÓMEZ MANRIQUE entra.

REY

¿Qué caja es esa?

GÓMEZ

Gente de la Vera
y Extremadura.

CONDESTABLE

De Guadalajara
y Atienza pasa gente.

REY

¿Y la de Ocaña?

GÓMEZ

Quédase atrás por una triste hazaña.

REY

¿Cómo?

GÓMEZ

Dice la gente que ha lle-
                    [gado   870
que a don Fadrique un labrador ha
                    [muerto.

REY

¡A don Fadrique y al mejor soldado
que trujo roja cruz!

REINA

¿Cierto?

GÓMEZ

Y muy cierto.

REY

En el alma, señora, me ha pesado.—
¿Cómo fue tan notable desconcierto?

GÓMEZ

Por celos.

REY

¿Fueron justos?

GÓMEZ

Fueron locos.

REINA

Celos, señor, y cuerdos, habrá pocos.

REY

¿Está preso el villano?

GÓMEZ

Huyóse luego
con su mujer.

REY

¡Qué desvergüenza extraña!
¡Con estas nuevas a Toledo llego!
                                      880

¿Así de mi justicia tiembla España?
Dad un pregón en la ciudad, os rue-
                    [go,
Madrid, Segovia, Talavera, Ocaña,
que a quien los diere presos o sea
                    [muertos,
tendrán de renta mil escudos ciertos.
   Id luego, y que ninguno los encu-
                    [bra
ni pueda dar sustento ni otra cosa,
so pena de la vida.

GÓMEZ

Voy. (Vase.)

REY

¡Que cubra
el cielo aquella mano rigurosa!

REINA

Confiad que tan presto se descubra
                                      890
cuanto llegue la fama codiciosa
del oro prometido.

ESCENA XXIV

UN PAJE entra.

PAJE

Aquí está Arceo,
acabado el guión.

REY

Verle deseo.
(Sale un Secretario con un pendón
rojo, y en él las armas de Castilla,
con una mano arriba que tiene una
espada, y en la otra banda un Cristo
crucificado.)

SECRETARIO

Este es, señor, el guión.

REY

Mostrad. Paréceme bien;
que este capitán también
lo fue de mi redención.

REINA

¿Qué dicen las letras?

REY

Dicen:
"Juzga tu causa, Señor."

REINA

Palabras son de temor.   900

REY

Y es razón que atemoricen.

REINA

Destrota parte ¿qué está?

REY

El castillo y el león.
y esta mano por blasón,
que va castigando ya...

REINA

¿La letra?

REY

Sólo mi nombre.

REINA

¿Cómo?

REY

"Enrique Justiciero";
que ya en lugar del Tercero
quiero que este nombre asombre.

ESCENA XXV

Entra GÓMEZ.

GÓMEZ

Ya se van dando pregones,   910
con llanto de la ciudad.

REINA

Las piedras mueve a piedad.

REY

Basta ¡Qué! Los azadones
¿a las cruces de Santiago
se igualan? ¿Cómo o por dónde?

REINA

¡Triste dél si no se esconde!

REY

Voto y juramento hago
de hacer en él un castigo
que ponga al mundo temor.

ESCENA XXVI

Un PAJE.

PAJE
(Al Rey.)

Aquí dice un labrador   920
que le importa hablar contigo.

REY

Señora, tomemos sillas.
Este algún aviso es.

ESCENA XXVII

PERIBÁÑEZ, *todo de labrador, con
capa larga, y su mujer.*

PERIBÁÑEZ

Dame, gran señor, tus pies.

REY

Habla, y no estés de rodillas.

PERIBÁÑEZ

¿Cómo, señor, puedo hablar,
si me ha faltado la habla
y turbados los sentidos
después que miré tu cara?
Pero siéndome forzoso,   930
con la justa confianza
que tengo de tu justicia,
comienzo tales palabras.
Yo soy Peribáñez...

REY

¿Quién?
Peribáñez el de Ocaña.

REY

Matadle, guardas, matadle.

REINA

No en mis ojos.—Teneos, guardas.

REY

Tened respeto a la Reina.

PERIBÁÑEZ

Pues ya que matarme mandas,
¿no me oirás, siquiera, Enrique, 940
pues Justiciero te llaman?

REINA

Bien dice: oilde, señor.

REY

Bien decís; no me acordaba
que las partes se han de oír,
y más cuando son tan flacas.—
Prosigue.

PERIBÁÑEZ

           Yo soy un hombre,
aunque de villana casta,
limpio de sangre, y jamás
de hebrea o mora manchada.
Fui el mejor de mis iguales, 950
y en cuantas cosas trataban
me dieron primero voto,
y truje seis años vara.
Caséme con la que ves,
también limpia, aunque villana;
virtüosa, si la ha visto
la envidia asida a la fama.
El Comendador Fadrique,
de vuesa villa de Ocaña
señor y comendador, 960
dio, como mozo, en amarla.
Fingiendo que por servicios,
honró mis humildes casas
de unos reposteros, que eran
cubiertos de tales cargas.
Dióme un par de mulas buenas...
mas no tan buenas; que sacan
este carro de mi honra
de los lodos de mi infamia.
Con esto intentó una noche, 970
que ausente de Ocaña estaba,
forzar mi mujer; mas fuese
con la esperanza burlada.
Vine yo, súpelo todo,
y de las paredes bajas
quité las armas, que al toro
pudieran servir de capa.
Advertí mejor su intento;

mas llamóme una mañana,
y díjome que tenía 980
de vuestras altezas cartas
para que con gente alguna
le sirviese esta jornada;
en fin, de cien labradores
me dio la valiente escuadra.
Con nombre de capitán
salí con ellos de Ocaña;
y como vi que de noche
era mi deshonra clara,
en una yegua a las diez 990
de vuelta en mi casa estaba;
que oí decir a un hidalgo
que era bienaventuranza
tener en las ocasiones
dos yeguas buenas en casa.
Hallé mis puertas rompidas
y mi mujer destocada,
como corderilla simple
que está del lobo en las garras.
Dio voces, llegué, saqué 1000
la misma daga y espada
que ceñí para servirte,
no para tan triste hazaña;
paséle el pecho, y entonces
dejó la cordera blanca,
porque yo, como pastor,
supe del lobo quitarla.
Vine a Toledo, y hallé
que por mi cabeza daban
mil escudos; y así, quise 1010
que mi Casilda me traiga.
Hazle esta merced, señor;
que es quien agora la gana,
porque viüda de mí,
no pierda prenda tan alta.

REY

¿Qué os parece?

REINA

           Que he llorado,
que es la respuesta que basta
para ver que no es delito
sino valor.

REY

           ¡Cosa extraña!
¡Que un labrador tan humilde 1020
estime tanto su fama!

¡Vive Dios, que no'es razón
matarle! Yo le hago gracia
de la vida... Mas ¿qué digo?
Esto justicia se llama.
Y a un hombre deste valor
le quiero en esta jornada
por capitán de la gente
misma que sacó de Ocaña.
Den a su mujer la renta,   1030
y cúmplase mi palabra
y después desta ocasión,
para la defensa y guarda
de su persona, le doy
licencia de traer armas
defensivas y ofensivas.

PERIBÁÑEZ

Con razón todos te llaman
don Enrique el Justiciero.

REINA

A vos, labradora honrada.
os mando de mis vestidos   1040
cuatro, porque andéis con galas
siendo mujer de soldado.

PERIBÁÑEZ

Senado, con esto acaba
la tragicomedia insigne
del *Comendador de Ocaña*.

FIN DE
«PERIBÁÑEZ Y EL COMENDADOR
DE OCAÑA»

EL MEJOR ALCALDE, EL REY

EL MEJOR ALCALDE, EL REY

Se inspira este drama en un acontecimiento histórico, según el mismo Lope declara en los versos finales:

Y aquí acaba la comedia
del mejor alcalde, historia
que afirma por verdadera
la corónica de España:
la cuarta parte la cuenta.

En efecto; en la cuarta parte de la *Crónica general* de Alfonso X el Sabio se lee, según el texto de Ocampo, que es el que Lope seguía, el suceso siguiente:

«Este Emperador de las Españas [Alfonso VII] era muy justiciero, e de cómo vedaba los males e los tuertos en su tierra puédese entender en esta razón que diremos aquí: Un Infanzón que moraba en Galicia, e había nombre don Ferrando, tomó por fuerza a un labrador su heredad, e el labrador fuese querellar al Emperador, que era en Toledo, de la fuerza que le hacía aquel Infanzón. E el Emperador envió su carta luego con ese labrador al Infanzón, que luego vista la carta que le hiciese derecho de la querella que de él había. E otrosí envió su carta al merino de la tierra, en que le mandaba que fuese con aquel querelloso al Infanzón, que viese cuál derecho le hacía e que se lo enviase decir por sus cartas. E el Infanzón, como era poderoso, cuando vio la carta del Emperador, fue muy sañudo e comenzó de amenazar al labrador, e díjole que lo mataría, e no le quiso hacer derecho ninguno. E cuando el labrador vió que derecho ninguno no podía haber del Infanzón, tornóse para el Emperador a Toledo, con letras de hombres buenos de la tierra, en testimonio como no podía haber derecho ninguno de aquel Infanzón del tuerto que le hacía. E cuando el Emperador esto oyó, llamó sus privados de su cámara, e mandóles que dijesen a los que viniesen a demandar por él, que era mal doliente, e que no dejasen entrar ninguno en su cámara, e mandó a dos caballeros mucho en poridad que guisasen luego sus caballos e irían con él. E fuese luego encubiertamente con ellos para Galicia, que no quedó de andar de día ni de noche; e pues el Emperador llegó al lugar do era el Infanzón, mandó llamar al merino e demandóle que le dijese verdad de cómo pasara aquel hecho. E el merino díjoselo todo. E el Emperador, después que supo todo el hecho, hizo sus firmas sobre ello, e llamó hombres del lugar e fuese con ellos e paróse con ellos a la puerta del Infanzón, e mandóle llamar que saliese al Emperador que le llamaba. E cuando el Infanzón esto oyó, hubo gran miedo de muerte e comenzó de huir, mas fué luego preso e adujéronlo ante el Emperador; e el Emperador razonó todo el pleito ante los hombres buenos, e cómo despreciara la su carta e no hiciera ninguna cosa por ella, e el Infanzón no contradijo ni respondió a ello ninguna cosa. E el Emperador mandóle luego ahorcar ante su puerta, e mandó que tornase al labrador todo su heredamiento con los esquilmos.»

Lope utiliza el relato histórico sólo como materia prima para su actividad creadora. El acontecimiento real es punto de arranque para su fantasía, que modifica los hechos y los adapta a las necesidades de la acción dramática. Tiene Lope la feliz idea de sustituir el despojo de una heredad —acción, ruín, desprovista de interés poético— por el rapto y violación de una doncella. Como bien señala Bruerton, por este móvil dramático, *El mejor alcalde, el rey* está en la misma línea de *Peribáñez* y de *Fuente Ovejuna,* aunque el tratamiento sea distinto. También por lo que al tema fundamental se refiere forman estos tres dramas un núcleo cerrado dentro de la obra teatral de Lope. Las tres son comedias de sentido heroico en las que se plantea la antinomia entre la nobleza y el pueblo, con la intervención del poder real. No son los nobles los intermediarios entre el rey y sus más humildes vasallos, sino que, por el contrario, representan la fuerza rebelde que se opone por igual al pueblo y al monarca. El poder feudal, levantisco y despótico, era un peligro tanto para los villanos como para la realeza. De ahí que, en estas tres comedias, pueblo y monarca se alíen en su lucha contra la nobleza; en *Fuente Ovejuna* y en *Peribáñez* los reyes no hacen más que sancionar la justicia popular, ejercida por toda la comunidad en el primer caso, o por uno de sus miembros en el segundo; pero en *El mejor alcalde* es el rey mismo quien imparte justicia y quien activamente avasalla al déspota ordenando su ejecución. Aunque las tres tragedias forman parte de un mismo núcleo temático, en cada una de ellas se reconoce un motivo argumental distinto: en *Fuente Ovejuna* se exalta la lucha contra la tiranía; en *Peribañez* se desarrolla más directamente un problema de honra personal; y en *El mejor alcalde* se hace la apoteosis de la autoridad real frente al feudalismo. Cierto que el punto de partida de la acción radica en el rapto de Elvira, pero el delito mayor de don Tello es su desprecio al poder real. Si el monarca decide abandonar la corte y, disfrazado de alcalde, ir personalmente a castigar al infanzón, tan desusada resolución se explica, más que por la ofensa infringida a unos labriegos, por el agravio cometido contra la autoridad real:

> El desprecio de mi carta,
> mi firma, mi propia letra,
> ¿no era bastante delito?
> Hoy veré yo tu soberbia,
> don Tello, puesta a mis pies.

De nada sirven los ruegos con que varios personajes piden clemencia al rey; aunque éste se inclinase a perdonar la ofensa cometida contra el honor de Elvira —ofensa que podría don Tello reparar "con ser su esposo"—, en cuanto traidor a su monarca, el soberbio infanzón debía morir:

> Es traidor
> todo hombre que no respeta
> a su rey, y que habla mal
> de su persona en ausencia.

El desenlace, con esa doble reparación del agravio cometido —a la mujer deshonrada, mediante el matrimonio; al monarca, mediante la vida— se apoya en un relato muy conocido durante los siglos xv y xvi, según el cual la sola reparación de la honra por el matrimonio, o el solo castigo del ofensor, no bastan para expiar la culpa, sino que son precisos una y otro:

> Da, Tello, a Elvira la mano
> para que pagues la ofensa
> con ser su esposo; y después
> que te corten la cabeza.

Esta "justicia ejemplar" se ejerce en otras obras del teatro español, como *El alcalde de Zalamea* del mismo Lope o *La niña de Gómez Arias* de Calderón de la Barca, aunque también es tema que aparece en la literatura italiana, según ha señalado Monteverdi en su traducción de *El mejor alcalde*.

Es ésta una de las mejores obras de Lope en lo que a la técnica dramática se refiere: breve, densa, alcanza la acción una intensidad pocas veces superada. Todos los elementos del drama están estrechamente relacionados unos con otros y dirigidos hacia un mismo fin; las escenas se encadenan y suceden con precisión, sin que surjan nunca elementos episódicos inútiles. La unidad de acción es perfecta. Las primeras escenas participan en cierto modo del género pastoril tan precisamente reflejado en *Peribáñez;* pero desde la mitad del primer acto la intriga se hace más concreta y el interés aumenta gradualmente en torno al tema principal. La consumación de la deshonra de Elvira se retarda con habilidad hasta el momento inmediatamente anterior a la llegada del rey; de esta manera el espectador se mantiene en suspenso hasta el último instante, y así también crece el dramatismo de la acción y resulta más necesario el riguroso castigo real.

Se ha destacado, con razón, el valor de esta tragicomedia por cuanto que es un magnífico cuadro de costumbres de una época un tanto caótica y sanguinaria. Menéndez Pelayo transcribe el certero juicio de Damas Hinard, traductor francés de la obra: "Acaso el principal mérito de esta pieza consiste en la pintura de costumbres. Aquí están las ideas, las creencias, las supersticiones de la Edad Media española, la organización social de aquellos tiempos. Es la pintura más cabal de un siglo enérgico y todavía semibárbaro, en que la fuerza brutal y el capricho del más fuerte decidían todo. Se ha preguntado dónde habría adquirido Lope este conocimiento íntimo de las costumbres y de los sentimientos de una época tan lejana. En primer lugar, en la historia, en las primitivas crónicas, en los antiguos romances españoles, que había estudiado con amor y que conocía mejor que ninguno de sus contemporáneos; y después, lo que no podía encontrar ni en la historia,

ni en las crónicas, ni en los romances, lo adivinó con su genio. Así
lo hacía Shakespeare: así lo han hecho todos los grandes maestros."

También es importante la pintura que de los principales caracteres
hace Lope: El viejo Nuño, cuyo amor paternal está en pugna con su
tímida prudencia —pues si de una parte quiere recobrar a su hija,
de otra teme incurrir en las iras del infanzón— es un retrato perfectamente conseguido: representa el estado de sumisión y de miedo a que
puede descender el espíritu humillado por la tiranía. La prudencia de
Nuño necesitaba de la osadía de Sancho para resultar de alguna utili-
dad; por sí sola no habría hecho variar su curso a los propósitos de
don Tello.

El rey es una figura de majestuosa grandeza, sencillo y noble al
mismo tiempo, amante de sus vasallos; escucha atentamente a Sancho

> porque el pobre para mí
> tiene cartas de favor.

Joven y audaz, no titubea en presentarse casi solo a imponer justicia
y a castigar al soberbio infanzón. En suma, él es verdaderamente el justiciero Alfonso VII de que nos habla la historia. Don Tello, en cambio,
es —como perfecto antagonista— un claro representante de la nobleza
feudal, orgullosa, díscola y despótica. Así, como tirano, lo retrata Sancho con pocas palabras:

> El pone y él quita leyes:
> que éstas son las condiciones
> de soberbios infanzones
> que están lejos de los reyes.

De igual manera se define a sí mismo el altivo señor:

> aquí reino en lo que mando
> como el Rey en su Castilla.

Y como señor de vidas y haciendas, considera la cosa más lógica del
mundo su derecho a gozar de Elvira antes de que se despose con el
honrado labrador:

> que era infamia de mis celos
> dejar gozar a un villano
> la hermosura que deseo.
> Después que della me canse
> podrá este rústico necio
> casarse; que yo daré
> ganado, hacienda y dinero.

Frente a tanta bajeza, resalta con mayor brillo la hidalguía natural
de Sancho. Como Peribáñez, tampoco es Sancho ningún zafio labrador,
ruin y plebeyo, sino que en su alma anidan sentimientos nobles, que
causan la admiración del monarca. El mismo lo hace constar en varias
ocasiones:

> Yo, sólo labrador en la campaña
> y en el resto del alma caballero
> ....

> Señor, yo soy hidalgo
> si bien pobre en mudanzas de fortuna.

Y también de ascendencia noble es Elvira, que "aún tiene paveses en las ya borradas armas de su portal", porque en Galicia "toda la gente es hidalga". Mas no sólo de palabra se muestra noble el sencillo labrador, sino que con sus acciones justifica tal pretensión. Su arrojo mismo es ya prueba de la alteza de sus sentimientos; y cuando el rey, en su segunda entrevista con Sancho, le pregunta si don Tello ha sido capaz de romper su carta, el labrador —aun consciente de que una mentira podría favorecerle mucho— da muestras de su caballerosidad diciendo la verdad al monarca:

> Aunque por moverte a ira
> dijera de sí algún sabio,
> no quiera Dios que mi agravio
> te indigne con la mentira.
> Leyóla y no la rompió.

Como en otras comedias, plantea Lope muy de paso en *El mejor alcalde* otro tema, emparentado con el de la honra, que gozó de las simpatías del público renacentista: el de la diferencia de linaje como problema amoroso. Dejamos ya señalado que para los españoles del Siglo de Oro los distintos niveles de la sociedad estaban perfectamente delimitados y no era conveniente tratar de confundirlos. Cásese cada uno con su igual, parecían opinar todos. Mas el problema surgía naturalmente cuando entre personas de diferente ascendencia brotaba el amor. Lope procura eliminar tales inconvenientes de una manera u otra, siempre que el amor sea recíproco y no haya ninguna otra dificultad; recuérdese el caso de *El perro del hortelano,* por ejemplo. En *El mejor alcalde,* don Tello parece llegar a enamorarse de Elvira, maravillado quizá por su denuedo y por su firme sentido del honor. Estaría dispuesto a casarse con ella, pero su baja cuna lo impide:

> y que si fuera mi igual,
> que ya me hubiera casado.

Llega a desearlo ardientemente ("¡Ojalá fueras mi igual!"); mas para un noble de la Edad Media, un matrimonio semejante resultaría inconcebible: no sería hacedero "juntar brocado y sayal".

* * *

El mejor alcalde, el rey se imprimió por vez primera en la *Veinte y una parte verdadera* de las comedias de Lope, publicada en 1635, poco después de la muerte del dramaturgo; él mismo había dejado el tomo preparado para la imprenta. Según Morley, esta comedia fue escrita entre 1620 y 1623; es, por consiguiente, obra de plena madurez.

EL MEJOR ALCALDE, EL REY

PERSONAJES

SANCHO.	ELVIRA.	EL CONDE DON PEDRO.
DON TELLO.	FELICIANA.	ENRIQUE.
CELIO.	JUANA.	BRITO.
JULIO.	LEONOR.	FILENO.
NUÑO.	EL REY LEÓN.	PELAYO.

La escena se desarrolla en León, en un pueblo
de Galicia y sus cercanías.

ACTO PRIMERO

SANCHO
(Sale.)

Nobles campos de Galicia,
que a sombras destas montañas,
que el Sil entre verdes cañas
llevar la falda codicia,
dais sustento a la milicia,
de flores de mil colores;
aves que cantáis amores,
fieras que andáis sin gobierno,
¿habéis visto amor más tierno
en aves, fieras y flores?   10
Mas como no podéis ver
otra cosa, en cuanto mira
el sol, más bella que Elvira,
ni otra cosa puede haber;
porque habiendo de nacer
de su hermosura, en rigor,
mi amor, que de su favor
tan alta gloria procura,
no habiendo más hermosura,
no puede haber más amor.   20
Ojalá, dulce señora,
que tu hermosura pudiera
crecer, porque en mí creciera
el amor que tengo agora.
Pero, hermosa labradora,
si en ti no puede crecer
la hermosura, ni el querer
en mí, cuanto eres hermosa
te quiero, porque no hay cosa
que más pueda encarecer.   30
Ayer las blancas arenas
deste arroyuelo volviste
perlas, cuando en él pusiste
tus pies, tus dos azucenas;
y porque verlos apenas
pude, porque nunca para,
le dije al sol de tu cara,
con que tanta luz le das,
que mirase el agua más,
porque se viese más clara.   40
Lavaste, Elvira, unos paños,
que nunca blancos volvías;
que las manos que ponías

causaban estos engaños.
Yo, detrás destos castaños
te miraba, con temor,
y vi que amor por favor,
te daba a lavar su venda:
el cielo el mundo defienda,
que anda sin venda el amor.   50
¡Ay Dios!, ¡cuándo será el día!
(que me tengo de morir)
que te pueda yo decir:
¡Elvira, toda eres mía!
¡Qué regalo te daría!
Porque yo no soy tan necio,
que no te tuviese precio
siempre con más afición;
que en tan rica posesión
no puede caber desprecio.   60

ELVIRA
(Sale.)

Por aquí Sancho bajaba,
o me ha burlado el deseo.
A la fe que allí le veo,
que el alma me le mostraba.
E' arroyuelo miraba
adonde ayer me miró:
¿si piensa que allí quedó
alguna sombra de mí?
Que me enojé cuando vi
que entre las aguas me vió.   70
¿Qué buscas por los cristales
destos libres arroyuelos,
Sancho, que guarden los cielos,
cada vez que al campo sales?
¿Has hallado unos corales
que en esta margen perdí?

SANCHO

Hallarme quisiera a mí,
que me perdí desde ayer;
pero ya me vengo a ver,
pues me vengo a hallar en ti.   80

ELVIRA

Pienso que a ayudarme vienes
a ver si los puedo hallar.

SANCHO

¡Bueno es venir a buscar
lo que en las mejillas tienes!
¿Son achaques [1] o desdenes?
¡Albricias, ya los hallé!

ELVIRA

¿Dónde?

SANCHO

        En tu boca, a la he,
y con extremos de plata.

ELVIRA

Desvíate.

SANCHO

        ¡Siempre ingrata
a la lealtad de mi fe!   90

ELVIRA

Sancho, estás muy atrevido.
Dime tú: ¿qué más hicieras
si por ventura estuvieras
en vísperas de marido?

SANCHO

Eso, ¿cúya culpa ha sido?

ELVIRA

Tuya, a la fe.

SANCHO

        ¿Mía? No.
Ya te lo dije, y te habló
e' alma y no respondiste.

ELVIRA

¿Qué más respuesta quisiste
que no responderte yo?   100

SANCHO

Los dos culpados estamos

ELVIRA

Sancho, pues tan cuerdo eres,
advierte que las mujeres

---
[1] *Achaques*. La excusa que damos para no
hacer lo que se nos pide o demanda, de donde
nació el proverbio: "Achaques al viernes por
no ayunarle." Covarrubias, *Tesoro*.

hablamos cuando callamos,
concedemos si negamos:
por esto, y por lo que ves,
nunca crédito nos des,
ni crueles ni amorosas;
porque todas nuestras cosas
se han de entender al revés.   110

SANCHO

Según eso, das licencia
que a Nuño te pida aquí.
¿Callas? Luego dices sí.
Basta: ya entiendo la ciencia.

ELVIRA

Sí; pero ten advertencia
que no digas que yo quiero.

SANCHO

El viene.

ELVIRA

        El suceso espero
detrás de aquel olmo.

SANCHO

                        ¡Ay Dios,
si nos juntase a los dos,
porque si no, yo me muero!   120
(*Escóndese Elvira, y salen Nuño y
Pelayo.*)

NUÑO

Tú sirves de tal manera,
que será mejor buscar,
Pelayo, quien sepa andar
más despierto en la ribera.
¿Tienes algún descontento
en mi casa?

PELAYO

        Dios lo sabe.

NUÑO

Pues hoy tu servicio acabe,
que el servir no es casamiento.

PELAYO

Antes lo debe de ser.

NUÑO

Los puercos traes perdidos.   130

PELAYO

Donde lo están los sentidos,
qué otra cosa puede haber?
Escúchame: yo quisiera
mparentarme...

NUÑO

Prosigue
le suerte que no me obligue
u ignorancia...

PELAYO

Un poco espera,
ue no es fácil de decir.

NUÑO

De esa manera, de hacer
erá difícil.

PELAYO

Ayer
me dijo Elvira al salir: 140
«A fe, Pelayo, que están
ordos los puercos.»

NUÑO

Pues bien;
qué la respondiste?

PELAYO

Amén,
omo dice el sacristán.

NUÑO

Pues, ¿qué se saca de ahí?

PELAYO

No lo entiendes?

NUÑO

¿Cómo puedo?

PELAYO

stoy por perder el miedo.

SANCHO

Oh, si se fuese de aquí!

PELAYO

¿No ves que es requiebro, y mues-
[tra
uerer casarse conmigo?   150

NUÑO

¡Vive Dios!...

PELAYO

No te lo digo,
ya que fue ventura nuestra,
para que tomes collera.

NUÑO

Sancho, ¿tú estabas aquí?

SANCHO

Y quisiera hablarte.

NUÑO

Di.
Pelayo, un instante espera.

SANCHO

Nuño, mis padres fueron como sa-
[bes,
y supuesto que pobres labradores,
de honrado estilo y de costumbres
[graves.

PELAYO

Sancho, vos que sabéis cosas de
[amores 160
decir una mujer hermosa y rica
a un hombre que es galán como unas
[flores:
«Gordos están los puercos», ¿no
[inifica
que se quiere casar con aquel hom-
[bre?

SANCHO

¡Bien el requiebro al casamiento apli-
[ca!

NUÑO

¡Bestia, vete de aquí!

SANCHO

Pues ya su nombre
supiste y su nobleza, no presumo
que tan honesto amor la tuya asom-
[bre:
por Elvira me abraso y me consu-
[mo.

PELAYO

Hay hombre que el ganado trai tan
[flaco 170

que parece tasajo puesto al humo;
yo, cuando al campo los cochinos
[saco...

NUÑO

¿Aquí te estás, villano? ¡Vive el cie-
[lo!...

PELAYO

¿Hablo de Elvira yo, son del varraco?

SANCHO

Sabido, pues, señor, mi justo ce-
[lo...

PELAYO

Sabido, pues, señor, que me resquie-
[bra...

NUÑO

¿Tiene mayor salvaje el indio suelo?

SANCHO

El matrimonio de los dos celebra.

PELAYO

Cochino traigo yo por esa orilla...

NUÑO

Ya la cabeza el bárbaro mes quie-
[bra.   180

PELAYO

Que puede ser maeso de capilla,
si bien tiene la voz desentonada,
y más cuando entra y sale de la villa.

NUÑO

¿Quiérelo Elvira?

SANCHO

            De mi amor pagada,
me dio licencia para hablarte ahora.

NUÑO

Ella será dichosamente honrada,
    pues sabe las virtudes que atesora,
Sancho, tu gran valor, y que pudiera
llegar a merecer cualquier señora.

PELAYO

Con cuatro o seis cochinos que
[tuviera,   190

que éstos parieran otros, en seis años
pudiera ya labrar una cochera.

NUÑO

Tú sirves a don Tello en sus re-
[baños,
el señor desta tierra, y poderoso
en Galicia y en reinos más extraños.
    Decirle tu intención será forzoso,
así porque, Sancho, su criado,
como por ser tan rico y dadivoso.
    Daráte alguna parte del ganado;
porque es tan poco el dote de mi El-
[vira,   200
que has menester estar enamorado.
    Esa casilla mal labrada mira
en medio de esos campos, cuyos te-
[chos
el humo tiñe porque no respira.
Están lejos de aquí cuatro barbechos,
    diez o doce castaños: todo es nada,
si el señor desta tierra no te ayuda
con un vestido o con alguna espada.

SANCHO

Pésame que mi amor pongas en
[duda.

PELAYO

Voto al sol que se casa con Elvira.
                                     120
Aquí la dejo yo: mi amor se muda.

SANCHO

¿Qué mayor interés que al que sus-
[pira
por su belleza, darle su belleza,
milagro celestial que al mundo admi-
[ra?
    No es tanta de mi ingenio la ru-
[deza,
que más que la virtud me mueva el
- [dote.

NUÑO

Hablar con tus señores no es bajeza,
ni el pedirles que te honren te al-
[borote;
que él y su hermana pueden fácil-
[mente,
sin que esto, Sancho, a más que amor
[se note.   220

SANCHO

Yo voy de mala gana; finalmente,
iré; pues tú lo mandas.

NUÑO

Pues el cielo,
Sancho, tu vida y sucesión aumente.
Ven, Pelayo, conmigo.

PELAYO

Pues, ¿tan presto
le diste a Elvira, estando yo delante?

NUÑO

¿No es Sancho mozo noble y bien
[nacido?

PELAYO

No le tiene el aldea semejante,
si va decir verdad; pero, en efeto,
fuera en tu casa yo más importante,
porque te diera cada mes un nieto.
230
(Vanse Nuño y Pelayo.)

SANCHO

Sal, hermosa prenda mía;
sal, Elvira de mis ojos.

ELVIRA
(Sale.)

¡Ay Dios!, ¡con cuántos enojos
teme amor y desconfía!
Que la esperanza prendada,
presa de un cabello está.

SANCHO

Tu padre dice que ya
tiene la palabra dada
a un criado de don Tello:
¡mira qué extrañas mudanzas! 240

ELVIRA

No en balde mis esperanzas
colgaba amor de un cabello.
¿Que mi padre me ha casado,
Sancho, con hombre escudero?
Hoy pierdo la vida, hoy muero.
Vivid, mi dulce cuidado,
que yo me daré la muerte.

SANCHO

Paso, que me burlo, Elvira.
El alma en los ojos mira;
dellos la verdad advierte; 250
que, sin admitir espacio,
dijo mil veces que sí.

ELVIRA

Sancho, no lloro por ti
sino por ir a palacio;
que el criarme en la llaneza
desta humilde casería,
era cosa que podía
causarme mayor tristeza.
Y que es causa justa advierte.

SANCHO

¡Qué necio amor me ha engañado!
260
Vivid, mi necio cuidado,
que yo me daré la muerte.
Engaños fueron de Elvira,
en cuya nieve me abraso.

ELVIRA

Sancho, que me burlo, paso.
El alma en los ojos mira;
que amor y sus esperanzas
me han dado aquesta lición:
su propia difinición.
es que amor todo es venganzas. 270

SANCHO

Luego, ¿ya soy tu marido?

ELVIRA

¿No dices que está tratado?

SANCHO

Tu padre, Elvira, me ha dado
consejo, aunque no le pido:
que a don Tello, mi señor
y señor de aquesta tierra
poderoso en paz y en guerra,
quiere que pida favor.
Y aunque yo contigo, Elvira,
tengo toda la riqueza 280
del mundo (que en tu belleza
el sol las dos Indias mira),
dice Nuño que es razón,
por ser mi dueño; en efeto,

es viejo y hombre discreto
y que merece opinión
por ser tu padre también.
Mis ojos, a hablarle voy.

ELVIRA

Y yo esperándote estoy.

SANCHO

Plega al cielo que me den   290
él y su hermana mil cosas.

ELVIRA

Basta darle cuenta desto.

SANCHO

La vida y el alma he puesto
en esas manos hermosas.
Dadme siquiera la una.

ELVIRA

Tuya ha de ser: vesla aquí.

SANCHO

¿Qué puede hacer contra mí
si la tengo, la fortuna?
Tú verás mi sentimiento
después de tanto favor;   300
que me ha enseñado el amor
a tener entendimiento.
(Vanse, y salen don Tello, de caza;
y Celio y Julio, criados.)

DON TELLO

Tomad el venado allá.

CELIO

¡Qué bien te has entretenido!

JULIO

Famosa la caza ha sido.

DON TELLO

Tan alegre el campo está
que sólo ver sus colores
es fiesta.

CELIO

¡Con qué desvelos
procuran los arroyuelos
besar los pies a las flores!   310

DON TELLO

Da de comer a esos perros,
Celio, así te ayude Dios.

CELIO

Bien escalaron los dos
las puntas de aquellos cerros.

JULIO

Son famosos.

CELIO

Florisel
es deste campo la flor.

DON TELLO

No lo hace mal Canamor.

JULIO

Es un famoso lebrel.

CELIO

Ya mi señora y tu hermana
te han sentido.
(Sale Feliciana.)

DON TELLO

¡Qué cuidados   320
de amor, y qué bien pagados
de mis ojos, Feliciana!
¡Tantos desvelos por vos!

FELICIANA

Yo lo soy de tal manera,
mi señor, cuando estáis fuera,
por vos, como sabe Dios.
No hay cosa que no me enoje;
el sueño, el descanso dejo;
no hay liebre, no hay vil conejo
que fiera no se me antoje.   330

DON TELLO

En los montes de Galicia,
hermana, no suele haber
fieras, puesto que el tener
poca edad, fieras codicia.
Salir puede un jabalí,
de entre esos montes espesos,
cuyos dichosos sucesos
tal vez celebrar les vi.

Fieras son, que junto al anca
del caballo más valiente,   340
a! sabueso con el diente
suelen abrir la carlanca.
    Y tan mal la furia aplacan,
que, para decirlo en suma,
truecan la caliente espuma
en la sangre que le sacan.
    También el oso, que en pie
acomete al cazador
con tan extraño furor,
que muchas veces se ve   350
    dar con el hombre en el suelo.
Pero la caza ordinaria
es humilde cuanto varia,
para no tentar al cielo;
    es digna de caballeros
y príncipes, porque encierra
los preceptos de la guerra,
y ejercita los aceros,
    y la persona habilita.

DON TELLO

Como yo os viera casado,   360
no me diera ese cuidado,
que tantos sueños me quita.

DON TELLO

El ser aquí poderoso
nc me da tan cerca igual.

FELICIANA

No os estaba aquí tan mal
de algún señor generoso
la hija.

DON TELLO

            Pienso que quieres
reprehender no haber pensado
en casarte, que es cuidado
que nace con las mujeres.   370

FELICIANA

Engáñaste, por tu vida;
que sólo tu bien deseo.
    (Salen Sancho y Pelayo.)

PELAYO

Entra, que solos los veo;
no hay persona que lo impida.

SANCHO

Bien dices: de casa son
los que con ellos están.

PELAYO

Tú verás lo que te dan.

SANCHO

Yo cumplo mi obligación.
    Noble, ilustrísimo Tello,
y tú, hermosa Feliciana,   380
señores de aquesta tierra
que os ama por tantas causas,
dad vuestros pies generosos
a Sancho, Sancho el que guarda
vuestros ganados y huerta,
oficio humilde en tal casa.
Pero en Galicia, señores,
es la gente tan hidalga,
que sólo en servir, al rico
el que es pobre no le iguala.   390
Pobre soy, y en este oficio
que os he dicho, cosa es clara
que no me conoceréis,
porque los criados pasan
de ciento y treinta personas
que vuestra ración aguardan
y vuestro salario esperan;
pero tal vez en la caza
presuma que me habréis visto.

DON TELLO

Sí he visto, y siempre me agrada 400
vuestra persona, y os quiero
bien.

SANCHO

            Aquí, por merced tanta,
os beso los pies mil veces.

DON TELLO

¿Qué quieres?

SANCHO

            Gran señor, pasan
los años con tanta furia,
que parece que con cartas
van por la posta a la muerte
y que una breve posada
tiene la vida a la noche,
y la muerte a la mañana.   410
Vivo solo; fue mi padre
hombre de bien, que pasaba
sin servir; acaba en mí
la sucesión de mi casa.
He tratado de casarme
con una doncella honrada,
hija de Nuño de Aibar,

hombre que sus campos labra,
pero que aun tiene paveses
en las ya borradas armas   420
de su portal, y con ellas,
de aquel tiempo, algunas lanzas.
Esto y la virtud de Elvira
(que así la novia se llama)
me han obligado: ella quiere,
su padre también se agrada;
mas no sin licencia vuestra,
que me dijo esta mañana
que el señor ha de saber
cuanto se hace y cuanto pasa   430
desde el vasallo más vil
a la persona más alta
que de su salario vive,
y que los reyes se engañan
si no reparan en esto,
que pocas veces reparan.
Yo, señor, tomé el consejo,
y vengo, como él, lo manda,
a deciros que me caso.

DON TELLO

Nuño es discreto y no basta   440
razón a tan buen consejo.—
Celio...

CELIO

Señor...

DON TELLO

                    Veinte vacas
y cien ovejas darás
a Sancho, a quien yo y mi hermana
habemos de honrar la boda.

SANCHO

¡Tanta merced!

PELAYO

                    ¡Merced tanta!

SANCHO

¡Tan grande bien!

PELAYO

                    ¡Bien tan grande!

SANCHO

¡Rara virtud!

PELAYO

¡Virtud rara!

SANCHO

¡Alto valor!

PELAYO

¡Valor alto!

SANCHO

¡Santa piedad!

PELAYO

                    ¡Piedad santa!   450

DON TELLO

¿Quién es este labrador
que os responde y acompaña?

PELAYO

Soy el que dice al revés
todas las cosas que habla.

SANCHO

Señor, de Nuño es criado.

PELAYO

Señor, en una palabra
el pródigo soy de Nuño.

DON TELLO

¿Quién?

PELAYO

                    El que sus puercos guarda.
Vengo también a pediros
mercedes.

DON TELLO

                    ¿Con quién te casas?   460

PELAYO

Señor, no me caso ahora;
mas, por si el diablo me engaña,
os vengo a pedir carneros,
para si después me faltan.
Que un astrólogo me dijo
una vez en Masalanca
que tenía peligro en toros,
y en agua tanta desgracia,
que desde entonces no quiero

casarme ni beber agua,   470
por escusar el peligro.

FELICIANA

Buen labrador.

DON TELLO

Humor gasta.

FELICIANA

Id, Sancho, en buena hora. Y tú
haz que a su cortijo vayan
las vacas y las ovejas.

SANCHO

Mi corta lengua no alaba
tu grandeza.

DON TELLO

¿Cuándo quieres
desposarte?

SANCHO

Amor me manda
que sea esta misma noche.

DON TELLO

Pues ya los rayos desmaya   480
el sol, y entre nubes de oro
veloz el poniente baja,
vete a prevenir la boda,
que allá iremos yo y mi hermana.
¡Hola!, pongan la carroza.

SANCHO

Obligada llevo el alma
y la lengua, gran señor,
para tu eterna alabanza. (Vase.)

FELICIANA

En fin, vos ¿no os casaréis?

PELAYO

Yo, señora, me casaba   490
con la novia deste mozo
que es una limpia zagala,
si la hay en toda Galicia;
supo que puercos guardaba,
y desechóme por puerco.

FELICIANA

Ir con Dios, que no se engaña.

PELAYO

Todos guardamos, señora,
lo que...

FELICIANA

¿Qué?

PELAYO

Lo que nos mandan
nuestros padres que guardemos.
(Vase.)

FELICIANA

El mentecato me agrada.   500

CELIO

Ya que es ido el labrador,
que no es necio en lo que habla,
prometo a vueseñoría,
que es la moza más gallarda
que hay en toda Galicia,
y que por su talle y cara,
discreción y honestidad
y otras infinitas gracias,
pudiera honrar el hidalgo
más noble de toda España.   510

FELICIANA

¿Que es tan hermosa?

CELIO

Es un ángel.

DON TELLO

Bien se ve, Celio, que hablas
con pasión.

CELIO

Alguna tuve,
mas cierto que no me engaña.

DON TELLO

Hay algunas labradoras
que, sin afeites ni galas,
suelen llevarse los ojos,
y a vuelta dellos el alma;
pero son tan desdeñosas,
que sus melindres me cansan.   520

FELICIANA

Antes, las que se defienden
suelen ser más estimadas.
(Vanse, y salen Nuño y Sancho.)

NUÑO

¿Eso don Tello responde?

SANCHO

Esto responde, señor.

NUÑO

Por cierto que a su valor
dignamente corresponde.

SANCHO

    Mandóme dar el ganado
que os digo.

NUÑO

            Mil años viva.

SANCHO

Y aunque es dádiva excesiva,
más estimo haberme honrado   530
con venir a ser padrino.

NUÑO

¿Y vendrá también su hermana?

SANCHO

También.

NUÑO

            Condición tan llana,
del cielo a los hombres vino.

SANCHO

    Son señores generosos.

NUÑO

¡Oh!, si aquesta casa fuera,
pues los huéspedes espera
más ricos y poderosos
deste reino, un gran palacio...

SANCHO

Esa no es dificultad: 540
cabrán en la voluntad,
que tiene infinito espacio.
    Ellos vienen, en efeto.

NUÑO

¡Qué buen consejo te di!

SANCHO

Cierto que en don Tello vi
un señor todo perfeto.
    Porque, en quitándole el dar,
con que a Dios es parecido,
no es señor; que haberlo sido
se muestra en dar y en honrar.   550
    Y pues Dios su gran valor
quiere que dando se entienda,
sin dar ni honrar no pretenda
ningún señor ser señor.

NUÑO

    ¡Cien ovejas! ¡Veinte vacas!
Será una hacienda gentil,
si por los prados del Sil
la primavera los sacas.
    Páguele Dios a don Tello
tanto bien, tanto favor.   560

SANCHO

¿Dónde está Elvira, señor?

NUÑO

Ocuparála el cabello
o algún tocado de boda.

SANCHO

Como ella traiga su cara,
rizos y gala escusara,
que es de rayos del sol toda.

NUÑO

No tienes amor villano.

SANCHO

Con ella tendré, señor,
firmezas de labrador
y amores de cortesano.   570

NUÑO

    No puede amar altamente
quien no tiene entendimiento,
porque está su sentimiento
en que sienta lo que siente.
    Huélgome de verte así.
Llama esos mozos, que quiero
que entienda este caballero
que soy algo o que lo fui.

SANCHO

Pienso que mis señores
vienen, y vendrán con ellos.   580
Deje Elvira los cabellos,
y reciba sus favores.
(Salen don Tello y criados; Juana,
Leonor y villanos.)

DON TELLO

¿Dónde fue mi hermana?

JUANA

Entró
por la novia.

SANCHO

Señor mío.

DON TELLO

Sancho.

SANCHO

Fuera desvarío
querer daros gracia yo,
con mi rudo entendimiento,
desta merced.

DON TELLO

¿Dónde está
vuestro suegro?

NUÑO

Donde ya
tendrán sus años aumento   590
con este inmenso favor.

DON TELLO

Dadme los brazos.

NUÑO

Quisiera
que esta casa un mundo fuera,
y vos del mundo señor.

DON TELLO

¿Cómo os llamáis vos, serrana?

PELAYO

Pelayo, señor.

DON TELLO

No digo
a vos.

PELAYO

¿No hablaba conmigo?

JUANA

A vuestro servicio, Juana.

DON TELLO

Buena gracia.

PELAYO

Aun no lo sabe
bien; que con un cucharón,   600
si la pecilga un garzón,
le suele pegar un cabe,[2]
que le aturde los sentidos;
que una vez, porque llegué
a la olla, los saqué
por dos meses atordidos.

DON TELLO

¿Y vos?

PELAYO

Pelayo, señor.

DON TELLO

No hablo con vos.

PELAYO

Yo, pensaba,
señor, que conmigo hablaba.

DON TELLO

¿Cómo os llamáis?

LEONOR

Yo, Leonor.   610

PELAYO

¡Cómo pescuda[3] por ellas,
y por los zagales no!
Pelayo, señor, soy yo.

DON TELLO

¿Sois algo de alguna dellas?

PELAYO

Sí, señor, el porquerizo.

_____

² *Cabe.* Golpe de lleno que en el juego de
la argolla da una bola a otra.
³ *Pescuda.* Pregunta. Término rústico. Covarrubias, *Tesoro.*

DON TELLO

Marido, digo, o hermano.

NUÑO

¡Qué necio estás!

SANCHO

¡Qué villano!

PELAYO

Así mi madre me hizo.

SANCHO

La novia y madrina vienen.
(Salen Feliciana y Elvira.)

FELICIANA

Hermano, hacedles favores,   620
y dichosos los señores
que tales vasallos tienen.

DON TELLO

Por Dios que tenéis razón.
¡Hermosa moza!

FELICIANA

Y gallarda.

ELVIRA

La vergüenza me acobarda,
como primera ocasión.
Nunca vi vuestra grandeza.

NUÑO

Siéntense sus señorías:
las sillas son como mías.

DON TELLO

No he visto mayor belleza   630
¡Qué divina perfección!
Corta ha sido su alabanza.
¡Dichosa aquella esperanza
que espera tal posesión!

FELICIANA

Dad licencia que se siente
Sancho.

DON TELLO

Sentaos.

SANCHO

No, señor.

DON TELLO

Sentaos.

SANCHO

Yo tanto favor,
y mi señora presente.

FELICIANA

Junto a la novia os sentad;
no hay quien el puesto os impida.
640

DON TELLO

No esperé ver en mi vida
tan peregrina beldad.

PELAYO

Y yo, ¿adónde he de sentarme?

NUÑO

Allá en la caballeriza
tú la fiesta solemniza.

DON TELLO

¡Por Dios que siento abrasarme.
¿Cómo la novia se llama?

PELAYO

Pelayo, señor.

NUÑO

¿No quieres
callar? Habla a las mujeres,
y cuéntaste tú por dama.   650
Elvira es, señor, su nombre.

DON TELLO

Por Dios que es hermosa Elvira,
y digna, aunque serlo admira,
de novio tan gentilhombre.

NUÑO

Zagalas, regocijad
la boda.

DON TELLO

¡Rara hermosura!

NUÑO

Er tanto que viene el cura
a vuestra usanza bailad.

JUANA

El cura ha venido ya.

DON TELLO

Pues decid que no entre el cura. 660
Que tan divina hermosura
robándome el alma está.

SANCHO

¿Por qué, señor?

DON TELLO

Porque quiero,
despúes que os he conocido,
honraros más.

SANCHO

Yo no pido
más honras, ni las espero,
que casarme con mi Elvira.

DON TELLO

Mañana será mejor.

SANCHO

No me dilates, señor,
tanto bien; mis ansias mira,   670
    y que desde aquí a mañana
puede un pequeño accidente
quitarme el bien que presente
la posesión tiene llana.
    Si sabios dicen verdades,
bien dijo aquel que decía
que era el sol el que traía
al mundo las novedades.
    ¿Qué sé yo lo que traerá
del otro mundo mañana?   680

DON TELLO

¡Qué condición tan villana!
¡Qué puesto en su gusto está!
    Quiérole honrar y hacer fiesta,
y el muy necio, hermana mía,
en tu presencia porfía
con voluntad poco honesta.—
    Llévala, Nuño, y descansa
esta noche.

NUÑO

Haré tu gusto.
(Vanse don Tello, Feliciana y Celio.)
Esto no parece justo.
¿De qué don Tello se cansa?   690

ELVIRA

Yo no quiero responder
por no mostrar liviandad.

NUÑO

No entiendo su voluntad
ni lo que pretende hacer:
    es señor. Ya me ha pesado
de que haya venido aquí. (Vase.)

SANCHO

Harto más me pesa a mí,
aunque lo he disimulado,

PELAYO

¿No hay boda esta noche?

JUANA

No.

PELAYO

¿Por qué?

JUANA

No quiere don Tello. 700

PELAYO

Pues don Tello, ¿puede hacello?

JULIO

Claro está, pues lo mandó. (Vase.)

PELAYO

Pues ¡antes que entrase el cura
nos ha puesto impedimento!

SANCHO

Oye, Elvira.

ELVIRA

¡Ay, Sancho!, siento
que tengo poca ventura.

SANCHO

¿Qué quiere el señor hacer,
que a mañana lo difiere?

ELVIRA

Yo no entiendo lo que quiere,
pero debe de querer.   710

SANCHO

¿Es posible que me quita
esta noche?, ¡ay, bellos ojos!
¡Tuviesen paz los enojos
que airado me solicita!

ELVIRA

Ya eres, Sancho, mi marido:
ven esta noche a mi puerta.

SANCHO

¿Tendrásla, mi bien, abierta?

ELVIRA

Pues ¡no!

SANCHO

        Mi remedio ha sido;
que si no, yo me matara.

ELVIRA

También me matara yo.   720

SANCHO

El cura llegó y no entró.

ELVIRA

No quiso que el cura entrara.

SANCHO

Pero si te persuades
a abrirme será mejor;
que no es mal cura el amor
para sanar voluntades.
(Vanse, y salen don Tello y criados,
        con mascarillas.)

DON TELLO

Muy bien me habéis entendido

CELIO

Para entenderte, no creo

que es menester, gran señor,
muy sutil entendimiento.   730

DON TELLO

Entrad, pues que estarán solos
la hermosa Elvira y el viejo.

CELIO

Toda la gente se fue
con notable descontento
de ver dilatar la boda.

DON TELLO

Yo tomé, Celio, el consejo
primero que amor me dio:
que era infamia de mis celos
dejar gozar a un villano
la hermosura que deseo.   740
Después que della me canse
podrá ese rústico necio
casarse; que yo daré
ganado, hacienda y dinero
con que viva; que es arbitrio
de muchos, como lo vemos
en el mundo. Finalmente,
yo soy poderoso, y quiero,
pues este hombre no es casado,
valerme de lo que puedo.   750
Las máscaras os poned.

CELIO

¿Llamaremos?

DON TELLO

        Sí.
(Llaman, y sale Elvira al paño.)

CRIADO

        Ya abrieron.

ELVIRA

Entra, Sancho de mi vida.

CELIO

¿Elvira?

ELVIRA

    Sí.

CRIADO

    ¡Buen encuentro!

ELVIRA

¿No eres tú, Sancho? ¡Ay de mí!
¡Padre! ¡Señor! ¡Nuño! ¡Cielos!
¡Que me roban, que me llevan!
    (*Llévanla.*)

DON TELLO

Caminad ya.
      NUÑO
    (*Dentro.*)
        ¿Qué es aquesto?

ELVIRA

¡Padre!

DON TELLO

    Tápala esa boca.

NUÑO

¡Hija, ya te oigo y te veo!   760
Pero mis caducos años
y mi desmayado esfuerzo,
¿qué podrán contra la fuerza
de un poderoso mancebo,
que ya presumo quién es? (*Vase.*)
(*Salen Sancho y Pelayo, de noche.*)

SANCHO

Voces parece que siento
en el valle hacia la casa
del señor.

PELAYO

      Hablemos quedo:
no nos sientan los criados.

SANCHO

Advierte que estando dentro   770
no te has de dormir.

PELAYO

         No haré,
que ya me conoce el sueño.

SANCHO

Yo saldré cuando el alba
pida albricias al lucero;
mas no me las pida a mí,
si me ha de quitar mi cielo.

PELAYO

¿Sabes qué pareceré
mientras estás allá dentro?
Mula de doctor, que está
tascando a la puerta el freno.   780

SANCHO

Llamemos.

PELAYO

      Apostaré
que está por el agujero
de la llave Elvira atenta.

SANCHO

Llego, y llamo.
    (*Sale Nuño.*)

NUÑO

      Pierdo el seso.

SANCHO

¿Quién va?

NUÑO

    Un hombre.

SANCHO

         ¿Es Nuño?

NUÑO

         ¿Es Sancho?

SANCHO

Pues ¡tú en la calle! ¿Qué es esto?

NUÑO

¿Qué es esto, dices?

SANCHO

         Pues bien,
¿qué ha sucedido?, que temo
algún mal.

NUÑO

      Y aun el mayor;
que alguno ya fuera menos.   790

SANCHO

¿Cómo?

NUÑO

Un escuadrón de armados
aquestas puertas rompieron,
y se han llevado...

SANCHO

No más,
que aquí dio fin mi deseo.

NUÑO

Reconocer con la luna
los quise, mas no me dieron
lugar a que los mirase;
porque luego se cubrieron
con mascarillas las caras,
y no pude conocerlos.   800

SANCHO

¿Para qué, Nuño? ¿Qué importa?
Criados son de don Tello,
a quien me mandaste hablar;
¡mal haya, amén, el consejo!
En este valle hay diez casas,
y todas diez de pecheros,
que se juntan a esta ermita:
no ha de ser ninguno dellos.
Claro está que es el señor
que la ha llevado a su pueblo   810
que el no me deja casar
es el indicio más cierto.
Pues ¡es verdad que hallaré
justicia, fuera del cielo,
siendo un hombre poderoso,
y el más rico deste reino!
¡Vive Dios que estoy por ir
a morir, que no sospecho
que a otra cosa!

NUÑO

Espera, Sancho.

PELAYO

Voto al soto, que si encuentro   820
sus cochinos en el prado,
que aunque haya guardas con ellos,
que los he de apedrear.

NUÑO

Hijo, de tu entendimiento
procura valerte ahora.

SANCHO

Padre y señor, ¿cómo puedo?
Tú me aconsejaste el daño,
aconséjame el remedio.

NUÑO

Vamos a hablar al señor
mañana; que yo sospecho   830
que, como fue mocedad,
ya tendrá arrepentimiento.
Yo fío, Sancho, de Elvira
que no haya fuerzas ni ruegos
que la puedan conquistar.

SANCHO

Yo lo conozco y lo creo.
¡Ay, que me muero de amor!
¡Ay, que me abraso de celos!
¿A cuál hombre ha sucedido
tan lastimoso suceso?   840
¡Que trujese yo a mi casa
el fiero león sangriento
que mi cándida cordera
me robara! ¿Estaba ciego?
Sí estaba; que no entran bien
poderosos caballeros
en las casas de los pobres
que tienen ricos empleos.[4]
Paréceme que su rostro
lleno de aljófares veo   850
por las mejillas de grana
su honestidad defendiendo;
paréceme que la escucho—
¡lastimoso pensamiento!—
Y que el tirano la dice
mal escuchados requiebros;
paréceme que a sus ojos
los descogidos cabellos
haciendo están celosías
para no ver sus deseos.   860
Déjame, Nuño, matar;
que todo el sentido pierdo.
¡Ay, que me muero de amor!
¡Ay, que me abraso de celos!

NUÑO

Tú eres, Sancho, bien nacido:
¿qué es de tu valor?

SANCHO

Recelo
cosas, que de imaginallas,
loco hasta el alma me vuelvo,

---

4 *Empleos.* Amores o noviazgos.

sin poderlas remediar.
Enséñame el aposento   870
de Elvira.

PELAYO

     Yo, mi señor,
la cocina, que me muero
de hambre; que no he cenado,
como enojados se fueron.

NUÑO

Entra, y descansa hasta el día;
que no es bárbaro don Tello.

SANCHO

¡Ay, que me muero de amor,
y estoy rabiando de celos!

ACTO SEGUNDO

Salen DON TELLO *y* ELVIRA.

ELVIRA

¿De qué sirve atormentarme,
Tello, con tanto rigor?
¿Tú no ves que tengo honor,
y que es cansarte y cansarme?

DON TELLO

Basta, que das en matarme
con ser tan áspera y dura.

ELVIRA

Volverme, Tello, procura
a mì esposo.

DON TELLO

      No es tu esposo;
ni un villano, aunque dichoso,
digno de tanta hermosura.   10
    Mas cuando yo Sancho fuera,
y él fuera yo, dime, Elvira,
¿cómo el rigor de tu ira
tratarme tan mal pudiera?
Tu crueldad, ¿no considera
que esto es amor?

ELVIRA

      No, señor;
que amor que pierde al honor
el respeto, es vil deseo,
y siendo apetito feo,
no puede llamarse amor.   20
    Amor se funda en querer
lo que quiere quien desea;
que amor que casto no sea,
ni es amor ni puede ser.

DON TELLO

¿Cómo no?

ELVIRA

      ¿Quiéreslo ver?
Anoche, Tello, me viste;

pues tan presto me quisiste,
que apenas consideraste
qué fue lo que deseaste:
que es en lo que amor consiste.   30
    Nace amor de un gran deseo;
luego va creciendo amor
por los pasos del favor
al fin de su mismo empleo; [5]
y en ti según lo que veo,
no es amor, sino querer
quitarme a mí todo el ser
que me dio el cielo en la honra.
Tú procuras mi deshonra,
y yo me he de defender.   40

DON TELLO

    Pues hallo en tu entendimiento,
como en tus brazos, defensa,
oye un argumento.

ELVIRA

      Piensa
que no ha de haber argumento
que venza mi firme intento.

DON TELLO

¿Dices que no puede ser
ver, desear y querer?

ELVIRA

Es verdad.

DON TELLO

      Pues dime, ingrata,
¿cómo el basilisco mata
con sólo llegar a ver?   50

ELVIRA

    Ese es sólo un animal.

DON TELLO

Pues ése fue tu hermosura.

---

[5] Véase nota en la pág. 144.

ELVIRA

Mal pruebas lo que procura
tu ingenio.

DON TELLO

¿Yo pruebo mal?

ELVIRA

El basilisco mortal
mata teniendo intención
de matar; y es la razón
tan clara, que mal podía
matarte cuando te veía
para ponerte afición.   60
　Y no traigamos aquí
más argumentos, señor.
Soy mujer, y tengo amor:
nada has de alcanzar de mí.

DON TELLO

¿Puédese creer que así
responda una labradora?
Pero confiésame ahora
que eres necia en ser discreta,
pues viéndote tan perfecta,
cuanto más, más enamora.   70
　Y ¡ojalá fueras mi igual!
Mas bien ves que tu bajeza
afrentara mi nobleza,
y que pareciera mal
juntar brocado y sayal.
Sabe Dios si amor me esfuerza
que mi buen intento tuerza;
pero ya el mundo trazó
estas leyes, a quien yo
he de obedecer por fuerza.   80
　(Sale Feliciana.)

FELICIANA

　Perdona, hermano, si soy
más piadosa que quisieras.
Espera, ¿de qué te alteras?

DON TELLO

¡Qué necia estás!

FELICIANA

　　　Necia estoy;
pero soy, Tello, mujer,
y es terrible tu porfía.
Deja que pase algún día;
que llegar, ver y vencer

no se entiende con amor,
aunque César de amor seas.   90

DON TELLO

¿Es posible que tú seas
mi hermana?

FELICIANA

　　　¡Tanto rigor
con una pobre aldeana!
　(Llaman.)

ELVIRA

Señora, doleos de mí.

FELICIANA

Tello, si hoy no dijo sí,
podrá decirlo mañana.
　Ten paciencia, que es crueldad
que los dos no descanséis.
Descansad, y volveréis
a la batalla.

DON TELLO

　　　¿Es piedad   100
quitarme la vida a mí?
　(Llaman.)

FELICIANA

Calla que estás enojado.
Elvira no te ha tratado,
tiene vergüenza de ti.
　Déjala estar unos días
contigo en conversación,
y conmigo, que es razón.

ELVIRA

Puedan las lágrimas mías
　moveros, noble señora,
a interceder por mi honor.   110
　(Llaman.)

FELICIANA

Sin esto, advierte, señor,
que debe de haber una hora
que están llamando a la puerta
su viejo padre y su esposo,
y que es justo y aun forzoso
que la hallen los dos abierta;
　porque, si no entran aquí,
dirán que tienes a Elvira.

DON TELLO

Todos me mueven a ira.
Elvira, escóndete ahí,   120
y entren esos dos villanos.

ELVIRA

¡Gracias a Dios que me dejas
descansar!

DON TELLO

¿De qué te quejas,
si me has atado las manos?
(Escóndese Elvira.)

FELICIANA

¡Hola!

CELIO

(Dentro.)

Señora.

FELICIANA

Llamad
esos pobres labradores.—
Trátalos bien, y no ignores
que importa a tu calidad.
(Salen Nuño y Sancho.)

NUÑO

Besando el suelo de tu noble casa
(que de besar tus pies somos indi-
[nos),   130
venimos a decirte lo que pasa,
si bien con mal formados desatinos.
Sancho, señor, que con mi Elvira ca-
[sa,
de quien los dos habíais de ser pa-
[drinos,
viene a quejarse del mayor agravio
que referirte puede humano labio.

SANCHO

Magnánimo señor, a quien las
[frentes
humillan estos montes coronados
de nieve, que, bajando en puras fuen-
[tes,   140
besan tus pies en estos verdes pra-
[dos;
por consejo de Nuño y sus parientes,
en tu valor divino confiados,
te vine a hablar y te pedí licencia,

y honraste mi humildad con tu pre-
[sencia.
Haber estado en esta casa, creo
que obligue tu valor a la venganza
de caso tan atroz, enorme y feo,
que la nobleza de tu nombre alcan-
[za.
Si alguna vez amor algún deseo   150
trujo la posesión a tu esperanza,
y al tiempo de gozarla la perdieras,
considera, señor, lo que sintieras.
Yo, sólo labrador en la campaña,
y en el gusto del alma caballero,
y no tan enseñado a la montaña
que alguna vez no juegue el limpio
[acero,
oyendo nueva tan feroz y extraña,
no fui, ni pude, labrador grosero;
sentí el honor con no haberle tocado,
160
que quien dijo que sí, ya era casado.
Salí a los campos, y a la luz que
[excede
a las estrellas, que miraba en vano,
a la luna veloz, que retrocede
las aguas y las crece al Oceano,
«Dichosa, dije, tú que no te puede
quitar el sol ningún poder humano
con subir cada noche donde subes,
aunque vengan con máscaras las nu-
[bes.»
Luego, volviendo a los desiertos
[prados,   170
durmiendo con los álamos de Alcides
las yedras vi con lazos apretados,
y con los verdes pámpanos las vides.
«¡Ay!, dije, ¿cómo estáis tan des-
[cuidados?
Y tú, grosero, ¿cómo no divides,
villano labrador, estos amores,
cortando ramas y rompiendo flores?»
Todo duerme seguro. Finalmente,
me robaron a la mi prenda amada,
y allí me pareció que alguna fuente
180
lloró también, y murmuró turbada.
Llevaba yo, ¡cuán lejos de valiente!,
con rota vaina una mohosa espada;
llegué al árbol más alto, y a reveses
y tajos igualé sus blancas mieses.
No porque el árbol me robase a
[Elvira,
mas porque fue tan alto y arrogante,
que a los demás como a pequeños
[mira;

tal es la fuerza de un feroz gigante.
Dicen en el lugar (pero es mentira,   190
siendo quien eres tú) que, ciego
                              [amante
de mi mujer, autor del robo fuiste,
y que en tu misma casa la escondiste.
«¡Villanos!, dije yo, tened respeto:
don Tello, mi señor, es gloria y honra
de la casa de Neira, y en efeto
es mi padrino y quien mis bodas
                              [honra.»
Con esto, tú piadoso, tú discreto,
no sufrirás la tuya y mi deshonra;
antes harás volver, la espada en puño,
                                      200
a Sancho su mujer, su hija a Nuño.

DON TELLO

Pésame gravemente, Sancho ami-
                              [go,
de tal atrevimiento, y en mi tierra
no quedará el villano sin castigo
que la ha robado y en su casa en-
                              [cierra.
Solicita tú, y sabe qué enemigo,
con loco amor, con encubierta gue-
                              [rra
nos ofende a los dos con tal malicia,
que si se sabe, yo te haré justicia.
Y a los villanos que de mí mur-
                    [muran   210
haré azotar por tal atrevimiento.
Idos con Dios.

SANCHO
        Mis celos se aventuran.

NUÑO
Sancho, tente, por Dios.

SANCHO
              Mi muerte intento.

DON TELLO
Sabedme por allá los que procuran
mi deshonor.

SANCHO
          ¡Extraño pensamiento!

DON TELLO
Yo no sé dónde está, porque, a sa-
                              [bello,

os la diera, por vida de don Tello.
*(Sale Elvira, y pónese en medio don
Tello.)*

ELVIRA
    Sí sabe, esposo; que aquí
me tiene Tello escondida.

SANCHO
¡Esposa, mi bien, mi vida!   220

DON TELLO
¿Esto has hecho contra mí?

SANCHO
¡Ay, cuál estuve por ti!

NUÑO
¡Ay, hija, cuál me has tenido!
El juicio tuve perdido.

DON TELLO
¡Teneos, apartaos, villanos!

SANCHO
Déjame tocar sus manos,
mira que soy su marido.

DON TELLO
    ¡Celio, Julio! ¡Hola!, criados,
estos villanos matad.

FELICIANA
Hermano, con más piedad,   230
mira que no son culpados.

DON TELLO
Cuando estuvieran casados,
fuera mucho atrevimiento.
¡Matadlos!

SANCHO
        Yo soy contento
de morir y no vivir,
aunque es tan fuerte el morir.

ELVIRA
Ni vida ni muerte siento,

SANCHO
    Escucha, Elvira, mi bien:
yo me dejaré matar.

ELVIRA

Yo ya me sabré guardar,   240
aunque mil muertes me den.

DON TELLO

¿Es posible que se estén
requebrando? ¿Hay tal rigor?
¡Ah, Celio, Julio!
       (Salen Celio y Julio.)

JULIO

      Señor.

DON TELLO

¡Matadlos a palos!

CELIO

          ¡Mueran!
      (Echanlos a palos.)

DON TELLO

En vano remedio esperan
tus quejas de mi furor.
    Ya pensamiento tenía
de volverte, y tan airado
estoy en ver que has hablado   250
con tan notable osadía,
que por fuerza has de ser mía,
o no he de ser yo quien fui.

FELICIANA

Hermano, que estoy aquí.

DON TELLO

He de forzalla o matalla.

FELICIANA

¿Cómo es posible libralla
de un hombre fuera de sí? *(Vanse.)*
*(Salen Celio y Julio tras Sancho y
       Nuño.)*

JULIO

   Ansí pagan los villanos
tan grandes atrevimientos.

CELIO

¡Salgan fuera de palacio!   260

LOS DOS

¡Salgan! *(Vanse.)*

SANCHO

   Matadme, escuderos.
¡No tuviera yo una espada!

NUÑO

Hijo, mira que sospecho
que este hombre te ha de matar,
atrevido y descompuesto.

SANCHO

Pues ¿será bueno vivir?

NUÑO

Mucho se alcanza viviendo.

SANCHO

¡Vive Dios!, de no quitarme
de los umbrales que veo,
aunque me maten; que vida   270
sin Elvira no la quiero.

NUÑO

Vive, y pedirás justicia;
que rey tienen estos reinos,
o en grado de apelación
la podrás pedir al cielo.
       (Sale Pelayo.)

PELAYO

Aquí están.

SANCHO

      ¿Quién es?

PELAYO

          Pelayo,
todo lleno de contento,
que os viene a pedir albricias.

SANCHO

¿Cómo albricias a este tiempo?

PELAYO

Albricias, digo.

SANCHO

       ¿De qué?   280
Pelayo, cuando estoy muerto,
y Nuño espirando?

PELAYO

         ¡Albricias!

NUÑO

¿No conoces a este necio?

PELAYO

Elvira pareció ya.

SANCHO

¡Ay, padre!, ¿si la habrán vuelto?
¿Qué dices, Pelayo mío?

PELAYO

Señor, dice todo el pueblo
que desde anoche a las doce
está en casa de don Tello.

SANCHO

¡Maldito seas! Amén.   290

PELAYO

Y que tienen por muy cierto
que no la quiere volver.

NUÑO

Hijo, vamos al remedio:
el rey de Castilla, Alfonso,
por sus valerosos hechos,
reside agora en León;
pues es recto y justiciero,
parte allá, e informarásle
deste agravio; que sospecho
que nos ha de hacer justicia.   300

SANCHO

¡Ay, Nuño!, tengo por cierto
que el rey de Castilla, Alfonso,
es un príncipe perfeto;
mas, ¿por dónde quieres que entre
un labrador tan grosero?
¿Qué corredor de palacio
osará mi atrevimiento
pisar? ¿Qué portero, Nuño,
permitirá que entre dentro?
Allí, a la tela, al brocado,   310
al grave acompañamiento
abren las puertas, si tienen
razón, que yo confieso;
pero a la pobreza, Nuño,
sólo dejan los porteros
que miren las puertas y armas,
y esto ha de ser desde lejos.
Iré a León y entraré
en Palacio, y verás luego

cómo imprimen en mis hombros   320
de las cuchillas los cuentos.
Pues ¡andar con memoriales
que toma el rey! ¡santo y bueno!
Haz cuenta que de sus manos
en el olvido cayeron.
Volveréme habiendo visto
las damas y caballeros,
la Iglesia, el palacio, el parque,
los edificios; y pienso
que traeré de allá mal gusto   330
para vivir entre tejos,
robles y encinas, adonde
canta el ave y ladra el perro.
No, Nuño, no aciertas bien.

NUÑO

Sancho, yo sé bien si acierto.
Ve a hablar al rey Alfonso;
que si aquí te quedas, pienso
que te han de quitar la vida.

SANCHO

Pues eso, Nuño, deseo.

NUÑO

Yo tengo un rocín castaño,   340
que apostará con el viento
sus crines contra sus alas,
sus clavos contra su freno;
parte en él, e irá Pelayo
en aquel pequeño overo
que suele llevar al campo.

SANCHO

Por tu gusto te obedezco.
Pelayo, ¿irás tú conmigo
a la corte?

PELAYO

          Y tan contento
de ver lo que nunca he visto,   350
Sancho, que los pies te beso.
Dícenme acá de la corte
que con huevos y torreznos
empiedran todas las calles,
y tratan los forasteros
como si fueran de Italia,
de Flandes o de Marruecos.
Dicen que es una talega
donde juntan los trebejos [6]

[6] *Trebejos.* Las piezas del ajedrez. Covarrubias, *Tesoro.*

para jugar la fortuna,   360
tantos blancos como negros.
Vamos, por Dios, a la corte.

SANCHO

Padre, adiós; partirme quiero.
Echame tu bendición.

NUÑO

Hijo, pues eres discreto,
habla con ánimo al rey.

SANCHO

Tú sabrás mi atrevimiento.
Partamos.

NUÑO

    ¡Adiós, mi Sancho!

SANCHO

¡Adiós, Elvira!

PELAYO

        ¡Adiós, puercos!
    (Vanse, y salen don Tello y
        Feliciana.)

DON TELLO

    ¡Qué no pueda conquistar   370
desta mujer la belleza!

FELICIANA

Tello, no hay que porfiar,
porque es tanta su tristeza,
que no deja de llorar.
    Si en esa torre la tienes,
¿es posible que no vienes
a considerar mejor
que, aunque te tuviera amor,
te había de dar desdenes?
    Si la tratas con crueldad,   380
¿cómo ha de quererte bien?
Advierte que es necedad
tratar con rigor a quien
se llega a pedir piedad.

DON TELLO

    ¡Que sea tan desgraciado
que me vea despreciado,
siendo aquí el más poderoso,
el más rico y dadivoso!

FELICIANA

No te dé tanto cuidado,
ni estés por una villana   390
tan perdido.

DON TELLO

        ¡Ay, Feliciana,
que no sabes qué es amor,
ni has probado su rigor!

FELICIANA

Ten paciencia hasta mañana;
    que yo la tengo de hablar,
a ver si puedo ablandar
esta mujer.

DON TELLO

        Considera
que no es mujer, sino fiera,
pues me hace tanto penar.
    Prométela plata y oro,   400
joyas y cuanto quisieres;
di que la daré un tesoro:
que a dádivas las mujeres
suelen guardar más decoro.
    Di que la regalaré,
y dile que la daré
un vestido tan galán,
que gaste el oro a Milán
desde su cabello al pie:
    que si remedia mi mal,   410
la daré hacienda y ganado;
y que si fuera mi igual,
que ya me hubiera casado.

FELICIANA

¿Posible es que diga tal?

DON TELLO

    Sí, hermana, que estoy de suerte,
que me tengo de dar muerte
o la tengo de gozar,
y de una vez acabar
con dolor tan grave y fuerte.

FELICIANA

Voy a hablarla, aunque es en vano.
                                    420

DON TELLO

¿Por qué?

FELICIANA

Porque una mujer
que es honrada, es caso llano
que no la podrá vencer
ningún interés humano.

DON TELLO

Ve presto, y da a mi esperanza
algún alivio. Si alcanza
mi fe lo que ha pretendido,
el amor que le he tenido
se ha de trocar en venganza.
(*Vanse, y salen el Rey y el conde y
don Enrique y acompañamiento.*)

REY

Mientras que se apercibe   430
mi partida a Toledo y me responde
el de Aragón, que vive
ahora en Zaragoza, sabed, Conde,
si están ya despachados
todos los pretendientes y soldados;
y mirad si hay alguno
también que quiera hablarme.

CONDE

No ha quedado.
por despachar ninguno.

DON ENRIQUE

Un labrador gallego he visto echado
a esta puerta, y bien triste.   440

REY

Pues ¿quién a ningún pobre la resis-
Id, Enrique de Lara,   [te?
y traedle vos mismo a mi presencia.
(*Vase Enrique.*)

CONDE

¡Virtud heroica y rara!
¡Compasiva piedad, suma clemencia!
¡Oh ejemplo de los reyes,
divina observación de santas leyes!
(*Salen Enrique, Sancho y Pelayo.*)

DON ENRIQUE

Dejad las azagayas.

SANCHO

A la pared, Pelayo, las arrima.

PELAYO

Con pie derecho vayas.   450

SANCHO

¿Cuál es el rey, señor?

DON ENRIQUE

Aquel que arrima
la mano agora al pecho.

SANCHO

Bien puede, de sus obras satisfecho.
Pelayo, no te asombres.

PELAYO

Mucho tienen los reyes del invierno
que hacen temblar los hombres.

SANCHO

Señor...

REY

Habla, sosiega.

SANCHO

Que el gobierno
de España agora tienes...

REY

Dime quién eres y de dónde vienes.

SANCHO

Dame a besar tu mano,   460
porque ennoblezca mi grosera boca,
príncipe soberano;
que si mis labios, aunque indignos,
yo quedaré discreto.   [toca,

REY

¿Con lágrimas la bañas? ¿A qué efe-
[to?

SANCHO

Mal hicieron mis ojos,
pues propuso la boca su querella,
y quieren darla enojos,
para que puesta vuestra mano en ella,
diera justo castigo   470
a un hombre poderoso, mi enemigo.

REY

Esfuérzate y no llores,
que aunque en mi piedad es muy
para que no lo ignores,   [propicia,
también doy atributo a la justicia.
Di quien te hizo agravio;
que quien al pobre ofende, nunca es
                                [sabio.

SANCHO

Son niños los agravios,
y son padres los reyes: no te espan-
                                [tes
que hagan con los labios,   480
en viéndolos, pucheros semejantes.

REY

Discreto me parece:
primero que se queja me enternece.

SANCHO

Señor, yo soy hidalgo,
si bien pobre en mudanzas de fortu-
porque con ellas salgo   [na,
desde el calor de mi primera cuna.
Con este pensamiento
quise mi igual en justo casamiento.
Mas como siempre yerra   490
quien de su justa obligación se olvida,
al señor desta tierra,
que don Tello de Neira se apellida,
con más llaneza que arte,
pidiéndole licencia, le di parte.
Liberal la concede,
y en las bodas me sirve de padrino;
mas el amor, que puede
obligar al más cuerdo a un desatino,
le ciega y enamora,   500
señor, de mi querida labradora.
No deja desposarme,
y aquella noche, con armada gente,
la roba, sin dejarme
vida que viva, protección que inten-
fuera de vos y el cielo,   [te,
a cuyo tribunal sagrado apelo.
Que habiéndola pedido
con lágrimas su padre y yo, tan fiero,
señor, ha respondido,   510
que vieron nuestros pechos el acero;
y siendo hidalgos nobles,
las ramas, las entrañas de los robles.

REY

Conde.

CONDE

Señor.

REY

Al punto
tinta y papel. Llegadme aquí una si-
                                [lla.
(Sacan un bufete y recado de escribir,
y siéntase el Rey a escribir.)

CONDE

Aquí está todo junto.

SANCHO

Su gran valor espanta y maravilla.
Al rey hablé, Pelayo.

PELAYO

El es hombre de bien, ¡voto a mi
                                [sayo!

SANCHO

¿Qué entrañas hay crueles   520
para el pobre?

PELAYO

Los reyes castellanos
deben de ser ángeles.

SANCHO

¿Vestidos no los ves como hombres
                                [llanos?

PELAYO

De otra manera había
un rey que Tello en un tapiz tenía:
la cara abigarrada,
y la calza caída en media pierna,
y en la mano una vara,
y un tocado a manera de linterna,
con su corona de oro,   530
y un barboquejo, como turco o mo-
Yo preguntéle a un paje   [ro.
quién era aquel señor de tanta fama,
que me admiraba el traje;
y respondióme: «El rey Baúl se lla-
                                [ma.»

SANCHO

¡Necio!, Saúl diría.

PELAYO

Baúl cuando al Badil matar quería.

SANCHO

David, su yerno era.

PELAYO

Sí; que en la igreja predicaba el cura
que le dio en la mollera   540
con una de Moisén lágrima dura
a un gigante que olía.

SANCHO

Golías, bestia.

PELAYO

El cura lo decía.
(*Acaba el Rey de escribir.*)

REY

Conde, esa carta cerrad.
¿Cómo es tu nombre, buen hombre?

SANCHO

Sancho, señor, es mi nombre,
que a lo pies de tu piedad
pido justicia de quien,
en su poder confiado
a mi mujer me ha quitado,   550
y me quitara también
la vida, si no me huyera.

REY

¿Que es hombre tan poderoso
en Galicia?

SANCHO

Es tan famoso,
que desde aquella ribera
hasta la romana torre
de Hércules es respetado;
si está con un hombre airado,
sólo el cielo le socorre.
El pone y él quita leyes: 560
que ésas son las condiciones
de soberbios infanzones
que están lejos de los reyes.

CONDE

La carta está ya cerrada.

REY

Sobreescribidla a Don Tello
de Neira.

SANCHO

Del mismo cuello
me quitas, señor, la espada.

REY

Esa carta la darás,
con que te dará tu esposa.

SANCHO

De tu mano generosa,   570
¿hay favor que llegue a más?

REY

¿Viniste a pie?

SANCHO

No, señor;
que en dos rocines venimos
Pelayo y yo.

PELAYO

Y los cortimos
como el viento, y aun mijor.
Verdad es que tiene el mío
unas mañas no muy buenas:
déjase subir apenas
échase en arena o río,
corre como un maldiciente,   580
come más que un estudiante,
y en viendo un mesón delante,
o se entra o se para enfrente.

REY

Buen hombre sois.

PELAYO

Soy, en fin,
quoen por vos su patria deja.

REY

¿Tenéis vos alguna queja?

PELAYO

Sí, señor, deste rocín.

REY

Digo que os cause cuidado.

PELAYO

Hambre tengo: si hay cocina
por acá...

REY

      ¿Nada os inclina   590
de cuanto aquí veis colgado,
que a vuestra casa llevéis?

PELAYO

No hay allá donde ponello:
enviádselo a Don Tello,
que tien desto cuatro y seis.

REY

¡Qué gracioso labrador!
¿Qué sois allá en vuestra tierra?

PELAYO

Señor, ando por la sierra,
cochero soy del señor.

REY

¿Coches hay allá?

PELAYO

          Que no;   600
soy que guardo los cochinos.

REY

¡Qué dos hombres peregrinos
aquella tierra juntó!
    Aquel con tal condición,
y éste con tanta ignorancia.
Tomad vos.
    (Dale un bolsillo.)

PELAYO

    No es de importancia.

REY

Tomadlos, doblones son.
    Y vos la carta tomad,
y id en buen hora.

SANCHO

          Los cielos
te guarden.
    (Vanse el Rey y los caballeros.)

PELAYO

    ¡Hola!, tomélos.   610

SANCHO

¿Dineros?

PELAYO

Y en cantidad.

SANCHO

    ¡Ay mi Elvira!, mi ventura
se cifra en este papel,
que pienso que llevo en él
libranza de tu hermosura.
    (Vanse, y salen don Tello y Celio.)

CELIO

Como me mandaste, fui
a saber de aquel villano,
y aunque lo negaba Nuño,
me lo dijo amenazado:
no está en el valle, que ha días 620
que anda ausente.

DON TELLO

        ¡Extraño caso!

CELIO

Dicen que es ido a León.

DON TELLO

¿A León?

CELIO

      Y que Pelayo
le acompañaba.

DON TELLO

      ¿A qué efeto?

CELIO

A hablar al Rey.

DON TELLO

      ¿En qué caso?
El no es de Elvira marido;
yo ¿por qué le hago agravio?
Cuando se quejara Nuño,
estuviera disculpado;
pero ¡Sancho!

CELIO

      Esto me han dicho 630
pastores de tus ganados;
y como el mozo es discreto
y tiene amor, no me espanto,
señor, que se haya atrevido.

DON TELLO

¿Y no habrá más de en llegando
hablar a un rey de Castilla?

CELIO

Como Alfonso se ha criado
en Galicia con el conde
don Pedro de Andrada y Castro,
no le negará la puerta,   640
por más que sea hombre bajo,
a ningún gallego.
(Llaman.)

DON TELLO

Celio,
mira quién está llamando.
¿No hay pajes en esta sala?

CELIO

¡Vive Dios, señor, que es Sancho!
Este mismo labrador
de quien estamos hablando.

DON TELLO

¿Hay mayor atrevimiento?

CELIO

Así vivas muchos años,
que veas lo que te quiere.   650

DON TELLO

Di que entre, que aquí le aguardo.
(Entran Sancho y Pelayo.)

SANCHO

Dame, gran señor, los pies.

DON TELLO

¿Adónde, Sancho, has estado,
que ha días que no te he visto?

SANCHO

A mí me parecen años.
Señor, viendo que tenías,
esa porfía en que has dado,
o sea amor, a mi Elvira,
fui hablar al rey castellano,
como supremo juez es   660
para deshacer agravios.

DON TELLO

Pues ¿qué dijiste de mí?

SANCHO

Que habiéndome yo casado,
me quitaste mi mujer.

DON TELLO

¿Tu mujer? ¡Mientes, villano!
¿Entró el cura aquella noche?

SANCHO

No, señor; pero de entrambos
sabía las voluntades.

DON TELLO

Si nunca os tomó las manos,
¿cómo puede ser que sea   670
matrimonio?

SANCHO

Yo no trato
de si es matrimonio o no.
Aquesta carta me ha dado,
toda escrita de su letra.

DON TELLO

De cólera estoy temblando.
(Lee.)
«En recibiendo ésta, daréis a ese
pobre labrador la mujer que le habéis quitado, sin réplica alguna; y
advertid que los buenos vasallos se
conocen lejos de los reyes, y que
los reyes nunca están lejos para castigar los malos.—El Rey.»
Hombre, ¿qué has traído aquí?

SANCHO

Señor, esa carta traigo
que me dio el rey.

DON TELLO

¡Vive Dios,
que de mi piedad me espanto!
¿Piensas, villano, que temo   680
tu atrevimiento en mi daño?
¿Sabes quién soy?

SANCHO

Sí, señor;
y en tu valor confiado
traigo esta carta, que fue,
no, cual piensas, en tu agravio,

sino carta de favor
del señor rey castellano,
para que me des mi esposa.

DON TELLO

Advierte que, respetando
la carta, a ti y al que viene   690
contigo...

PELAYO

¡San Blas! ¡San Pablo!

DON TELLO

... no os cuelgo de dos almenas.

PELAYO

Sin ser día de mi santo,
es muy bellaca señal.

DON TELLO

Salid luego de palacio,
y no paréis en mi tierra;
que os haré matar a palos.
Pícaros, villanos, gente
de solar humilde y bajo,
¡conmigo!...

PELAYO

Tiene razón;   700
que es mal hecho haberle dado
ahora esa pesadumbre.

DON TELLO

Villanos, si os he quitado
esa mujer, soy quien soy,
y aquí reino en lo que mando,
como el Rey en su Castilla;
que no deben mis pasados
a los suyos esta tierra;
que a los moros la ganaron.

PELAYO   (

Ganáronsela a los moros,   710
y también a los cristianos,
y no debe nada al Rey.

DON TELLO

Yo soy quien soy...

PELAYO

¡San Macario!,
¡qué es aquesto!

DON TELLO

Si no tomo
venganza con propias manos...
¡Dar a Elvira! ¿Qué es a Elvira!
¡Matadlos!... Pero dejadlos;
que en villanos es afrenta
manchar el acero hidalgo.   (Vase.)

PELAYO

No le manche, por su vida.   720

SANCHO

¿Qué te parece?

PELAYO

Que estamos
desterrados de Galicia.

SANCHO

Pierdo el seso, imaginando
que éste no obedezca al Rey
por tener cuatro vasallos.
Pues ¡vive Dios!...

PELAYO

Sancho, tente;
que siempre es consejo sabio,
ni pleitos con poderosos,
ni amistades con criados.

SANCHO

Volvámonos a León.   730

PELAYO

Aquí los doblones traigo
que me dio el Rey; vamos luego.

SANCHO

Diréle lo que ha pasado.
¡Ay mi Elvira, quién te viera!
Salid, suspiros, y en tanto
que vuelvo, decir que muero
de amores.

PELAYO

Camina, Sancho;
que éste no ha gozado a Elvira.

SANCHO

¿De qué lo sabes, Pelayo?

PELAYO

De que nos la hubiera vuelto,   740
cuando la hubiera gozado.   (Vanse.)

ACTO TERCERO

Salen el REY, *el* CONDE *y*
DON ENRIQUE.

REY

El cielo sabe, Conde, cuánto esti-
las amistades de mi madre.   [mo

CONDE

                    Estimo
esas razones, gran señor; que en todo
muestras valor divino y soberano.

REY

Mi madre gravemente me ha ofendi-
                              [do
mas considero que mi madre ha sido.
(Salen Sancho y Pelayo.)

PELAYO

Digo que puedes llegar.

SANCHO

Ya, Pelayo, viendo estoy
a quien toda el alma doy,
que no tengo más que dar: 10
    aquel castellano sol,
aquel piadoso Trajano,
aquel Alcides cristiano
y aquel César español.

PELAYO

Yo que no entiendo de historias
de Kyries, son de marranos,
estoy mirando en sus manos
más que cien rayas, vitorias.
    Llega, y a sus pies te humilla;
besa aquella huerte [7] mano.   20

SANCHO

Emperador soberano,
invicto Rey de Castilla,

_____
[7] *Huerte.* Fuerte.

déjame besar el suelo
de tus pies, que por almohada
han de tener a Granada
presto, con favor del cielo,
    y por alfombra a Sevilla,
sirviéndoles de colores
las naves y varias flores
de su siempre hermosa orilla.   30
¿Conócesme?

REY

              Pienso que eres
un gallego labrador
que aquí me pidió favor.

SANCHO

Yo soy, señor.

REY

              No te alteres.

SANCHO

Señor, mucho me ha pesado
de volver tan atrevido
a darte enojos; no ha sido
posible haberlo excusado.
    Pero si yo soy villano
en la porfía, señor,   40
tú serás emperador,
tú serás César romano,
    para perdonar a quien
pide a tu clemencia real
justicia.

REY

          Dime tu mal,
y advierte que te oigo bien;
    porque el pobre para mí
tiene cartas de favor.

SANCHO

La tuya, invicto señor,
a Tello en Galicia di,   50
    para que, como era justo,
me diese mi prenda amada.

Leída y no respetada,
causóle mortal disgusto;
  y no sólo no volvió,
señor, la prenda que digo,
pero con nuevo castigo
el porte della me dio;
  que a mí y a este labrador   60
nos trataron de tal suerte,
que fue escapar de la muerte
dicha y milagro, señor.
  Hice algunas diligencias
por no volver a cansarte,
pero ninguna fue parte
a mover sus resistencias.
  Hablóle el cura, que allí
tiene mucha autoridad,
y un santo y bendito abad,
que tuvo piedad de mí,   70
  y en en San Pelayo de Samos
reside; pero mover
su pecho no pudo ser,
ni todos juntos bastamos.
  No me dejó que la viera,
que aun eso me consolara;
y así, vine a ver tu cara
y a que justicia me hiciera
la imagen de Dios, que en ella
resplandece, pues la imita.   80

REY

Carta de mi mano escrita...
Mas qué, ¿debió de rompella?

SANCHO

  Aunque por moverte a ira
dijera de sí algún sabio,
no quiera Dios que mi agravio
te indigne con la mentira.
  Leyóla, y no la rompió;
mas miento, que fue rompella
leella y no hacer por ella
lo que su Rey le mandó.   90
  En una tabla su ley
escribió Dios: ¿no es quebrar
la tabla el no la guardar?
Así el mandato del Rey.
  Porque para que se crea
que es infiel, se entiende así,
que lo que se rompe allí,
basta que el respeto sea.

REY

  No es posible que no tengas
buena sangre, aunque te afligen   100

trabajos, y que de origen
de nobles personas vengas,
  como muestra tu buen modo
de hablar y de proceder.
Ahora bien, yo he poner
de una vez remedio en todo.—
  Conde.

CONDE

     Gran señor.

REY

            Enrique.

DON ENRIQUE

Señor...

REY

     Yo he de ir a Galicia,
que me importa hacer justicia,
y aquesto no se publique.   110

CONDE

Señor...

REY

     ¿Qué me replicáis?
Poned del parque a las puertas
las postas.

CONDE

     Pienso que abiertas
al vulgo se las dejáis.

REY

     Pues ¿cómo lo han de saber,
si enfermo dicen que estoy
los de mi cámara?

DON ENRIQUE

     Soy
de contrario parecer.

REY

     Esta es ya resolución:
no me repliquéis.

CONDE

     Pues sea   120
de aquí a dos días, y vea
Castilla la prevención
de vuestra melancolía.

REY

Labradores.

SANCHO

Gran señor.

REY

Ofendido del rigor,
de la violencia y porfía
de don Tello. yo en persona
le tengo de castigar.

SANCHO

¡Vos, señor! Sería humillar
al suelo vuestra corona.   130

REY

Id delante, y prevenid
de vuestro suegro la casa,
sin decirle lo que pasa,
ni a hombre humano, y advertid
que esto es pena de la vida.

SANCHO

Pues ¿quién ha de hablar, señor?

REY

Escuchad, vos, labrador:
aunque todo el mundo os pida
que digáis quién soy, decid
que un hidalgo castellano,   140
puesta en la boca la mano
desta manera: advertid,
porque no habéis de quitar
de los labios los dos dedos.

PELAYO

Señor, los tendré tan quedos,
que no osaré bostezar.
Pero su merced, mirando
con piedad mi suficiencia,
me ha de dar una licencia
de comer de cuando en cuando. 150

REY

No se entiende que has de estar
siempre la mano en la boca.

SANCHO

Señor, mirad que no os toca
tanto mi bajeza honrar.

Enviad, que es justa ley,
para que haga justicia,
algún alcalde a Galicia.

REY

El mejor alcalde, el Rey.
(*Vanse todos, y salen Nuño y Celio.*)

NUÑO

En fin ¿que podré verla?

CELIO

Podréis verla:
don Tello, mi señor, licencia ha da-
[do.   160

NUÑO

¿Qué importa, cuando soy tan desdi-
[chado?

CELIO

No tenéis qué temer, que ella re-
[siste
con gallardo valor y valentía
de mujer, que es mayor cuando por-
[fía.

NUÑO

¿Y podré yo creer que honor man-
[tiene
mujer que en su poder un hombre
[tiene?

CELIO

Pues es tanta verdad, que si quisie-
Elvira que su esposo Celio fuera, [ra
tan seguro con ella me casara,
como si en vuestra casa la tuviera.
                                        170

NUÑO

¿Cuál decís que es la reja?

CELIO

Hacia esta parte
de la torre se mira una ventana,
donde se ha de poner, como me ha
[dicho.

NUÑO

Parece que allí veo un blanco bulto,
si bien ya con la edad lo dificulto.

11

CELIO

Llegad, que yo me voy, porque si os
[viere,
no me vean a mí, que lo he trazado
de vuestro injusto amor importuna-
[do.
(Vase Celio, y sale Elvira.)

NUÑO

¿Eres tú, mi desdichada
hija?

ELVIRA

¿Quién, si no yo, fuera?   180

NUÑO

Ya no pensé que te viera,
no por presa y encerrada,
sino porque deshonrada
te juzgué siempre en mi idea;
y es cosa tan torpe y fea
la deshonra en el honrado,
que aun a mí, que el ser te he dado,
me obliga a que no te vea.
   ¡Bien el honor heredado
de tus pasados guardaste,   190
pues que tan presto quebraste
su cristal tan estimado!
Quien tan mala cuenta ha dado
de sí, padre no me llame;
porque hija tan infame,
y no es mucho que esto diga,
solamente a un padre obliga
a que su sangre derrame.

ELVIRA

   Padre, si en desdichas tales
y en tan continuos desvelos,   200
los que han de dar los consuelos
vienen a aumentar los males,
los míos serán iguales
a la desdicha en que estoy;
porque si tu hija soy,
y el ser que tengo me has dado,
es fuerza haber heredado
la nobleza que te doy.
   Verdad es que este tirano
ha procurado vencerme;   210
yo he sabido defenderme
con un valor más que humano;
y puedes estar ufano
de que he de perder la vida
primero que este homicida

llegue a triunfar de mi honor,
aunque con tanto rigor
aquí me tiene escondida.

NUÑO

   Ya del estrecho celoso,
hija, el corazón ensancho.   220

ELVIRA

¿Qué se ha hecho el pobre Sancho
que solía ser mi esposo?

NUÑO

Volvió a ver aquel famoso
Alfonso, rey de Castilla.

ELVIRA

Luego ¿no ha estado en la villa?

NUÑO

Hoy esperándole estoy.

ELVIRA

Y yo que le maten hoy.

NUÑO

Tal crueldad me maravilla.

ELVIRA

   Jura de hacerle pedazos.

NUÑO

Sancho se sabrá guardar.   230

ELVIRA

¡Oh, quién se pudiera echar
de aquesta torre a tus brazos!

NUÑO

Desde aquí, con mil abrazos
te quisiera recibir.

ELVIRA

Padre, yo me quiero ir,
que me buscan; padre, adiós.

NUÑO

No nos veremos los dos,
que yo me voy a morir.
(Vase Elvira, y sale don Tello.)

DON TELLO

¿Qué es esto? ¿Con quién habláis?

NUÑO

Señor, a estas piedras digo   240
mi dolor, y ellas conmigo
sienten cuán mal me tratáis;
que aunque vos las imitáis
en dureza, mi desvelo
huye siempre del consuelo
que anda a buscar mi tristeza;
y aunque es tanta su dureza,
piedad les ha dado el cielo.

DON TELLO

Aunque más forméis, villanos,
quejas, llantos e invenciones,   250
la causa de mis pasiones
no ha de salir de mis manos.
Vosotros sois los tiranos,
que no la queréis rogar
que dé a mi intento lugar;
que yo, que le adoro y quiero
¿cómo puede ser, si muero,
que pueda a Elvira matar?
¿Qué señora presumís
que es Elvira? ¿Es más agora   260
que una pobre labradora?
Todos del campo vivís;
mas pienso que bien decís,
mirando la sujeción
del humano corazón,
que no hay mayor señorío
que pocos años y brío,
hermosura y discreción.

NUÑO

Señor, vos decís muy bien.
Que el cielo os guarde.

DON TELLO

                    Sí hará   270
y a vosotros os dará
el justo pago también.

NUÑO

¡Que sufra el mundo que estén
sus leyes en tal lugar,
que el pobre al rico ha de dar
su honor, y decir que es justo!
Mas tiene por ley su gusto
y poder para matar. (Vase.)

DON TELLO

Celio.
        (Sale Celio.)

CELIO

Señor.

DON TELLO

            Lleva luego
donde te he mandado a Elvira.   280

CELIO

Señor, lo que intentas mira.

DON TELLO

No mira quien está ciego.

CELIO

Que repares bien te ruego,
que forzalla es crueldad.

DON TELLO

Tuviera de mí piedad,
Celio, y yo no la forzara.

CELIO

Estimo por cosa rara
su defensa y castidad.

DON TELLO

No repliques a mi gusto,
¡pesar de mi sufrimiento!,   290
que ya es bajo pensamiento
el sufrir tanto disgusto.
Tarquino tuvo por gusto
no esperar tan sola un hora,
y cuando vino el aurora
ya cesaban sus porfías;
pues ¿es bien que tantos días
espere a una labradora?

CELIO

¿Y esperarás tú también
que te den castigo igual?   300
Tomar ejemplo del mal
no es justo, sino del bien.

DON TELLO

Mal o bien, y hoy su desdén,
Celio, ha de quedar vencido.

Ya es tema, si amor ha sido;
que aunque Elvira no es Tamar,
a ella le ha de pesar,
y a mí vengarme su olvido.
(*Vanse, y salen Sancho, Pelayo y
Juana.*)

JUANA

Los dos seáis bien venidos.

SANCHO

No sé cómo lo seremos;   310
pero bien sucederá,
Juana, si lo quiere el cielo.

PELAYO

Si lo quiere el cielo, Juana,
sucederá por los menos...
que habemos llegado a casa,
y pues que tienen sus piensos
los rocines, no es razón
que envidia tengamos dellos.

JUANA

¿Ya nos vienes a matar?

SANCHO

¿Dónde está el señor?

JUANA

         Yo creo   320
que es ido a hablar con Elvira.

SANCHO

Pues ¿déjala hablar Don Tello?

JUANA

Allá por una ventana
de una torre, dijo Celio.

SANCHO

¿En torre está todavía?

PELAYO

No importa, que vendrá presto
quien le haga...

SANCHO

         Advierte, Pelayo...

PELAYO

Olvidéme de los dedos.

JUANA

Nuño viene.
     (*Sale Nuño.*)

SANCHO

     ¡Señor mío!

NUÑO

Hijo, ¿cómo vienes?

SANCHO

         Vengo   330
más contento, a tu servicio.

NUÑO

¿De qué vienes tan contento?

SANCHO

Traigo un gran pesquisidor.

PELAYO

Un pesquisidor traemos
que tiene...

SANCHO

         Advierte, Pelayo...

PELAYO

Olvidéme de los dedos.

NUÑO

¿Viene gran gente con él?

SANCHO

Dos hombres.

NUÑO

         Pues yo te ruego,
hijo, que no intentes nada,
que será vano tu intento;   340
de un poderoso en su tierra,
con armas, gente y dinero,
o ha de torcer la justicia,
o alguna noche, durmiendo,
matarnos en nuestra casa.

PELAYO

¿Matar? ¡Oh, qué bueno es eso!
¿Nunca habéis jugado al triunfo?
Haced cuenta que Don Tello

ha metido la malilla;
pues la espadilla [8] traemos.   350

SANCHO

Pelayo ¿tenéis juicio?

PELAYO

Olvidéme de los dedos.

SANCHO

Lo que habéis de hacer, señor,
es prevenir aposento,
porque es hombre muy honrado.

PELAYO

Y tan honrado que puedo
decir. .

SANCHO

          ¡Vive Dios, villano!

PELAYO

Olvidéme de los dedos,
que no hablaré más palabra.

NUÑO

Hijo, descansa; que pienso   360
que te ha de costar la vida
tu amoroso pensamiento.

SANCHO

Antes voy a ver la torre
donde mi Elvira se ha puesto;
que, como el sol deja sombra,
podrá ser que de su cuerpo
haya quedado en la reja;
y si como el sol traspuesto,
no la ha dejado, yo sé
que podrá formarla luego   370
mi propia imaginación. (Vase.)

NUÑO

¡Qué extraño amor!

JUANA

          Yo no creo
que se haya visto en el mundo.

NUÑO

Ven acá, Pelayo.

_____
8 *Espadilla.* Es, en los naipes, el punto
o (triunfo)... Covarrubias, *Tesoro.*

PELAYO

          Tengo,
que decir a la cocina.

NUÑO

Ven acá, pues.

PELAYO

          Luego vuelvo.

NUÑO

Ven acá.

PELAYO

¿Qué es lo que quiere?

NUÑO

¿Quién es este caballero
pesquisidor que trae Sancho?

PELAYO

El pecador que traemos   380
es un... ¡Dios me tenga en buenas!
Es un hombre de buen seso,
descolorido, encendido;
alto, pequeño de cuerpo;
la boca, por donde come;
barbirrubio y barbinegro;
y si no lo miré mal,
es médico o quiere serlo,
porque en mandando que sangren,
aunque sea del pescuezo...   390

NUÑO

¿Hay bestia como éste, Juana?
(Sale Brito.)

BRITO

Señor Nuño, corre presto,
porque a la puerta de casa
se apean tres caballeros
de tres hermosos caballos,
con lindos vestidos nuevos,
botas, espuelas y plumas.

NUÑO

¡Válgame Dios, si son ellos!
Mas ¡pesquisidor con plumas!

PELAYO

Señor, vendrán más ligeros;   400
porque la recta justicia,

cuando no atiende a cohechos,
tan presto al concejo vuelve,
como sale del concejo.

NUÑO

¿Quién le ha enseñado a la bestia
esas malicias?

PELAYO

¿No vengo
de la corte? ¿Qué se espanta?
(*Vanse Brito y Juana, y salen el Rey
y los caballeros, de camino, y Sancho.*)

SANCHO

Puesto que os vi desde lejos,
os conocí.

REY

Cuenta, Sancho,
que aquí no han de conocernos. 410

NUÑO

Seáis, señor, bien venido.

REY

¿Quién sois?

SANCHO

Es Nuño, mi suegro.

REY

Estéis en buen hora, Nuño.

NUÑO

Mil veces los pies os beso.

REY

Avisad los labradores
que no digan a don Tello
que viene pesquisidor.

NUÑO

Cerrados pienso tenerlos
para que ninguno salga.
Pero, señor, tengo miedo   420
que traigáis dos hombres solos;
que no hay en todo este reino
más poderoso señor,
más rico ni más soberbio.

REY

Nuño, la vara del rey
hace el oficio del trueno,
que avisa que viene el rayo;
solo, como veis, pretendo
hacer por el rey justicia.

NUÑO

En nuestra presencia veo   430
tan magnánimo valor,
que, siendo agraviado, tiemblo.

REY

La información quiero hacer.

NUÑO

Descansad, señor, primero;
que tiempo os sobra de hacella.

REY

Nunca a mí me sobra tiempo.
¿Llegaste bueno, Pelayo?

PELAYO

Sí, señor, llegué muy bueno.
Sepa vuesa señoría...

REY

¿Qué os dije?

PELAYO

Póngome el freno.   440
¿Viene bueno su merced?

REY

Gracias a Dios, bueno vengo.

PELAYO

A fe que he de presentalle,
si salimos con el pleito,
un puerco de su tamaño.

SANCHO

¡Calla, bestia!

PELAYO

Pues ¿qué? ¿Un puerco
como yo, que soy chiquito?

REY

Llamad esa gente presto.
(*Salen Brito, Fileno, Juana y Leonor.*)

BRITO

¿Qué es, señor, lo que mandáis?

NUÑO

Si de los valles y cerros   450
han de venir los zagales,
esperaréis mucho tiempo.

REY

Estos bastan que hay aquí.
¿Quién sois vos?

BRITO

              Yo, señor bueno,
soy Brito, un zagal del campo.

PELAYO

De casado le cogieron
el principio, y ya es cabrito.

REY

¿Qué sabéis vos de don Tello
y del suceso de Elvira?

BRITO

La noche del casamiento   460
la llevaron unos hombres
que aquestas puertas rompieron.

REY

Y vos, ¿quién sois?

JUANA

              Señor, Juana,
su criada, que sirviendo
estaba a Elvira, a quien ya
sin honra y sin vida veo.

REY

¿Y quién es aquel buen hombre?

PELAYO

Señor, Fileno el gaitero:
toca de noche a las brujas
que andan por esos barbechos,   470
y una noche le llevaron,
de donde trujo el asiento
como ruedas de salmón.

REY

Diga lo que sabe desto.

FILENO

Señor, yo vine a tañer,
y vi que mandó don Tello
que no entrara el señor cura.
El matrimonio deshecho,
se llevó a su casa a Elvira,
donde su padre y sus deudos   480
la han visto.

REY

¿Y vos, labradora?

PELAYO

Esta es Antona de Cueto,
hija de Pero Miguel
de Cueto, de quien fue agüelo
Nuño de Cueto, y su tío
Martín Cueto, morganero
del lugar, gente muy noble;
tuvo dos tías que fueron
brujas, pero ha muchos años,
y tuvo un sobrino tuerto,   490
el primero que sembró
nabos en Galicia.

REY

              Bueno
está aquesto por ahora.
Caballeros, descansemos,
para que a la tarde vamos
a visitar a don Tello.

CONDE

Con menos información
pudieras tener por cierto
que no te ha engañado Sancho,
porque la inocencia déstos   500
es la prueba más bastante.

REY

Haced traer de secreto
un clérigo y un verdugo.
        (Vanse el Rey y los caballeros.)

NUÑO

Sancho.

SANCHO

    Señor.

NUÑO

        Yo no entiendo
este modo de juez:

sin cabeza de proceso
pide clérigo y verdugo.

SANCHO

Nuño, yo no sé su intento.

NUÑO

Con un escuadrón armado
aun no pudiera prenderlo,   510
cuanto. más con dos personas.

SANCHO

Démosle a comer, que luego
se sabrá si puede o no.

NUÑO

¿Comerán juntos?

SANCHO

                    Yo creo
que el juez comerá solo,
y después comerán ellos.

NUÑO

Escribano y alguacil
deben de ser.

SANCHO

                    Eso pienso. (Vase.)

NUÑO

Juana.

JUANA

    Señor.

                    Adereza
ropa limpia, y al momento   520
matarás cuatro gallinas,
y asarás un buen torrezno.
Y pues estaba pelado,
pon aquel pavillo nuevo
a que se ase también,
mientras que baja Fileno
a la bodega por vino.

PELAYO

¡Voto al sol, Nuño, que tengo
de comer hoy con el juez!

NUÑO

Este ya no tiene seso. (Vase.)   530

PELAYO

Sólo es desdicha en los reyes
comer solos, y por eso
tienen siempre alrededor
los bufones y los perros.
(Vase, y sale Elvira, huyendo de don
Tello, y Feliciana, deteniéndole. Sale
por una parte y entra por otra.)

ELVIRA

¡Favor, cielo soberano,
pues en la tierra no espero
remedio! (Vase.)

DON TELLO

¡Matarla quiero!

FELICIANA

¡Detén la furiosa mano!

DON TELLO

¡Mira que te he de perder
el respeto, Feliciana!   540

FELICIANA

Merezca, por ser tu hermana,
lo que no por ser mujer.

DON TELLO

¡Pese a la loca villana!
¡Que por un villano amor
no respete a su señor,
de puro soberbia y vana!
Pues no se canse en pensar
que se podrá resistir;
que la tengo de rendir
o la tengo de matar.   550
(Vase, y sale Celio.)

CELIO

No sé si es vano temor,
señora, el que me ha engañado;
a Nuño he visto en cuidado
de huéspedes de valor.
Sancho ha venido a la villa,
todos andan con recato;
con algún fingido trato
le han despachado en Castilla.
No los he visto jamás
andar con tanto secreto.   560

FELICIANA

No fuiste, Celio, discreto,
si en esa sospecha estás;
que ocasión no te faltara
para entrar y ver lo que es.

CELIO

Temí que Nuño después
de verme entrar se enojara,
que a todos nos quiere mal.

FELICIANA

Quiero avisar a mi hermano,
porque tiene este villano
bravo ingenio y natural.   570
Tú, Celio, quédate aquí,
para ver si alguno viene.
          (Vase Feliciana.)

CELIO

Siempre la conciencia tiene
ese temor contra sí;
demás que tanta crueldad
al cielo pide castigo.
(Salen el Rey, caballeros y Sancho.)

REY

Entrad y haced lo que digo.

CELIO

¿Qué gente es ésta?

REY

          Llamad.

SANCHO

Este, señor, es criado
de don Tello.

REY

          ¡Ah, hidalgo! Oíd. 580

CELIO

¿Qué me queréis?

REY

          Advertid
a don Tello que he llegado
de Castilla, y quiero hablalle.

CELIO

¿Y quién diré que sois?

REY

          Yo.

CELIO

¿No tenéis más nombre?

REY

          No.

CELIO

¿Yo no más, y con buen talle?
Pues me habéis en cuidado.
yo voy a decir que Yo
está a la puerta. (Vase.)

DON ENRIQUE

          Ya entró.

CONDE

Temo que responda airado,   590
y era mejor declararte.

REY

No era, porque su miedo
le dirá que sólo puedo
llamarme Yo en esta parte.
          (Sale Celio.)

CELIO

A don Tello, mi señor,
dije cómo Yo os llamáis
y me dice que os volváis,
que él solo es Yo por rigor.
Que quien dijo Yo por ley   600
justa del cielo y del suelo,
es sólo Dios en el cielo,
y en èl suelo sólo el Rey.

REY

Pues un alcalde decid
de su casa y corte.

CELIO
(Túrbase.)

          Iré,
y ese nombre le diré.

REY

En lo que os digo advertid.
          (Vase Celio.)

CONDE

Parece que el escudero
se ha turbado.

DON ENRIQUE

El nombre ha sido
la causa.

SANCHO

Nuño ha venido;
licencia, señor, espero   610
para que llegue, si es gusto
vuestro.

REY

Llegue, porque sea
en todo lo que desea
parte, de lo que es tan justo,
como del pesar lo ha sido.

SANCHO

Llegad, Nuño, y desde afuera
mirad.
(Salen Nuño y todos los villanos.)

NUÑO

Sólo ver me altera
la casa deste atrevido.
Estad todos con silencio.

JUANA

Habla Pelayo, que es loco.   620

PELAYO

Vosotros veréis cuán poco
de un mármol me diferencio.

NUÑO

¡Que con dos hombres no más
viniese! ¡Extraño valor!
(Sale Feliciana, deteniendo a don Tello, y los criados.)

FELICIANA

Mira lo que haces, señor.
Tente, hermano, ¿dónde vas?

DON TELLO

¿Sois por dicha, hidalgo, vos
el alcalde de Castilla
que me busca?

REY

¿Es maravilla?

DON TELLO

Y no pequeña, ¡por Dios!,   630
si sabéis quién soy aquí.

REY

Pues ¿qué diferencia tiene
del Rey, quien en nombre viene
suyo?

DON TELLO

Mucha contra mí.
Y vos, ¿adónde traéis
la vara?

REY

En la vaina está
de donde presto saldrá,
y lo que pasa veréis.

DON TELLO

¿Vara en la vaina? ¡Oh, qué bien!
No debéis de conocerme.   640
Si el Rey no viene a prenderme,
no hay en todo el mundo quién.

REY

¡Pues yo soy el Rey, villano!

PELAYO

¡Santo Domingo de Silos!

DON TELLO

Pues, señor, ¿tales estilos
tiene el poder castellano?
¿Vos mismo? ¿Vos en persona?
Que me perdonéis os ruego.

REY

Quitadle las armas luego.
Villano, ¡por mi corona,   650
que os he de hacer respetar
las cartas del Rey!

FELICIANA

Señor,
que cese tanto rigor
os ruego.

REY

No hay que rogar.
Venga luego la mujer
deste pobre labrador.

DON TELLO.

No fue su mujer, señor.

REY

Basta que lo quiso ser.
¿Y no está su padre aquí
que ante mí se ha querellado?   660

DON TELLO

Mi justa muerte ha llegado.
A Dios y al Rey ofendí.
(Sale Elvira, sueltos los cabellos.)

ELVIRA

Luego que tu nombre
oyeron mis quejas,
castellano Alfonso,
que a España gobiernas,
salí de la cárcel
donde estaba presa,
a pedir justicia
a tu Real clemencia.   670
Hija soy de Nuño
de Aibar, cuyas prendas
son bien conocidas
por toda esta tierra.
Amor me tenía
Sancho de Roelas;
súpolo mi padre,
casarnos intenta.
Sancho, que servía
a Tello de Neira,   680
para hacer la boda
le pidió licencia;
vino con su hermana,
los padrinos eran;
vióme y codicióme,
la traición concierta.
Difiere la boda,
y viene a mi puerta
con hombres armados
y máscaras negras.   690
Llevóme a su casa,
donde con promesas
derribar pretende
mi casta firmeza;
y desde su casa
a un bosque me lleva,

cerca de una quinta,
un cuarto de legua;
allí, donde sólo
la arboleda espesa,   700
que al sol no dejaba
que testigo fuera,
escuchar podía
mis tristes endechas.
Digan mis cabellos,
pues saben las yerbas
que dejé en sus hojas
infinitas hebras,
qué defensas hice
contra sus ofensas.   710
Y mis ojos digan
qué lágrimas tiernas,
que a un duro peñasco
ablandar pudieran,
viviré llorando:
pues no es bien que tenga
contento ni gusto
quien sin honra queda.
Sólo soy dichosa
en que pedir pueda   720
al mejor alcalde
que gobierna y reina,
justicia y piedad
de maldad tan fiera.
Esta pido, Alfonso,
a tus pies, que besan
mis humildes labios,
ansí libres vean
descendientes tuyos
las partes sujetas   730
de los fieros moros
con felice guerra:
que si no te alaba
mi turbada lengua,
fama hay y historias
que la harán eterna.

REY

Pésame de llegar tarde:
llegar a tiempo quisiera
que pudiera remediar
de Sancho y Nuño las quejas,   740
pero puedo hacer justicia
cortándole la cabeza
a Tello: venga el verdugo.

FELICIANA

Señor, tu Real clemencia
tenga piedad de mi hermano.

REY

Cuando esta causa no hubiera,
el desprecio de mi carta,
mi firma, mi propia letra,
¿no era bastante delito?
Hoy veré yo tu soberbia,   750
don Tello, puesta a mis pies.

DON TELLO

Cuando hubiera mayor pena,
invictísimo señor,
que la muerte que me espera,
confieso que la merezco.

DON ENRIQUE

Si puedo en presencia vuestra...

CONDE

Señor, muévaos a piedad
que os crié en aquesta tierra.

FELICIANA

Señor, el conde don Pedro
de vos por merced merezca   760
la vida de Tello.

REY

      El conde
merece que yo le tenga
por padre; pero también
es justo que el conde advierta
que ha de estar a mi justicia
obligado de manera,
que no me ha de replicar.

CONDE

Pues la piedad, ¿es bajeza?

REY

Cuando pierde de su punto
la justicia, no se acierta   770
en admitir la piedad:
divinas y humanas letras
dan ejemplos. Es traidor
todo hombre que no respeta
a su rey, y que habla mal
de su persona en ausencia.
Da, Tello, a Elvira la mano,
para que pagues la ofensa
con ser su esposo; y después
que te corten la cabeza,   780
podrá casarse con Sancho,
con la mitad de tu hacienda
en dote. Y vos, Feliciana,
seréis dama de la Reina,
en tanto os doy marido
conforme a vuestra nobleza.

NUÑO

Temblando estoy.

PELAYO

      ¡Bravo rey!

SANCHO

Y aquí acaba la comedia
del mejor alcalde, historia
que afirma por verdadera   790
la corónica de España:
la cuarta parte la cuenta.

FIN DE

«EL MEJOR ALCALDE, EL REY»

EL CABALLERO DE OLMEDO

EL CABALLERO DE OLMEDO

Difícil resulta determinar la fecha de composición de este drama. Lope no lo cita en ninguna de las dos listas de sus comedias incluidas en *El peregrino en su patria,* lo cual significa que debe ser posterior a 1618. Menéndez y Pelayo observó que en la primera jornada de *El caballero de Olmedo* aparece un romancillo que se encuentra también incluido en *La Dorotea,* obra publicada en 1632; pero es preciso no olvidar que Lope dedicó muchos años a la redacción de la citada novela dramática, por lo que ese romancillo podría haber sido escrito mucho antes de su publicación. Morley calcula, teniendo en cuenta la versificación empleada, que debió escribirse entre 1620 y 1625. Y Blecua cree que la fecha límite sería la de 1622, pues en ese año se publicó en Madrid una *Primavera y flor de romances* en que se lee el mismo romance del acto primero puesto en boca de don Alonso, que debe estar tomado de la comedia. Se imprimió ésta por primera vez en la *Veintiquatro parte perfeta,* de Zaragoza, 1641.

La tragedia de *El caballero de Olmedo* se inspira también en un suceso real, de que dan fe diversos documentos históricos. En el *Nobiliario genealógico* de Alonso López de Haro (Madrid, 1622) se recoge la siguiente versión abreviada:

«Don Juan de Vivero, caballero del hábito de Santiago, señor de Castronuevo y Alcaraz, fue muerto viniendo de Medina del Campo de unos toros, por Miguel Ruiz, vecino de Olmedo, saliéndole al encuentro, sobre diferencias que traían, por quien se dijo aquellas cantilenas que dicen: "Esta noche le mataron al caballero / la gala de Medina, la flor de Olmedo." Casó con doña Beatriz de Guzmán.»

Más explícito y preciso se muestra Antonio de Prado Sancho en un pasaje de su *Novenario de Nuestra Señora de la Soterraña* —que es, en realidad, una breve historia de la ciudad de Olmedo—, reproducido también por Menéndez Pelayo:

«Don Juan de Vivero, caballero hidalgo de la villa de Olmedo, pidió unos galgos a don Miguel Ruiz de la Fuente, caballero hidalgo de la misma ciudad, el cual no los quiso dar, motivando esta negativa el deseo de venganza de parte de don Juan. Encontráronse en el campo y don Juan cruzó con una vara el rostro de don Miguel, pero el ofendido caballero no tuvo valor para vengarse en aquella ocasión. Cuando su madre lo supo, cuentan que dijo: "No sea yo doña Beatriz de Contreras, si no te vengas de don Juan, y de no hacerlo, te echaré mi maldición." Obligado por la amenaza, determinó lavar su afrenta, y fue de esta manera: En el día 2 de noviembre del año 1521 tuvo noticia que Vivero venía de Medina; le esperó poco antes de la Senovilla, y en el sitio que desde entonces se llama *La cuesta del caballero,* y al ponerse el sol, le mató traidoramente. Don Miguel se retiró al monasterio de la Mejorada, siendo perseguido por las justicias de Valladolid, Medina y Olmedo, pues era el caballero muerto muy calificado, y de su casa descienden los condes de Fuensaldaña... Para concluir, el matador huyó disfrazado, encaminándose a México, donde tomó el hábito de lego de Santo Domingo, y donde murió a los sesenta años de su edad, en grande opinión de santidad, declarando a la hora de su muerte su patria y la causa de su retiro.»

El hecho histórico sólo sirve a Lope, una vez más, como punto de partida; su genio creador modifica esencialmente la leyenda, de la que toma sólo la idea capital —el asesinato en despoblado, por venganza—, el lugar y, lo que es más importante, la cancioncilla tradicional que había mantenido despierto el recuerdo de los hechos en la imaginación popular. Podría decirse que la fuente de este drama es más la copla tradicional que el suceso histórico en sí. Lope comienza por trasladar la acción del tiempo de los Reyes Católicos, en que verdaderamente había sucedido, al reinado de don Juan II; y esto, no por azar o por equivocación, sino con el fin de proporcionar a la trama un colorido temporal adecuado: en el ambiente plegado de supersticiones, consejas y encantamientos propio de la última Edad Media, encajaría mejor el tono trágico de las profecías que, misteriosamente, presagian la muerte del caballero. Asimismo, el uso de tercerías y de mensajes equívocos para conseguir el amor de una doncella con el honesto fin del matrimonio, sólo se explicaría situando la trama en el ambiente misterioso y romántico del siglo de *Celestina* o del *Corbacho.* Como indica Menéndez Pelayo, *"El caballero de Olmedo"* no sigue los decorosos trámites de una comedia de capa y espada (a lo siglo XVII), sino los pasos ocasionados y peligrosos que siguió el mancebo Calisto desde que entró buscando su halcón en las huertas de Melibea". Nota Valbuena en su *Historia de la literatura española* que Lope no sólo reconstruye magistralmente el ambiente del siglo XV, sino que además muchos de los versos líricos empleados tienen un inconfundible aire de cancionero prerrenacentista: combinación de letrillas de época con la glosa de corte arcaizante, puesta en boca de Tello en el segundo acto:

> En el valle a Inés
> la dejé riendo:
> si la ves, Andrés,
> dile cuál me ves
> por ella muriendo.
> ....
> Dile, Andrés, que ya me veo
> muerto por volverla a ver,
> aunque cuando llegues, creo
> que no será menester:
> que me habrá muerto el deseo.

Y, sobre todo, la glosa que don Alvaro hace de los famosos versos de las "coplas antiguas":

> Puesto ya el pie en el estribo,
> con las ansias de la muerte,
> señora, aquesta te escribo.

el carácter tradicional de las canciones utilizadas por Lope en *Fuente vejuna* ("Al val de Fuente Ovejuna...") y en *Peribáñez* ("Más uiero yo a Peribáñez...") es incierto, no sucede lo mismo con las ellas coplas que sirven de núcleo temático a *El caballero de Olmedo*:

> Que de noche le mataron
> al caballero,
> la gala de Medina,
> la flor de Olmedo.

ue se trata de una canción tradicional parece comprobado. Se utiliza a otra comedia de igual título, de autor desconocido —podría ser ristóbal de Morales— fechada en 1606. No se incluye en ella la gunda parte del cantar, que acaso sea glosa de Lope, aunque nada npide suponer que también pertenezca a la tradición oral:

> Sombras le avisaron
> que no saliese
> y le aconsejaron
> que no se fuese,
> el caballero,
> la gala de Medina,
> la flor de Olmedo.

En torno a estos versos, cuya misma vaguedad misteriosa ejercería n fuerte atractivo sobre la fantasía del poeta, construye Lope de Vega do el andamiaje de su tragedia. En otras muy diversas ocasiones re- ordó Lope la canción del caballero: a lo divino la emplea en el *Auto cramental de los Cantares*:

> Que de noche le mataron
> al caballero,
> la gala de María,
> la flor del cielo.

o utiliza asimismo en otras comedias y autos, que Henríquez Ureña ta (véase *La versificación irregular en la poesía castellana*, § 13), el *Baile famoso del caballero de Olmedo*, a él atribuido, que puede rse, publicado como apéndice, en la edición de la *Comedia* anó- ma de 1606 hecha por Eduardo Juliá.

Sin llegar a los extremos de E. Baret, traductor francés de la obra, ra quien *El caballero de Olmedo* es comparable a *Romeo y Julieta* y n superior en algunos aspectos, sí puede afirmarse que el drama Lope es una de sus más bellas producciones y una de las más con- ovedoras tragedias de todo el teatro clásico español. El contraste vio- nto entre la alegre vitalidad de los dos primeros actos y el dramático senlace, no puede menos de sobrecoger al espíritu. El ansia de vida, juventud y de amor que impregna las primeras escenas, se ve brus-

camente destruido por la muerte. Menéndez y Pelayo ha puesto de re
lieve el hondo dramatismo que en ese violento contraste se encierra
Los dos primeros actos son una deliciosa comedia de costumbres, un
intriga de amor algo primaveral y celestinesca. La gracia y la vivez
de estas escenas contrastan con el terror trágico, que es tan hondo
dominante en el acto tercero. Mas la transición entre el alegre desenfad
del comienzo y el trágico fatalismo del desenlace, no es discordan
ni brusca; los dos primeros actos no son enteramente cómicos: una es
pecie de sombra fatídica pesa sobre los personajes, y ahoga con frecuer
cia en sus labios la voz del placer; se comprende que están predestina
dos para algo siniestro, y que su juventud, su amor, su gallardía, n
podrán evitar el inexorable destino trágico que les aguarda. Un fatalis
mo dramático, que no carece de poesía, es el alma de toda la obra
Se anuncia ya claramente al final del segundo acto, cuando don Alons
narra sus lúgubres sueños de muerte. A partir de entonces se acumula
los tétricos presagios, los misteriosos avisos, las sobrenaturales apar
ciones, que crean el clima adecuado para el momento cumbre de l
tragedia. Todo ello —el espíritu de don Alonso que se aparece al pro
pio caballero a las puertas mismas de Medina, la sobrecogedora canció
que el misterioso labrador entona— anuncia el inexorable fin del héro
La figura de don Alonso es especialmente patética: una honda y me
lancólica tristeza se descubre en todas sus palabras, inclusive en la
amorosas; aunque reacciona con valentía ante los negros presagios, s
debate consigo mismo en monólogos llenos de melancolía. Como lo
héroes de la tragedia griega, parece adivinar su triste destino, y sab
que nada puede el hombre contra la fatalidad.

Las reminiscencias que la famosa *Tragicomedia de Calisto y Melibe*
dejó en *La Dorotea* se descubren igualmente en *El caballero de Olmedo*
En especial las dos primeras jornadas del drama se inspiran en los su
cesos que narra Rojas en *La Celestina;* se advierten en ellas numeros
recuerdos de esta narración dramática, tanto en detalles particulare
como en el tono general de la acción. Y este recuerdo lo procura Lop
conscientemente, a la vez que trata de evocarlo también en el espectado
En cierto momento, Tello se encarga de establecer la directa relación

> TELLO: ¿Está en casa Melibea?
> que Calisto viene aquí.
> ANA: Aguaida un poco, Sempronio.

Sobre todo en la figura de Fabia es evidente esta voluntaria depen
dencia. La tercera de Lope es viva reencarnación de Celestina; com
ella, se granjea la confianza de los dos jóvenes y propicia sus amc
res; es astuta e ingeniosa; tiene, como Celestina, mucho de hech
cera: utiliza muelas de ahorcados para sus brujerías; se sirve d
conjuros siniestros y eficaces; está en tratos con el demonio, al qu
invoca en los momentos de necesidad ("Apresta, fiero habitador d
centro, / fuego accidental que abrase / el pecho desta doncella"). A
igual que a Celestina, le gusta alardear de su ya marchita belleza

¿Veisme aquí? Pues yo os prometo
que fue tiempo en que tenía
mi hermosura y bizarría
más de algún galán sujeto.
¿Quién no alababa mi brío?
¡Dichoso a quien yo miraba!

También, como Celestina, para ganarse la complicidad de Tello, el fiel criado de don Alonso, le ofrece los servicios de alguna de las mozas del partido puestas a su cuidado:

No hables mal,
que tengo cierta morena
de extremado talle y cara.

Asimismo, en el amor apasionado e impulsivo de doña Inés se descubre la huella de la impetuosa pasión que se enseñorea del pecho de Melibea. Y, por supuesto, el trágico final —tan poco común en las comedias de Lope— es eco del fatal desenlace de los amores de Calisto y Melibea.

EL CABALLERO DE OLMEDO

PERSONAJES

DON ALONSO.

DON RODRIGO.

DON FERNANDO.

DON PEDRO.

EL REY DON JUAN II.

EL CONDESTABLE.

DOÑA INÉS.

DOÑA LEONOR.

ANA.

FABIA.

TELLO.

MENDO.

UN LABRADOR.

UNA SOMBRA.

CRIADOS.

ACOMPAÑAMIENTO.

GENTE.

La acción en Olmedo, Medina del Campo y en un camino entre estos dos pueblos.

ACTO PRIMERO

Sale DON ALONSO.

DON ALONSO

Amor, no te llame amor
el que no te corresponde,
pues que no hay materia adonde
[no] imprima forma el favor.
Naturaleza, en rigor,
conservó tantas edades
correspondiendo amistades;
que no hay animal perfeto
si no asiste a su conceto
la unión de dos voluntades.   10
    De los espíritus vivos
de unos ojos procedió
este amor, que me encendió
con fuegos tan excesivos.
No me miraron altivos,
antes, con dulce mudanza,
me dieron tal confianza,
que, como poca diferencia,
pensando correspondencia,
engendra amor esperanza.   20
    Ojos, si ha quedado en vos
de la vista el mismo efeto,
amor vivirá perfeto,
pues fue engendrado de dos;
pero si tú, ciego dios,
diversas flechas tomaste,
no te alabes que alcanzaste
la victoria que perdiste
si de mí solo naciste,
pues imperfeto quedaste.   30
    (Salen Tello, criado y Fabia.)

FABIA

¿A mí forastero?

TELLO

                    A ti.

FABIA

Debe pensar que yo
soy perro de muestra.

TELLO

                    No.

FABIA

¿Tiene algún achaque?

TELLO

                    Sí.

FABIA

¿Qué enfermedad tiene?

TELLO

                    Amor.

FABIA

Amor ¿de quién?

TELLO

                    Allí está,
y él, Fabia, te informará
de lo que quiere mejor.

FABIA
(A don Alonso.)

Dios guarde tal gentileza.

DON ALONSO

Tello, ¿es la madre?

TELLO

                    La propia.   40

DON ALONSO

¡Oh Fabia! ¡Oh retrato, oh copia
de cuanto naturaleza
    puso en ingenio mortal!
¡Oh peregrino dotor,
y para enfermos de amor
Hipócrates celestial!
    Dame a besar esa mano,
honor de las tocas, gloria
del monjil.

FABIA

La nueva historia
de tu amor cubriera en vano   50
vergüenza o respeto mío;
que ya en tus caricias veo
tu enfermedad.

DON ALONSO

Un deseo
es dueño de mi albedrío.

FABIA

El pulso de los amantes
es el rostro. Aojado [1] estás
¿Qué has visto?

DON ALONSO

Un ángel.

FABIA

¿Qué más?

DON ALONSO

Dos imposibles, bastantes,
Fabia, a quitarme el sentido;
que es dejarla de querer   60
y que ella me quiera.

FABIA

Ayer
te vi en la feria perdido
tras una cierta doncella,
que en forma de labradora
encubría el ser señora,
no el ser tan hermosa y bella;
que pienso que doña Inés
es de Medina la flor.

DON ALONSO

Acertaste con mi amor:
esa labradora es   70
fuego que me abrasa y arde.

FABIA

Alto has picado.

DON ALONSO

Es deseo
de su honor.

FABIA

Así lo creo.

DON ALONSO

Escucha, así Dios te guarde.
Por la tarde salió Inés
a la feria de Medina,
tan hermosa, que la gente
pensaba que amanecía:
rizado el cabello en lazos,
que quiso encubrir la liga,   8[0]
porque mal caerán las almas
si ven las redes tendidas.
Los ojos, a lo valiente,
iban perdonando vidas,
aunque dicen los que deja
que es dichoso a quien la quita.
Las manos haciendo tretas,
que como juego de esgrima
tiene tanta gracia en ellas,
que señala las heridas.   9[0]
Las valonas [2] esquinadas alienated
en manos de nieve viva;
que muñecas de papel
se han de poner en esquinas.
Con la caja de la boca
allegaba infantería,
porque sin ser capitán,
hizo gente por la villa,
Los corales y las perlas
dejó Inés, porque sabía   10[0]
que las llevaban mejores
los dientes y las mejillas.
Sobre un manteo francés [3]
una verdemar basquiña,[4]
porque tenga en otra lengua
de su secreto la cifra.
No pensaron las chinelas [5]
llevar de cuantos la miran
los ojos en los listones,

---

[1] *Aojado. Aojar.* Dañado con mal ojo.
Covarrubias, *Tesoro.*

[2] "Adorno que se ponía al cuello po[r]
lo regular unido al cabezón de la camisa, e[l]
cual consistía en una tira angosta de lienz[o]
fino, que caía sobre la espalda y hombros
y por la parte de delante era larga hasta [la]
mitad del pecho." *Diccionario de Autoridade[s].*

[3] "Cierta ropa interior de bayeta o paño
que traen las mujeres de la cintura abajo
ajustada y solapada por delante." *Diccionari[o]
de Autoridades.*

[4] "Ropa o saya que traen las mujeres des[de]
de la cintura hasta los pies, con pliegues e[n]
la parte superior para ajustarla a la cintura
y por la parte inferior con mucho vuelo. Pónes[e]
encima de toda la demás ropa, y sirve común-
mente para salir a la calle." *Diccionario d[e]
Autoridades.*

[5] *Chinela.* "Género de calzado de dos
tres suelas, sin talón, que con facilidad se ent[ra]
y se saca el pie del." Covarrubias, *Tesoro.*

las almas en las virillas.   110
No se vio florido almendro
como toda parecía;
que del olor natural
son las mejores pastillas.
Invisible fue con ella
el amor, muerto de risa
de ver, como pescador,
los simples peces que pican.
Unos le ofrecieron sartas,
y otros arracadas ricas;   120
pero en oídos de áspid
no hay arracadas que sirvan.
Cual a su garganta hermosa
el collar de perlas finas;
pero como toda es perla,
poco las perlas estima.
Yo, haciendo lengua los ojos,
solamente le ofrecía
a cada cabello un alma,
a cada paso una vida.   130
Mirándome sin hablarme,
parece que me decía:
«no os vais, don Alonso, a Olmedo,
quedaos agora en Medina.»
Creí mi esperanza, Fabia;
salió esta mañana a misa,
ya con galas de señora,
no labradora fingida.
Si has oído que el marfil
del unicornio [6] santigua   140
las aguas, así el cristal
de un dedo puso en la pila
Llegó mi amor basilisco,[7]
y salió del agua misma
templado el veneno ardiente
que procedió de su vista.
Miró a su hermana, y entrambas
se encontraron en la risa,
acompañando mi amor
su hermosura y mi porfía.   150
En una capilla entraron;
yo, que siguiéndolas iba,
entré imaginando bodas.
¡Tanto quien ama imagina!

[6] *Unicornio.* Animal fabuloso que fingie-
ron los antiguos poetas, de figura de caballo
y con un cuerno recto en la mitad de la frente.
[7] *Basilisco.* Animal fabuloso al cual se
atribuía la propiedad de matar con la vista.
"Una especie de serpiente, de la qual haze
mención Plinio lib. 8. cap. 21. Críase en los
desiertos de Africa: tiene en la cabeça cierta
crestilla con tres puntas en forma de diadema
y algunas manchas blancas, sembradas por
el cuerpo; no es mayor que un palmo con
su silvo ahuyenta las demás serpientes y con su
vista y resuello mata." Covarrubias, *Tesoro.*

Vime sentenciado a muerte,
porque el amor me decía:
«Mañana mueres, pues hoy
te meten en la capilla.»
En ella estuve turbado;
ya el guante se me caía,   160
ya el rosario, que los ojos
a Inés iban y venían.
No me pagó mal: sospecho
que bien conoció que había
amor y nobleza en mí;
que quien no piensa no mira,
y mirar sin pensar, Fabia,
es de inorantes, y implica
contradicción que en un ángel
faltase ciencia divina.   170
Con este engaño, en efecto,
le dije a mi amor que escriba
este papel; que si quieres
ser dichosa y atrevida
hasta ponerle en sus manos,
para que mi fe consiga
esperanzas de casarme
(tan en esto amor me inclina),   180
el premio será un esclavo
con una cadena rica,
encomienda de esas tocas,
de mal casadas envidia.

FABIA

Yo te he escuchado.

DON ALONSO

                    Y ¿qué sientes?

FABIA

Que a gran peligro te pones.

TELLO

Excusa, Fabia, razones,
si no es que por dicha intentes,
    como diestro cirujano,
hacer la herida mortal.

FABIA

Tello, con industria igual
pondré el papel en su mano,   190
    aunque me cueste la vida,
sin interés, porque entiendas
que donde hay tan altas prendas,
sola yo fuera atrevida.
    Muestra el papel... *(Aparte.)* Que
lo tengo de aderezar.   [primero

DON ALONSO

¿Con qué te podré pagar
la vida, el alma que espero,
Fabia, de esas santas manos?

TELLO

¿Santas?

DON ALONSO

  ¿Pues no, si han de hacer
                                200
milagros?

TELLO

De Lucifer.

FABIA

Todos los medios humanos
  tengo de intentar por ti,
porque el darme esa cadena
no es cosa que me da pena,
mas confiada nací.

TELLO

¿Qué te dice el memorial?

DON ALONSO

Ven, Fabia, ven, madre honrada,
porque sepas mi posada.

FABIA

Tello...

TELLO

Fabia...

FABIA
(Aparte a Tello.)

  No hables mal;   210
que tengo cierta morena
de extremado talle y cara.

TELLO

Contigo me contentara
si me dieras la cadena. (Vanse.)
(Salen doña Inés y doña Leonor.)

DOÑA INÉS

  Y todos dicen, Leonor,
que nace de las estrellas.

DOÑA LEONOR

De manera que sin ellas
¿no hubiera en el mundo amor?

DOÑA INÉS

  Dime tú: si don Rodrigo
ha que me sirve dos años,   220
y su talle y sus engaños
son nieve helada conmigo,
  y en instante que vi
este galán forastero,
me dijo el alma: «Este quiero»,
y yo le dije: «Sea ansí»,
  ¿quién concierta y desconcierta
este amor y desamor?

DOÑA LEONOR

Tira como ciego amor,
yerra mucho, y poco acierta.   230
  Demás, que negar no puedo
(aunque es de Fernando amigo
tu aborrecido Rodrigo,
por quien obligada quedo
  a interceder por él)
que el forastero es galán.

DOÑA INÉS

Sus ojos causa me dan
para ponerlos en él,
  pues pienso que en ellos vi
el cuidado que me dio,   240
para que mirase yo
con el que también le di.
  Pero ya se habrá partido.

DOÑA LEONOR

No le miro yo de suerte
que pueda vivir sin verte.
(Ana, criada.)

ANA

Aquí, señora, ha venido
la Fabia... o la Fabiana.

DOÑA INÉS

Pues ¿quién es esa mujer?

ANA

Una que suele vender
para las mejillas grana,   250
  y para la cara nieve.

DOÑA INÉS

¿Quieres tú que entre, Leonor?

DOÑA LEONOR

En casas de tanto honor
no sé yo cómo se atreve;
    que no tiene buena fama;
mas ¿quién no desea ver?

DOÑA INÉS

Ana, llama esa mujer.

ANA
(Llegándose a la puerta.)

Fabia, mi señora os llama. (Vase.)
(Fabia, con una canastilla.)

FABIA
(Aparte.)

Y ¡cómo si yo sabía
que me habías de llamar!—   260
¡Ay! Dios os deje gozar
tanta gracia y bizarría,
    tanta hermosura y donaire;
que cada día que os veo
con tanta gala y aseo,
    y pisar de tan buen aire,
    os echo mil bendiciones;
y me acuerdo como agora
de aquella ilustre señora,
que con tantas perfecciones   270
    fue la fénix de Medina,
fue el ejemplo de lealtad.
¡Qué generosa piedad
de eterna memoria digna!
    ¡Qué de pobres la lloramos!

DOÑA INÉS

Dinos, madre, a lo que vienes.

FABIA

¡Qué de huérfanas quedamos
    por su muerte malograda!
La flor de las Catalinas.   280
Hoy la lloran mis vecinas.
no la tienen olvidada.
    Y a mí, ¿qué bien no me hacía?
¡Qué en agraz se la llevó
la muerte! No se logró
Aun cincuenta no tenía.

DOÑA INÉS

No llores, madre, no llores.

FABIA

No me puedo consolar
cuando le veo llevar
a la muerte las mejores,   290
y que yo me quedé acá.
Vuestro padre, Dios le guarde,
¿está en casa?

DOÑA LEONOR

                Fue esta tarde
al campo.

FABIA

                Tarde vendrá.
    Si va a deciros verdades,
moza[s] sois, vieja soy yo...
Mas de una vez me fió
don Pedro sus mocedades;
    pero teniendo respeto
a la que pudre, yo hacía   300
(como quien se lo debía)
mi obligación. En efeto,
    de diez mozas, no le daba
cinco.

DOÑA INÉS

        ¡Qué virtud!

FABIA

                No es poco,
que era vuestro padre un loco,
cuanto vía tanto amaba.
    Si sois de su condición,
me admiro de que no estéis
enamoradas. ¿No hacéis,
niñas, alguna oración   310
    para casaros?

DOÑA INÉS

                No, Fabia.
Eso siempre será presto.

FABIA

Padre que se duerme en esto,
mucho a sí mismo se agravia.
    La fruta fresca, hijas mías
es gran cosa, y no aguardar
a que la venga a arrugar
la brevedad de los días.

Cuantas cosas imagino,
dos solas, en mi opinión,   320
son buenas, viejas.

DOÑA LEONOR

Y ¿son?...

FABIA

Hija, el amigo y el vino.
¿Veisme aquí? Pues yo os prometo
que fue tiempo en que tenía
mi hermosura y bizarría
más de algún galán sujeto.
    ¿Quién no alababa mi brío?
¡Dichoso a quien yo miraba!
Pues ¿qué seda no arrastraba?
¡Qué gasto, qué plato el mío!   330
    Andaba en palmas, en andas.
Pues, ¡ay Dios!, si yo quería,
¿qué regalos no tenía
desta gente de hopalandas? [8]
    Pasó aquella primavera,
no entra un hombre por mi casa;
que como el tiempo se pasa,
pasa la hermosura.

DOÑA INÉS

Espera.
¿Qué es lo que traes aquí?

trifles   FABIA

Niñerías que vender   340
para comer, por no hacer
cosas malas.

DOÑA LEONOR

Hazlo ansí,
madre, y Dios te ayudará.

FABIA

Hija, mi rosario y misa:
esto cuando estoy de prisa,
que si no...

DOÑA INÉS

Vuélvete acá.
¿Qué es esto?

---

[8] *Hopalandas.* De *copete,* diríamos en
México, "tratándose de personas de alta al-
curnia, principal..." Santamaría, *Diccionario
de Mejicanismos.* Edit. Porrúa, S. A. México. 1959.

FABIA

Papeles son
de alcanfor y solimán.
Aquí secretos están
de gran consideración
    para nuestra enfermedad   350
ordinaria.

DOÑA LEONOR

Y esto, ¿qué es?

FABIA

No lo mires, aunque estés
con tanta curiosidad.

DOÑA LEONOR

¿Qué es, por tu vida?

FABIA

Una moza,
se quiere, niñas, casar;
mas acertóla a engañar
un hombre de Zaragoza.
    Hase encomendado a mí...
Soy piadosa... y en fin es   360
limosna, porque después
vivan en paz.

DOÑA INÉS

¿Qué hay aquí?

FABIA

Polvos de dientes, jabones
de manos, pastillas, cosas
curiosas y provechosas.

DOÑA INÉS

¿Y esto?

FABIA

Algunas oraciones.
¡Qué no me deben a mí
las ánimas!

DOÑA INÉS

Un papel
hay aquí.

FABIA

Diste con él,
cual si fuera para ti.   370

Suéltale: no le has de ver,
bellaquilla, curiosilla.

DOÑA INÉS

Deja, madre...

FABIA

Hay en la villa
cierto galán bachiller
que quiere bien una dama;
prométeme una cadena
porque le dé yo, con pena
de su honor, recato y fama.
Aunque es para casamiento,
no me atrevo. Haz una cosa   380
por mí doña Inés hermosa,
que es discreto pensamiento.
Respóndeme a este papel,
y diré que me le ha dado
su dama.

DOÑA INÉS

Bien lo has pensado
si pescas, Fabia, con él
la cadena prometida.
Yo quiero hacerte este bien.

FABIA

Tantos los cielos te den,
que un siglo alarguen tu vida.   390
Lee el papel.

DOÑA INÉS

Allá dentro.
y te traeré respuesta. (Vase.)

DOÑA LEONOR

¡Qué buena invención!

FABIA
(Aparte.)

Apresta,
fiero habitador del centro,
fuego accidental que abrase
el pecho de esta doncella.
(Salen don Rodrigo y don Fernando.)

DON RODRIGO
(A don Fernando.)

Hasta casarme con ella,
será forzoso que pase
por estos inconvenientes.

DON FERNANDO

Mucho ha de sufrir quien ama.   400

DON RODRIGO

Aquí tenéis vuestra dama.

FABIA
(Aparte.)

¡Oh necios impertinentes!
¿Quién os ha traído aquí?

DON RODRIGO

Pero ¡en lugar de la mía,
aquella sombra!

FABIA
(A doña Leonor.)

Sería
gran limosna para mí:
que tengo necesidad.

DOÑA LEONOR

Yo haré que os pague mi hermana.

DON FERNANDO

Si habéis tomado, señora,
o por ventura os agrada   410
algo de lo que hay aquí
(si bien serán cosas bajas
las que aquí puede traer
esta venerable anciana,
pues no serán ricas joyas
para ofreceros la paga),
mandadme que os sirva yo.

DOÑA LEONOR

No habemos comprado nada;
que es esta buena mujer
quien suele lavar en casa   420
la ropa.

DON RODRIGO

¿Qué hace don Pedro?

DOÑA LEONOR

Fue al campo; pero ya tarda.

DON RODRIGO

Mi señora doña Inés...

DOÑA LEONOR

Aquí estaba... Pienso que anda
despachando esta mujer.

DON RODRIGO
(Aparte.)

Si me vió por la ventana,
¿quién duda que huyó por mí?
¿Tanto de ver se recata
quien más servirla desea?

DON FERNANDO

Ya sale.
(Sale doña Inés, con un papel en la
mano.)

DOÑA LEONOR
(A su hermana.)

Mira que aguarda   430
por la cuenta de la ropa
Fabia.

DOÑA INÉS

Aquí la traigo, hermana.
Tomad, y haced que ese mozo
la lleve.

FABIA

¡Dichosa el agua
que ha de lavar, doña Inés,
las reliquias de la holanda
que tales cristales cubre!
(Lee.) Seis camisas, diez toallas,
cuatro tablas de manteles,
dos cosidos de almohadas,   440
seis camisas del señor,
ocho sábanas. Mas basta;
que todo vendrá más limpio
que los ojos de la cara.

DON RODRIGO

Amiga, ¿queréis feriarme
ese papel, y la paga
fiad de mí, por tener
de aquellas manos ingratas
letra siquiera en las mías?

FABIA

¡En verdad que negociara   450
muy bien si os diera el papel!
Adiós, hijas de mi alma. (Vase.)

DON RODRIGO

Esta memoria aquí había
que quedar, que no llevarla.

DOÑA LEONOR

Llévala y vuélvela, a efeto
de saber si algo le falta.

DOÑA INÉS

Mi padre ha venido ya.
Vuesas mercedes se vayan
o le visiten; que siente
que nos hablen, aunque calla.   460

DON RODRIGO

Para sufrir el desdén
que me trata desta suerte,
pido al amor y a la muerte
que algún remedio me den.
Al amor, porque también
puede templar tu rigor
con hacerme algún favor;
y a la muerte, porque acabe
mi vida; pero no sabe
la muerte, ni quiere amor.   470
Entre la vida y la muerte,
no sé qué medio tener,
pues amor no ha de querer
que con su favor acierte;
y siendo fuerza quererte,
quiere el amor que te pida
que seas tú mi homicida.
Mata, ingrata, a quien te adora;
serás, mi muerte, señora,
pues no quieres ser mi vida.   480
Cuanto vive, de amor nace,
y se sustenta de amor:
cuanto muere es un rigor
que nuestras vidas deshace.
Si al amor no satisface
mi pena, ni la hay tan fuerte
con que la muerte me acierte,
debo de ser inmortal,
pues no me hacen bien ni mal
ni la vida ni la muerte.   490
(Vanse los dos.)

DOÑA INÉS

¡Qué de necedades juntas!

DOÑA LEONOR

No fue la tuya menor.

DOÑA INÉS

¿Cuándo fue discreto amor,
si del papel me preguntas?

DOÑA LEONOR

¿Amor te obliga a escribir
sin saber a quien?

DOÑA INÉS

Sospecho
que es invención que se ha hecho,
para probarme a rendir,
de parte del forastero.

DOÑA LEONOR

Yo también lo imaginé.   500

DOÑA INÉS

Si fue ansí, discreto fue.
Leerte unos versos quiero.
«Yo vi la más hermosa labradora,
en la famosa feria de Medina,
que ha visto el sol adonde más se
                              [inclina
desde la risa de la blanca aurora.
Una chinela de color, que dora
de una coluna hermosa y cristalina
la breve basa, fue la ardiente mina
que vuela el alma a la región que
                              [adora.   510
Que una chinela fuese vitoriosa,
siendo los ojos del amor enojos,
confesé por hazaña milagrosa.
Pero díjele dando los despojos:
«Si matas con los pies, Inés hermosa,
¿qué dejas para el fuego de tus ojos?»

DOÑA LEONOR

Este galán, doña Inés,
te quiere para danzar.

DOÑA INÉS

Quiere en los pies comenzar,
y pedir manos después.   520

DOÑA LEONOR

¿Qué respondiste?

DOÑA INÉS

Que fuese
esta noche por la reja
del huerto.

DOÑA LEONOR

¿Quién te aconseja,
o qué desatino es ése?

DOÑA INÉS

No [es] para hablarle.

DOÑA LEONOR

Pues ¿qué?

DOÑA INÉS

Ven conmigo y lo sabrás.

DOÑA LEONOR

Necia y atrevida estás.

DOÑA INÉS

¿Cuándo el amor no lo fue?

DOÑA LEONOR

Huir de amor cuando empieza.

DOÑA INÉS

Nadie del primero huye,   530
porque dicen que le influye,
la misma naturaleza. (Vanse.)
(Salen don Alonso, Tello y Fabia.)

FABIA

Cuatro mil palos me han dado

TELLO

¡Lindamente negociaste!

FABIA

Si tú llevaras los medios...

DON ALONSO

Ello ha sido disparate
que yo me atreviese al cielo.

TELLO

Y que Fabia fuese el ángel,
que al infierno de los palos
cayese por levantarte.   540

FABIA

¡Ay, pobre Fabia!

TELLO

¿Quién fueron
los crueles sacristanes
del facistol de tu espalda?

FABIA

Dos lacayos y tres pajes.
Allá he dejado las tocas
y el monjil hecho seis partes.

DON ALONSO

Eso, madre, no importara,
si a tu rostro venerable
no se hubieran atrevido.
¡Oh, qué necio fui en fiarme   550
de aquellos ojos traidores,
de aquellos falsos diamantes,
niñas que me hicieren señas
para engañarme y matarme!
Yo tengo justo castigo.
Toma este bolsillo, madre...
y ensilla, Tello; que a Olmedo
nos hemos de ir esta tarde.

TELLO

¿Cómo, si anochece ya?

DON ALONSO

Pues ¡qué!, ¿quieres que me mate?
                              560

FABIA

No te aflijas, moscatel,
ten ánimo; que aquí trae
Fabia tu remedio. Toma.

DON ALONSO

¡Papel!

FABIA

Papel.

DON ALONSO

No me engañes.

FABIA

Digo que es suyo, en respuesta
de tu amoroso romance.

DON ALONSO

Hinca, Tello, la rodilla.

TELLO

Sin leer no me lo mandes:
que aun temo que hay palos dentro,
pues en mondadientes caben.   570

DON ALONSO
(Lee.)

«Cuidadosa de saber si sois quien
presumo, y deseando que lo seáis, os
suplico que vais esta noche a la reja
del jardín desta casa, donde halla-
réis atado el listón verde de las chinelas, y ponéoslo mañana en el sombrero para que os conozca.»

FABIA

¿Qué te dice?

DON ALONSO

Que no puedo
pagarte ni encarecerte
tanto bien.

TELLO

Ya desta suerte
no hay que ensillar para Olmedo. 580
¿Oyen, señores rocines?
Sosiéguense, que en Medina
nos quedamos.

DON ALONSO

La vecina
noche, en los últimos fines
con que va expirando el día,
pone los helados pies.
Para la reja de Inés
aun importa bizarría;
que podrá ser que el amor
la llevase a ver tomar   590
la cinta. Voyme a mudar. (Vase.)

TELLO

Y yo a dar a mi señor,
Fabia, con licencia tuya,
aderezo de sereno.[9]

FABIA

Detente.

TELLO

Eso fuera bueno

---

[9] Aderezo de sereno. Es decir, en traje de
noche.

ser la condición suya
para vestirse sin mí.

FABIA

'ues bien le puedes dejar,
orque me has de acompañar.

TELLO

A ti, Fabia?

FABIA

A mí.

TELLO

¡Yo!

FABIA

Sí;   600
ue importa a la brevedad
este amor.

TELLO

¿Qué es lo que quieres?

FABIA

'on los hombres, las mujeres
levamos seguridad.
Una muela he menester
el salteador que ahorcaron
yer.

TELLO

Pues ¿no le enterraron?

FABIA

'o.

TELLO

Pues ¿qué quieres hacer?

FABIA

Ir por ella, y que conmigo
ayas sólo acompañarme.   610

TELLO

'o sabré muy bien guardarme
e ir a esos pasos contigo.
¿Tienes seso?

FABIA

Pues, gallina,
donde voy yo, ¿no irás?

TELLO

Tú, Fabia, enseñada estás
a hablar al diablo.

FABIA

Camina.

TELLO

Mándame a diez hombres juntos
temerario acuchillar,
y no me mandes tratar
en materia de difuntos.   620

FABIA

Si no vas, tengo de hacer
que él propio venga a buscarte.

TELLO

¡Qué tengo de acompañarte!
¿Eres demonio o mujer?

FABIA

Ven, llevarás la escalera;
que no entiendes destos casos.

TELLO

Quien sube por tales pasos,
Fabia, el mismo fin espera. (Vanse.)
(Salen don Rodrigo y don Fernando,
en hábito de noche.)

DON FERNANDO

¿De qué sirve inútilmente
venir a ver esta casa?   630

DON RODRIGO

Consuélase entre estas rejas,
don Fernando, mi esperanza.
Tal vez sus hierros guarnece
cristal de sus manos blancas;
donde las pone de día,
pongo yo de noche el alma;
que cuanto más doña Inés
con sus desdenes me mata,
tanto más me enciende el pecho,
así su nieve me abrasa.   640
¡Oh rejas, enternecidas
de mi llanto, quién pensara
que un ángel endureciera
quien vuestros hierros ablanda!
¡Oíd!: ¿qué es lo que está aquí?

3

DON FERNANDO

En ellos mismos atada
está una cinta o listón.

DON RODRIGO

Sin duda las almas atan
a estos hierros, por castigo
de los que su amor declaran.   650

DON FERNANDO

Favor fue de mi Leonor:
tal vez por aquí me habla.

DON RODRIGO

Que no lo será de Inés
dice mi desconfianza;
pero en duda de que es suyo,
porque sus manos ingratas
pudieron ponerle acaso,
hasta que la fe me valga.
Dadme el listón.

DON FERNANDO

              No es razón,
si acaso Leonor pensaba   660
saber mi cuidado ansí,
y no me le ve mañana.

DON RODRIGO

Un remedio se me ofrece.

DON FERNANDO

¿Cómo?

DON RODRIGO

Partirle.

DON FERNANDO

              ¿A qué causa?

DON RODRIGO

A que las dos nos le vean,
y sabrán con esta traza
que habemos venido juntos.
        (Dividen el listón.)
(Salen don Alonso y Tello, de noche.)

DON FERNANDO

Gente por la calle pasa.

TELLO
(A su amo.)

Llega de presto a la reja;
mira que Fabia me aguarda   670
para un negocio que tiene
de grandísima importancia.

DON ALONSO

Negocio Fabia esta noche
contigo!

TELLO

Es cosa muy alta.

DON ALONSO

¿Como?

TELLO

              Yo llevo la escalera,
y ella...

DON ALONSO

¿Qué lleva?

TELLO

              Tenazas.

DON ALONSO

Pues ¿qué habéis de hacer?

TELLO

                            Sacar
una dama de su casa.

DON ALONSO

Mira lo que haces, Tello:
no entres adonde no salgas   680

TELLO

No es nada, por vida tuya.

DON ALONSO

Una doncella, ¿no es nada?

TELLO

Es la muela del ladrón
que ahorcaron ayer.

DON ALONSO

              Repara
en que acompañan la reja
dos hombres.

DON ALONSO

　　　¿Si están de guarda?

DON ALONSO

¡Qué buen listón! ribbon, tape

TELLO

　　　Ella quiso
castigarte.

DON ALONSO

　　　¿No buscara,
si fui atrevido, otro estilo?
Pues advierta que se engaña.　　690
Mal conoce a don Alonso,
que por excelencia llaman
El Caballero de Olmedo.
¡Vive Dios, que he de mostrarla
a castigar de otra suerte
a quien la sirve!

TELLO

　　　No hagas
algún disparate.

DON ALONSO

　　　Hidalgos,
en las rejas de esa casa
nadie se arrima.

DON RODRIGO
(Aparte a don Fernando.)

¿Qué es esto?

DON FERNANDO

Ni en el talle ni en el habla　　700
conozco este hombre.

DON RODRIGO

　　　¿Quién es
el que con tanta arrogancia
se atreve a hablar?

DON ALONSO

　　　El que tiene
por lengua, hidalgos, la espada.

DON RODRIGO

Pues hallará quien castigue
su locura temeraria.

DON ALONSO

Cierra, señor; que no son
muelas que a difuntos sacan. *(Vanse.)*

DON ALONSO

No los sigas. Bueno está.

TELLO

Aquí se quedó una capa.　　710

DON ALONSO

Cógela y ven por aquí;
que hay luces en las ventanas. *(Vanse.)*
(Salen doña Leonor y doña Inés.)

DOÑA INÉS

　　　Apenas la blanca aurora,
Leonor, el pie de marfil
puso en las flores de Abril.
que pinta, esmalta y colora,
　　cuando a mirar el listón
salí, de amor desvelada,
y con la mano turbada
di sosiego al corazón.　　720
　　En fin, él no estaba allí.

DOÑA LEONOR

Cuidado tuvo el galán.

DOÑA INÉS

No tendrá los que me dan
sus pensamientos a mí.

DOÑA LEONOR

　　Tú, que fuiste el mismo hielo,
¡en tan breve tiempo estás
de esa suerte!

DOÑA INÉS

　　　No sé más
de que me castiga el cielo.
O es venganza o es vitoria:
de amor en mi condición:　　730
parece que el corazón
se me abrasa en su memoria.
　　Un punto solo no puedo
apartarla dél. ¿Qué haré?
*(Sale don Rodrigo, con el listón
verde en el sombrero.)*

DON RODRIGO
(Aparte.)

(Nunca, amor, imaginé
que te sujetara el miedo.
Animo para vivir;
que aquí está Inés.) Al señor
don Pedro busco.

DOÑA INÉS

　　　　　Es error
tan de mañana acudir;　　　　740
que no estará levantado.

DON RODRIGO

Es un negocio importante.

DOÑA INÉS
(A su hermana.)

No he visto tan necio amante.

DOÑA LEONOR

Siempre es discreto lo amado.
y necio lo aborrecido.

DON RODRIGO
(Aparte.)

¿Qué de ninguna manera
puedo agradar una fiera
ni dar memoria a su olvido?

DOÑA INÉS
(Aparte a su hermana.)

¡Ay, Leonor! No sin razón
viene don Rodrigo aquí,　　　　750
si yo misma le escribí
que fuese por el listón.

DOÑA LEONOR

Fabia este engaño te ha hecho.

DOÑA INÉS

Presto romperé el papel;
que quiero vengarme en él
de haber dormido en mi pecho.
*(Salen don Pedro, su padre, y don
Fernando [con el listón verde en el
sombrero].)*

DON FERNANDO
(Aparte a don Pedro.)

Hame puesto por tercero
para tratarlo con vos.

DON PEDRO

Pues hablaremos los dos
en el concierto primero　　　　760

DON FERNANDO

Aquí está; que siempre amor
es reloj anticipado.

DON PEDRO

Habrále Inés concertado
con la llave del favor.

DON FERNANDO

De lo contrario se agravia.

DON PEDRO

Señor don Rodrigo...

DON RODRIGO

　　　　　　　Aquí
vengo a que os sirváis de mí.
*(Hablan bajo don Pedro y los dos
galanes.)*

DOÑA INÉS
(Aparte a Leonor.)

Todo fue enredo de Fabia.

DOÑA LEONOR

¿Cómo?

DOÑA INÉS

　　　　¿No ves que también
trae el listón don Fernando?　　　　770

DOÑA LEONOR

Si en los dos le estoy mirando,
entrambos te quieren bien.

DOÑA INÉS

Sólo falta que me pidas
celos, cuando estoy sin mí.

DOÑA LEONOR

¿Qué quieren tratar aquí?

DOÑA INÉS

¿Ya las palabras olvidas
que dijo mi padre ayer
en materia de casarme?

DOÑA LEONOR

Luego bien puede olvidarme
Fernando, si él viene a ser   780

DOÑA INÉS

Antes presumo que son
entrambos los que han querido
casarse, pues han partido
entre los dos el listón.

DON PEDRO
(A los caballeros.)

Esta es materia que quiere
secreto y espacio: entremos
donde mejor la tratemos.

DON RODRIGO

Como yo ser vuestro espere,
no tengo más que tratar.

DON PEDRO

Aunque os quiero enamorado   790
de Inés, para el nuevo estado,
quien soy os ha de obligar. (Vanse
los tres.)

DOÑA INÉS

¡Qué vana fue mi esperanza!
¡Qué loco mi pensamiento!
¡Yo papel a don Rodrigo!
¡Y tú de Fernando celos!
¡Oh forastero enemigo!
¡Oh Fabia embustera!
(Sale Fabia.)

FABIA

Quedo;
que lo está escuchando Fabia.

DOÑA INÉS

Pues ¿cómo, enemiga, has hecho 800
un enredo semejante?

FABIA

Antes fue tuyo el enredo,
si en aquel papel escribes
que fuese aquel caballero
por un listón de esperanza
a las rejas de tu huerto,
y en ellas pones dos hombres
que le maten, aunque pienso

que a no se haber retirado
pagaran su loco intento.   810

DOÑA INÉS

¡Ay, Fabia! Ya que contigo
llego a declarar mi pecho,
ya que a mi padre, a mi estado
y a mi honor pierdo el respeto,
dime: ¿es verdad lo que dices?
Que siendo ansí, los que fueron
a la reja le tomaron,
y por favor se le han puesto.
De suerte estoy, madre mía,
que no puedo hallar sosiego   820
si no es pensando en quien sabes.

FABIA
(Aparte.)

(¡Oh, qué bravo efecto hicieron
los hechizos y conjuros!
La victoria me prometo.)
No te desconsueles, hija;
vuelve en ti, que tendrás presto
estado con el mejor
y más noble caballero
que agora tiene Castilla;
porque será por lo menos   830
el que por único llaman
El Caballero de Olmedo.
Don Alonso en una feria
te vio, labradora Venus,
haciendo las cejas arco
y flechas los ojos bellos.
Disculpa tuvo en seguirte,
porque dicen los discretos
que consiste la hermosura
en ojos y entendimiento.   840
En fin, en las verdes cintas
de tus pies llevastes presos
los suyos; que ya el amor
no prende por los cabellos.
El te sirve, tú le estimas;
él te adora, tú le has muerto;
él te escribe, tú respondes:
¿quién culpa amor tan honesto?
Para él tienen sus padres,
porque es único heredero,   850
diez mil ducados de renta;
y aunque es tan mozo, son viejos.
Déjate amar y servir
del más noble, del más cuerdo
caballero de Castilla,
lindo talle, lindo ingenio.
El rey de Valladolid

grandes mercedes le ha hecho,
porque él sólo honró las fiestas
de su Real casamiento.   860
Cuchilladas y lanzadas
dio en los toros como un Héctor;
treinta precios dio a las damas
en sortijas y torneos.
Armado parece Aquiles
mirando de Troya el cerco;
con galas parece Adonis...
Mejor fin le den los cielos.
Vivirás bien empleada
en un marido discreto   870
¡Desdichada de la dama
que tiene marido necio!

DOÑA INÉS

¡Ay, madre! Vuélvesme loca.
Pero ¡triste!, ¿cómo puedo
ser suya, si a don Rodrigo
me da mi padre don Pedro?
El y don Fernando están
tratando mi casamiento.

FABIA

Los dos haréis nulidad
la sentencia de ese pleito   880

DOÑA INÉS

Está don Rodrigo allí.

FABIA

Esto no te cause miedo,
pues es parte y no jüez.

DOÑA INÉS

Leonor, ¿no me das consejo?

DOÑA LEONOR

Y ¿estás tú para tomarle?

DOÑA INÉS

No sé; pero no tratemos
en público destas cosas.

FABIA

Déjame a mí tu suceso.
Don Alonso ha de ser tuyo;
que serás dichosa espero   890
con hombre que es en Castilla
    la gala de Medina,
    la flor de Olmedo.

ACTO SEGUNDO

Salen TELLO *y* DON ALONSO.

DON ALONSO

Tengo el morir por mejor,
Tello, que vivir sin ver.

TELLO

Temo que se ha de saber
este tu secreto amor;
  que con tanto ir y venir
de Olmedo a Medina, creo
que a los dos da tu deseo
que sentir, y aun que decir.

DON ALONSO

  ¿Cómo puedo yo dejar
de ver a Inés, si la adoro?   10

TELLO

Guardándole más decoro
en el venir y el hablar;
  que en ser a tercero día,
pienso que te dan, señor,
tercianas de amor.

DON ALONSO

         Mi amor
ni está ocioso, ni se enfría.
  Siempre abrasa, y no permite
que esfuerce naturaleza
un instante su flaqueza,
porque jamás se remite.   20
  Mas bien se ve que es león,
amor; su fuerza, tirana;
pues que con esta cuartana
se amansa mi corazón.
  Es esta ausencia una calma
de amor, porque si estuviera
adonde siempre a Inés viera,
fuera salamandra el alma.

TELLO

  ¿No te cansa y te amohina
tanto entrar, tanto partir?   30

DON ALONSO

Pues yo, ¿qué hago en venir,
Tello, de Olmedo a Medina?
  Leandro pasaba un mar
todas las noches, por ver
si le podía beber
para poderse templar;
  pues si entre Olmedo y Medina
no hay, Tello, un mar, ¿qué me debe
Inés?

TELLO

    A otro mar se atreve
quien al peligro camina   40
  en que Leandro se vio;
pues a don Rodrigo veo
tan cierto de tu deseo
como puedo estarlo yo;
  que como yo no sabía
cuya aquella capa fue,
un día que la saqué...

DON ALONSO

¡Gran necedad!

TELLO

        Como mía.
  Me pregunto: «Diga, hidalgo,
¿quién esta capa le dio?   50
porque la conozco yo.»
Respondí: «Si os sirve en algo,
  daréla a un criado vuestro.»
Con esto, descolorido,
dijo: «Habíala perdido
de noche un lacayo nuestro;
  pero mejor empleada
está en vos: guardadla bien.»
Y fuese a medio desdén,
puesta la mano en la espada.   60
  Sabe que te sirvo, y sabe
que la perdió con los dos.
Advierte, señor, por Dios,
que toda esta gente es grave,
  y que están en su lugar,
donde todo gallo canta.

Sin esto, también me espanta
ver_este amor comenzar
   por tantas hechicerías,
y que cercos y conjuros   70
no son remedios seguros
si honestamente porfías.
   Fui con ella (que no fuera)
a sacar de un ahorcado
una muela; puse a un lado,
como Arlequín, la escalera.
   Subió Fabia, quedé al pie,
y díjome al salteador:
«Sube, Tello, sin temor,
o si no, yo bajaré.»   80
¡San Pablo! Allí me caí.
Tan sin alma vine al suelo,
que fue milagro del cielo
el poder volver en mí.
   Bajó, desperté turbado,
y de mirarme afligido,
porque, sin haber llovido,
estaba todo mojado.

DON ALONSO

   Tello, un verdadero amor
en ningún peligro advierte.   90
Quiso mi contraria suerte
que hubiese competidor,
   y que trate, enamorado,
casarse con doña Inés;
pues ¿qué he de hacer, si me ves
celoso y desesperado?
   No creo en hechicerías, *magic*
que todas son vanidades;
quien concierta voluntades,
son méritos y porfías.   100
   Inés me quiere, yo adoro
a Inés, yo vivo en Inés;
todo lo que Inés no es
desprecio, aborrezco, ignoro.
   Inés es mi bien, yo soy
esclavo de Inés; no puedo
vivir sin Inés; de Olmedo
a Medina vengo y voy,
   porque Inés mi dueña es
para vivir o morir.   110

TELLO

Sólo te falta decir:
«Un poco te quiero, Inés.»
   ¡Plega a Dios que por bien sea!

DON ALONSO

Llama, que es hora.

TELLO

               Ya voy.
(Llama en casa de don Pedro.)
(Ana y doña Inés, dentro de la casa.

ANA
(Dentro.)

¿Quién es?

TELLO

               ¡Tan presto! Yo soy.
¿Está en casa Melibea?
Que viene Calisto aquí.

ANA
(Dentro.)

Aguarda un poco, Sempronio.

TELLO

¿Si haré, falso testimonio?

DOÑA INÉS
(Dentro.)

¿El mismo?

ANA
(Dentro.)

               Señora, sí.   120
(Ábrese la puerta y entran don Alon
so y Tello en casa de don Pedro.

DOÑA INÉS

¡Señor mío!...

DON ALONSO

               Bella Inés,
esto es venir a vivir.

TELLO

Agora no hay que decir:
«Yo te lo diré después.»

DOÑA INÉS

   ¡Tello, amigo!...

TELLO

               ¡Reina mía!...

DOÑA INÉS

Nunca, Alonso de mis ojos,
por haberme dado enojos
esta inorante porfía

de don Rodrigo esta tarde
he estimado que me vieses...   130
. . . .
. . . .

DON ALONSO

Aunque fuerza de obediencia
te hiciese tomar estado,
no he de estar desengañado
hasta escuchar la sentencia.
Bien el alma me decía,
y a Tello se lo contaba
cuando el caballo sacaba,
y el sol los que aguarda el día,
que de alguna novedad
procedía mi tristeza,   140
viniendo a ver tu belleza,
pues me dices que es verdad
¡Ay de mí si ha sido ansí!

DOÑA INÉS

No lo creas, porque yo
diré a todo el mundo no,
después que te dije sí.
Tú solo dueño has de ser
de mi libertad y vida;
no hay fuerza que el ser impida,
don Alonso, tu mujer.   150
Bajaba al jardín ayer,
y como por don Fernando
me voy de Leonor guardando,
a las fuentes, a las flores
estuve diciendo amores,
y estuve también llorando.
«Flores y aguas, les decía,
dichosa vida gozáis,
pues aunque noche pasáis,
veis vuestro sol cada día.»   160
Pensé que me respondía
la lengua de una azucena
(¡qué engaños amor ordena!):
«Si el sol que adorando estás
viene de noche, que es más,
Inés, ¿de qué tienes pena?»

TELLO

Así dijo a un ciego un griego
que le contó mil disgustos:
«Pues tiene la noche gustos,
¿para qué te quejas, ciego?»   170

DOÑA INÉS

Como mariposa llego
a estas horas, deseosa

de tu luz...; no mariposa,
fénix ya, pues de una suerte
me da vida y me da muerte
llama tan dulce y hermosa ·

DON ALONSO

¡Bien haya el coral, amén,
de cuyas hojas de rosas,
palabras tan amorosas
salen a buscar mi bien!   180
Y advierte que yo también,
cuando con Tello no puedo,
mis celos, mi amor, mi miedo
digo en tu ausencia a las flores.

TELLO

Yo le vi decir amores
a los rábanos de Olmedo:
que un amante suele hablar
con las piedras, con el viento.

DON ALONSO

No puede mi pensamiento
ni estar solo, ni callar;   190
contigo, Inés, ha de estar,
contigo hablar y sentir.
¡Oh, quién supiera decir
lo que te digo en ausencia!
Pero estando en tu presencia
aun se me olvida el vivir.
Por el camino le cuento
tus gracias a Tello, Inés,
y celebramos después
tu divino entendimiento.   200
Tal gloria en tu nombre siento,
que una mujer recibí
de tu nombre, porque ansí,
llamándola todo el día,
pienso, Inés, señora mía,
que te estoy llamando a ti.

TELLO

Pues advierte, Inés discreta,
de los dos tan nuevo efeto,
que a él le has hecho discreto,
y a mí me has hecho poeta.   210
Oye una glosa a un estribo
que compuso don Alonso,
a manera de responso,
si los hay en muerto vivo.
En el valle a Inés
la dejé riendo:
si la ves, Andrés,

dile cuál me ves
por ella muriendo.

DOÑA INÉS

¿Don Alonso la compuso?   220

TELLO

Que es buena, jurarte puedo,
para poeta de Olmedo.
Escucha.

DON ALONSO

Amor lo dispuso.

TELLO

Andrés, después que las bellas
plantas de Inés goza el valle,
tanto florece con ellas,
que quiso el cielo trocalle
por sus flores sus estrellas.
Ya el valle es cielo, después   230
que su primavera es,
pues verá el cielo en el suelo
quien vio, pues Inés es cielo,
en el valle a Inés.
Con miedo y respeto estampo
el pie donde el suyo huella;
que ya Medina del Campo
no quiere aurora más bella
para florecer su campo.
Yo la vi de amor huyendo,   240
cuanto miraba matando,
su mismo desdén venciendo,
y aunque me partí llorando,
la dejé riendo.
Dile, Andrés, que ya me veo
muerto por volverla a ver,
aunque cuando llegues, creo
que no será menester;
que me habrá muerto el deseo.
No tendrás que hacer después   250
que a sus manos vengativas
llegues, si una vez la ves,
ni aun es posible que vivas
si la ves, Andrés.
Pero si matarte olvida
por no hacer caso de ti,
dile a mi hermosa homicida
que por qué se mata en mi,
pues que sabe que es mi vida.
Dile: «Cruel, no le des
muerte si vengada estás,   260
y te ha de pesar después.»

Y pues no me has de ver más,
dile cuál me ves.
Verdad es que se dilata
el morir, pues con mirar
vuelve a dar vida la ingrata,
y así se cansa en matar,
pues da vida a cuantos mata;
pero muriendo o viviendo,
no me pienso arrepentir   270
de estarla amando y sirviendo;
que no hay bien como vivir
por ella muriendo.

DOÑA INÉS

Si es tuya, notablemente
te has alargado en mentir
por don Alonso.

DON ALONSO

Es decir,
que mi amor en versos miente.
Pues, señora ¿qué poesía
llegará a significar
mi amor?

DOÑA INÉS

¡Mi padre!

DON ALONSO

¿Ha de entrar?   280

DOÑA INÉS

Escondeos.

DON ALONSO

¿Dónde?
(Vanse ellos, y sale don Pedro.)

DON PEDRO

Inés mía,
¡agora por recoger!
¿Cómo no te has acostado

DOÑA INÉS

Rezando, señor, he estado,
por lo que dijiste ayer,
rogando a Dios que me incline
a lo que fuese mejor.

DON PEDRO

Cuando para ti mi amor
imposible imagine,

no pudiera hallar un hombre 290
como don Rodrigo, Inés.

DOÑA INÉS

Ansí dicen todos que es
de su buena fama el nombre;
   y habiéndome de casar,
ninguno en Medina hubiera,
ni en Castilla, que pudiera
sus méritos igualar.

DON PEDRO

¿Cómo habiendo de casarte?

DOÑA INÉS

Señor, hasta ser forzoso
decir que ya tengo esposo,   300
no he querido disgustarte.

DON PEDRO

   ¡Esposo! ¿Qué novedad
es ésta Inés?

DOÑA INÉS

                  Para ti
será novedad; que en mi
siempre fue mi voluntad.
   Y, ya que estoy declarada,
hazme mañana cortar
un hábito, para dar
fin a esta gala excusada;
   que así quiero andar, señor,   310
mientras me enseñan latín.
Leonor te queda, que al fin
te dará nietos Leonor.
   Y por mi madre te ruego
que en esto no me repliques,
sino que medios apliques
a mi elección y sosiego.
   Haz buscar una mujer
de buena y santa opinión,
que me de alguna lición   320
de lo que tengo de ser,
   y un maestro de cantar,
que de latín sea también.

DON PEDRO

¿Eres tú quien habla, o quién?

DOÑA INÉS

Esto es hacer, no es hablar.

DON PEDRO

   Por una parte, mi pecho
se enternece de escucharte,
Inés, y por otra parte,
de duro mármol le has hecho
   En tu verde edad mi vida   330
esperaba sucesión:
pero si esto es vocación,
no quiera Dios que lo impida.
   Haz tu gusto, aunque tu celo
en esto no intenta el mío;
que ya sé que el albedrío
no presta obediencia al cielo.
   Pero porque suele ser
nuestro pensamiento humano
tal vez inconstante y vano,   340
y en condición de mujer,
   que es fácil de persuadir,
tan poca firmeza alcanza,
que hay de mujer a mudanza
lo que de hacer a decir.
   Mudar las galas no es justo,
pues no pueden estorbar
a leer latín o cantar,
ni a cuanto fuere tu gusto.
   Viste alegre y cortesana;   350
que no quiero que Medina,
si hoy te admirare divina,
mañana te burle humana.
   Yo haré buscar la mujer
y quien te enseñe latín,
pues a mejor padre, en fin,
es más justo obedecer.
   Y con esto, adiós te queda;
que para no darte enojos,
van a esconderse mis ojos   360
adonde llorarte pueda.
(Vase, y salen don Alonso y Tello.)

DOÑA INÉS

   Pésame de haberte dado
disgusto.

DON ALONSO

              A mí no me pesa,
por el que me ha dado el ver
que nuestra muerte concierta[s].
¡Ay, Inés! ¿Adónde hallaste
en tal desdicha, en tal pena,
tan breve remedio?

DOÑA INÉS

                        Amor
en los peligros enseña

una luz por donde el alma   370
posibles remedios vea.

DON ALONSO

Este ¿es remedio posible?

DOÑA INÉS

Como yo agora le tenga
para que este don Rodrigo
no llegue al fin que desea,
bien sabes que breves males
la dilación los remedia;
que no dejan esperanza
si no hay segunda sentencia.

TELLO

Dice bien, señor; que en tanto   380
que doña Inés cante y lea,
podéis dar orden los dos
para que os valga la Iglesia.
Sin esto, desconfiado
don Rodrigo, no hará fuerza
a don Pedro en la palabra,
pues no tendrá por ofensa
que le deje doña Inés
por quien dice que le deja.
También es linda ocasión   390
para que yo vaya y venga
con libertad a esta casa.

DON ALONSO

¡Libertad! ¿De qué manera?

TELLO

Pues ha de leer latín,
¿no será fácil que pueda
ser yo quien venga a enseñarla?
Y verás ¡con qué destreza
le enseño a leer tus cartas!

DON ALONSO

¡Qué bien mi remedio piensas!

TELLO

Y aún pienso que podrá Fabia   400
servirte en forma de dueña,
siendo la santa mujer
que con su falsa apariencia
venga a enseñarla.

DOÑA INÉS

Bien dices;

Fabia será mi maestra
de virtudes y costumbres.

TELLO

Y ¡qué tales serán ellas!

DON ALONSO

Mi bien, yo temo que el día,
que es amor dulce materia
para no sentir las horas   410
que por los amantes vuelan,
nos halle tan descuidados,
que al salir de aquí me vean,
o que sea fuerza quedarme.
¡Ay, Dios! ¡Qué dichosa fuerza!
Medina a la Cruz de Mayo
hace sus mayores fiestas:
yo tengo que prevenir,
que fuera de que en la plaza   420
quiero que galán me veas,
de Valladolid me escriben
que el rey don Juan viene a verlas;
que en los montes de Toledo
le pide que se entretenga
el Condestable estos días,
porque en ellos convalezca,
y de camino, señora,
que honre esta villa le ruega:
y así, es razón que le sirva   430
la nobleza desta tierra.
Guárdete el cielo, mi bien.

DOÑA INÉS

Espera; que a abrir la puerta
es forzoso que yo vaya.

DON ALONSO

¡Ay, luz! ¡Ay, aurora, necia,
de todo amante envidiosa!

TELLO

Ya no aguardéis que amanezca.

DON ALONSO

¿Cómo?

TELLO

Porque ya es de día.

DON ALONSO

Bien dices, si a Inés me muestras.
Pero ¿cómo puede ser,   440
Tello, cuando el sol se acuesta?

TELLO

Tú vas despacio, él aprisa;
apostaré que te quedas. *(Vanse.)*
(Salen don Rodrigo y don Fernando.)

DON RODRIGO

Muchas veces había reparado,
don Fernando, en aqueste caballero,
del corazón solícito avisado.
El talle, el grave rostro, lo severo,
celoso me obligaban a miralle.

DON FERNANDO

Efetos son de amante verdadero;
que en viendo otra persona de
[buen talle,   450
tienen temor que si le ve su dama,
será posible a fuerza codicialle.

DON RODRIGO

Bien es verdad que él tiene tanta
[fama,
que por más que en Medina se en-
[cubría,
el mismo aplauso popular le aclama.
Vi, como os dije, aquel mancebo
[un día
que la capa perdida en la pendencia
contra el valor de mi opinión traía.
Hice secretamente diligencia
después de hablarle, y satisfecho que-
[do,   460
que tiene esta amistad corresponden-
[cia.
Su dueño es don Alonso, aquel de
[Olmedo,
alanceador galán y cortesano.
de quien hombres y toros tienen mie-
[do.
Pues si éste sirve a Inés, ¿qué in-
[tento en vano?
O ¿cómo quiero yo, si ya le adora,
que Inés me mire con semblante hu-
[mano?

DON FERNANDO

¿Por fuerza ha de quererle?

DON RODRIGO

El la enamora,
y merece, Fernando, que le quiera.
¿Qué he de pensar, si me aborrece
[agora   470

DON FERNANDO

Son celos, don Rodrigo, una qui-
[mera
que se forma de envidia, viento y
[sombra,
con que lo incierto imaginado altera,
una fantasma que de noche asom-
[bra,
un pensamiento que a locura inclina,
y una mentira que verdad se nom-
[bra.

DON RODRIGO

Pues ¿cómo tantas veces a Medina
viene y va don Alonso? Y ¿a qué efe-
[to
es cédula de noche en una esquina?
Yo me quiero casar; vos sois dis-
[creto: 480
¿qué consejo me dais, si no es ma-
[talle?

DON FERNANDO

Yo hago diferente mi conceto;
que ¿cómo puede doña Inés ama-
si nunca os quiso a vos?   [lle,

DON RODRIGO

Porque es respuesta
que tiene mayor dicha y mejor talle.

DON FERNANDO

Mas porque doña Inés es tan ho-
[nesta,
que aun la ofendéis con nombre de
[marido.

DON RODRIGO

Yo he de matar a quien vivir me
[cuesta
en su desgracia, porque tanto ol-
[vido
no puede proceder de honesto in-
[tento.   490
Perdí la capa y perderé el sentido.

DON FERNANDO

Antes, dejarla a don Alonso, siento
Ejecutad, Rodrigo, el casamiento,
que ha sido como echársela en los
[ojos.
llévese don Alonso los despojos,
y la victoria vos.

DON RODRIGO

Mortal desmayo
cubre mi amor de celos y de enojos.

DON FERNANDO

Salid galán para la Cruz de Mayo,
que yo saldré con vos; pues el Rey
[viene,
las sillas piden el castaño y bayo.
                                    500
Menos aflige el mal que se entre-
[tiene,

DON RODRIGO

Si viene don Alonso, a Medina
¿qué competencia con Olmedo tiene?

DON FERNANDO

¡Qué loco estáis!

DON RODRIGO

Amor me desatina. (Vanse.)
(Salen don Pedro, doña Inés y doña
Leonor.)

DON PEDRO

No porfíes.

DOÑA INÉS

No podrás
mi propósito vencer.

DON PEDRO

Hija, ¿qué quieres hacer,
que tal veneno me das?
Tiempo te queda...

DOÑA INÉS

Señor,
¿qué importa el hábito pardo,   510
si para siempre le aguardo?

DOÑA LEONOR

Necia estás.

DOÑA INÉS

Calla, Leonor.

DOÑA LEONOR

Por lo menos estas fiestas
has de ver con galas.

DOÑA INÉS

Mira
que quien por otras suspira,
ya no tiene el gusto en éstas.
Galas celestiales son
las que ya mi vida espera

DON PEDRO

¿No basta que yo lo quiera?

DOÑA INÉS

Obedecerte es razón.   520
(Sale Fabia, con rosario, báculo y
anteojos.)

FABIA

Paz sea en aquesta casa.

DON PEDRO

Y venga con vos.

FABIA

¿Quién es
la señora doña Inés,
que con el Señor se casa?
¿Quién es aquella que ya
tiene su esposo, elegida,
y como a prenda querida
esos impulsos le da?

DON PEDRO

Madre honrada, ésta que veis,
y yo su padre.

FABIA

Que sea   530
muchos años, y ella vea
el dueño que vos no veis.
Aunque en el Señor espero
que os ha de obligar piadoso
a que aceptéis tal esposo,
que es muy noble caballero.

DON PEDRO

Y ¡cómo, madre, si lo es!

FABIA

Sabiendo que anda a buscar
quien venga a morigerar
los verdes años de Inés,   540
quien la guíe, quien la muestre

las sémitas [10] del Señor,
y al camino del amor
como a principianta adiestre,
hice oración en verdad,
y tal impulso me dio,
que vengo a ofrecerme yo
para esta necesidad,
    aunque soy gran pecadora.

DON PEDRO

Esta es la mujer, Inés,   550
que has menester.

DOÑA INÉS

                Esta es
la que he menester agora.
Madre, abrázame.

FABIA

                Quedito,
que el silicio me hace mal.

DON PEDRO

No he visto humildad igual.

DOÑA LEONOR

En el rostro trae escrito
lo que tiene el corazón.

FABIA

¡Oh qué gracia! ¡Oh, qué belleza!
Alcance tu gentileza
mi deseo y bendición.   560
    ¿Tienes oratorio?

DOÑA INÉS

                Madre,
comienzo a ser buena agora.

FABIA

Como yo soy pecadora,
estoy temiendo a tu padre.

DON PEDRO

No le pienso yo estorbar
tan divina vocación.

FABIA

En vano, infernal dragón,
la pensabas devorar.

---

[10] *Sémitas.* El camino, la senda del Señor.

No ha de casarse en Medina;
monasterio tiene Olmedo: 570
Domine, si tanto puedo,
ad juvantum me festina

DON PEDRO

Un ángel es la mujer.
(Sale Tello, de gorrón.)

TELLO

(Dentro.)

Si con sus hijas está,
yo sé que agradecerá
que yo me venga a ofrecer. *(Sale.)*
    El maestro que buscáis
está aquí señor don Pedro,
para latín y otras cosas,
que dirá después su efecto.   580
Que buscáis un estudiante
en la iglesia me dijeron,
porque ya desta señora
se sabe el honesto intento.
Aquí he venido a serviros,
puesto que soy forastero,
si valgo para enseñarla.

DON PEDRO

Ya creo y tengo por cierto,
viendo que todo se junta,
que fue voluntad del cielo.   590
En casa puede quedarse
la madre, y este mancebo
venir a darte lición.
Concertadlo, mientras vuelvo,
las dos. *(A Tello.)* ¿De dónde es, ga-
                              [lán?

TELLO

Señor, soy calahorreño.

DON PEDRO

¿Su nombre?

TELLO

                Martín Peláez.

DON PEDRO

Del Cid debe de ser deudo.
¿Dónde estudió?

TELLO

                En la Coruña,
y soy por ella maestro.   600

DON PEDRO

¿Ordenóse?

TELLO

Sí, señor,
de vísperas.

DON PEDRO

Luego vengo. *(Vase.)*

TELLO

¿Eres Fabia?

FABIA

¿No lo ves?

DOÑA LEONOR

Y ¿tú Tello?

DOÑA INÉS

¡Amigo Tello!

DOÑA LEONOR

¿Hay mejor bellaquería?

DOÑA INÉS

¿Qué hay de don Alonso?

TELLO

¿Puedo
fiar de Leonor?

DOÑA INÉS

Bien puedes

DOÑA LEONOR

Agraviara Inés mi pecho.
y mi amor, si me tuviera
su pensamiento encubierto.   610

TELLO

Señora, para servirte
está don Alonso bueno;
para las fiestas de mayo,
tan cerca ya; previniendo
galas, caballos, jaeces,
lanza y rejones; que pienso
que ya le tiemblan los toros.
Una adarga [11] habemos hecho,

si se conciertan las cañas,[12]
como de mi raro ingenio.   620
Allá la verás, en fin.

DOÑA INÉS

¿No me ha escrito?

TELLO

Soy un necio.
Esta, señora, es la carta.

DOÑA INÉS

Bésola de porte y leo.
(Don Pedro, vuelve.)

DON PEDRO
(Dentro.)

Pues por el coche, si está
malo el alazán. *(Sale.)* ¿Qué es esto?

TELLO
(Aparte a doña Inés.)

Tu padre. Haz que lees, y yo
haré que latín te enseño.
Dominus...

DOÑA INÉS

Dominus...

TELLO

Diga

DOÑA INÉS

¿Cómo más?

TELLO

Dominus meus.   630

DOÑA INÉS

Dominus meus.

TELLO

Ansí,
poco a poco irá leyendo.

DON PEDRO

¿Tan presto tomas lición?

---

[11] *Adarga,* "un género de escudo hecho de ante".

[12] *Correr cañas.* Género de pelea de hombres a caballo. Covarrubias, *Tesoro.*

DOÑA INÉS

Tengo notable deseo.

DON PEDRO

Basta; que a decir, Inés,
me envía el Ayuntamiento
que salga a las fiestas yo.

DOÑA INÉS

Muy discretamente han hecho,
pues viene a la fiesta el Rey.

DON PEDRO

Pues sea con un concierto   640
que has de verlas con Leonor.

DOÑA INÉS

Madre, dígame si puedo
verlas sin pecar.

FABIA

Pues ¿no?
No escrupulices en eso
como algunos tan mirlados.[13]
Que piensan, de circunspectos,
que en todo ofenden a Dios,
y olvidados de que fueron
hijos de otros como todos,
cualquiera entretenimiento   650
que los trabajos olvide,
tienen por notable exceso.
Y aunque es justo moderarlos,
doy licencia, por lo menos
para estas fiestas, por ser
jugatoribus paternos.

DON PEDRO

Pues vamos; que quiero dar
dineros a tu maestro,
y a la madre para un manto.

FABIA

A todos cubra el del cielo.   660
Y vos, Leonor, ¿no seréis
como vuestra hermana presto?

13 *Mirlado.* "El hombre compuesto, y me-
surado con artificio, a semejanza de la mirla;
porque esta avecica cuando se baña y se pone
a enjugar al Sol, adereza sus plumas y se
compone con gran aseo." Covarrubias, *Tesoro.*

DOÑA LEONOR

Sí, madre, porque es muy justo
que tome tan santo ejemplo. *(Vanse.)*
*(Sale el rey don Juan con acompaña-
miento y el Condestable.)*

REY
(Al Condestable.)

No me traigáis al partir
negocios que despachar.

CONDESTABLE

Contienen sólo firmar;
no has de ocuparte en oír.

REY

Decid con mucha presteza.

CONDESTABLE

¿Han de entrar?

REY

Ahora no.   670

CONDESTABLE

Su Santidad concedió
lo que pidió Vuestra Alteza
por Alcántara, señor.

REY

Que mudase le pedí
el hábito porque ansí
pienso que estará mejor.

CONDESTABLE

Era aquel traje muy feo.

REY

Cruz verde pueden traer.
Mucho debo agradecer
al Pontífice el deseo   680
que de nuestro aumento muestra,
con que irán siempre adelante
estas cosas del Infante
en cuanto es de parte nuestra.

CONDESTABLE

Estas son dos provisiones,
y entrambos notables son.

REY

¿Qué contienen?

14

CONDESTABLE

La razón
de diferencia que pones
    entre los moros y hebreos
que en Castilla han de vivir.   690

REY

Quiero con esto cumplir,
Condestable, los deseos
    de fray Vicente Ferrer,
que lo ha deseado tanto.

CONDESTABLE

Es un hombre docto y santo

REY

Resolví con él ayer
    que en cualquiera reino mío
donde mezclados están,
a manera de gabán
traiga un tabardo el judío   700
    con una señal en él,
y un verde capuz el moro.
Tenga el cristiano el decoro
que es justo: apártese dél;
    que con esto tendrán miedo
los que su nobleza infaman.

CONDESTABLE

A don Alonso, que llaman
El Caballero de Olmedo,
    hace Vuestra Alteza aquí
merced de un hábito.

REY

                    Ese hombre 710
de notable fama y nombre.
En esta villa le vi
    cuando se casó mi hermana.

CONDESTABLE

Pues pienso que determina,
por servirte, ir a Medina
    a las fiestas de mañana.

REY

Decidle que fama emprenda
en el arte militar,
porque yo le pienso honrar
con la primera encomienda.   720
                (Vanse.)
        (Sale don Alonso.)

DON ALONSO

¡Ay, riguroso estado,
ausencia mi enemiga,
que dividiendo el alma,
puedes dejar la vida!
¡Cuán bien por tus efetos
te llaman muerte viva,
pues das vida al deseo,
y matas a la vista!
¡Oh, cuán piadosa fueras,
si al partir de Medina   730
la vida me quitaras
como el alma me quitas!
En ti, Medina, vive
aquella Inés divina,
que es honra de la corte
y gloria de la villa.
Sus alabanzas cantan
las aguas fugitivas,
las aves que la escuchan,
las flores que la imitan.   740
envidia de sí misma,
Es tan bella, que tiene
pudiendo estar segura
que el mismo sol la envidia.
pues no le ve más bella
por su dorada cinta,
ni cuando viene a España,
ni cuando va a las Indias.
Yo merecí quererla.
¡Dichosa mi osadía!,   750
que es merecer sus penas
calificar mis dichas.
Cuando pudiera verla,
adorarla y servirla,
la fuerza del secreto
de tanto bien me priva.
Cuando mi amor no fuera
de fe tan pura y limpia,
las perlas de sus ojos
mi muerte solicitan.   760
Llorando por mi ausencia
Inés quedó aquel día,
que sus lágrimas fueron
de sus palabras firma.
Bien sabe aquella noche
que pudiera ser mía.
Cobarde amor, ¿qué aguardas,
cuando respetos miras?
¡Ay, Dios, qué gran desdicha,
partir el alma y dividir la vida!   770
        (Sale Tello.)

TELLO

¿Merezco ser bien llegado?

DON ALONSO

No sé si diga que sí;
que me has tenido sin mí
con lo mucho que has tardado.

TELLO

Si por tu remedio ha sido,
¿en qué me puedes culpar?

DON ALONSO

¿Quién me puede remediar
si no es a quien yo le pido?
¿No me escribe Inés?

TELLO

                    Aquí
e traigo cartas de Inés.   780

DON ALONSO

Pues hablarásme depués
en lo que has hecho por mí.
Lee.) «Señor mío, después que os
partisteis no he vivido; que sois tan
cruel, que aun no me dejáis, vida
cuando os vais.»

TELLO

¿No lees más?

DON ALONSO

            No.

TELLO

                ¿Por qué?

DON ALONSO

Porque manjar tan süave
de una vez no se me acabe.
Hablemos de Inés.

TELLO

                Llegué
con media sotana y guantes;   790
que parecía de aquellos
que hacen en solos los cuellos
ostentación de estudiantes.
Encajé salutación,

verbosa filatería,[14]
dando a la bachillería
dos piensos de discreción;
y volviendo el rostro, vi
a Fabia...

DON ALONSO

            Espera, que leo
otro poco; que el deseo   800
me tiene fuera de mí.
(Lee.) «Todo lo que dejastes ordenado se hizo; sólo no se hizo que vi-
viese yo sin vos, porque no lo dejaste ordenado.»

TELLO

¿Es aquí contemplación?

DON ALONSO

Dime cómo hizo Fabia
lo que dice Inés.

TELLO

                Tan sabia
y con tanta discreción,
melindre[15] e hipocresía,
que le dieron que temer   810
algunos que suelo ver
cabizbajos todo el día.
De hoy más quedaré advertido
de lo que se ha de creer
de una hipócrita mujer
y un ermitaño fingido.
Pues si me vieras a mí
con el semblante mirlado,
dijeras que era traslado
de un reverendo alfaquí.[16]   820
Creyóme el viejo, aunque en él
se ve de un Catón retrato.

DON ALONSO

Espera; que ha mucho rato
que no he mirado el papel.

---

[14] *Verbosa filatería.* "De este término usa-
mos para dar a entender el tropel de palabras
que un hablador embaucador ensarta y enhila
para engañarnos y persuadirnos lo que quiere:
por semejanza de muchos hilos enredados unos
con otros." Covarrubias. *Tesoro.*

[15] *Melindre.* "Comida delicada y tenida
por golosina. De allí vino a significar este
nombre el regalo con que suelen hablar algunas
damas, a las cuales por esta razón llaman me-
lindrosas." Covarrubias. *Tesoro.*

[16] *Alfaquí.* Del árabe. Jurista letrado o
sabio, Eguilaz, *Glosario.*

(Lee.) «Daos prisa a venir, para que
sepáis cómo quedo cuando os partís, y cómo estoy cuando volvéis.»

TELLO

¿Hay otra estación aquí?

DON ALONSO

En fin, tú hallaste lugar
para entrar y para hablar.   830

TELLO

Estudiaba Inés en ti;
    que eras el latín, señor,
y la lición que aprendía.

DON ALONSO

Leonor, ¿qué hacía?

TELLO

                    Tenía
envidia de tanto amor,
    porque se daba a entender
que de ser amado eres
digno; que muchas mujeres
quieren porque ven querer.
    Que en siendo un hombre querido
                                840
de alguna con grande afeto,
piensan que hay algún secreto
en aquel hombre escondido.
    Y engáñanse, porque son
correspondencia de estrellas.

DON ALONSO

Perdonadme, manos bellas,
que leo el postrer renglón.
(Lee.) «Dicen que viene el Rey a Medina, y dicen verdad, pues habéis
de venir vos, que sois rey mío.» 850
Acabóseme el papel.

TELLO

Todo en el mundo se acaba.

DON ALONSO

Poco dura el bien.

TELLO

                    En fin,
le has leído por jornadas.

DON ALONSO

Espera, que aquí a la margen
vienen dos o tres palabras.
(Lee.) «Poneos esa banda al cuell
¡Ay, si yo fuera la banda!»

TELLO

¡Bien dicho, por Dios, y entrar
con doña Inés en la plaza!   86

DON ALONSO

¿Dónde está la banda, Tello?

TELLO

A mí no me han dado nada.

DON ALONSO

¿Cómo no?

TELLO

            Pues ¿qué me has dad

DON ALONSO

Ya te entiendo: luego saca
a tu elección un vestido.

TELLO

Esta es la banda.

DON ALONSO

                    Extremada.

TELLO

Tales manos la bordaron.

DON ALONSO

Demos orden que me parta.
Pero ¡ay, Tello!

TELLO

                ¿Qué tenemos?

DON ALONSO

De decirte me olvidaba   87
unos sueños que he tenido.

TELLO

¿Agora en sueños reparas?

DON ALONSO

No los creo, claro está;
pero dan pena.

TELLO

Eso basta.

DON ALONSO

No falta quien llama a algunos
revelaciones del alma.

TELLO

¿Qué te puede suceder
en una cosa tan llana
como quererte casar?

DON ALONSO

Hoy, Tello, al salir el alba,   880
con la inquietud de la noche,
me levanté de la cama,
abrí la ventana aprisa,
y mirando flores y aguas
que adornan nuestro jardín,
sobre una verde retama
veo ponerse un jilguero,
cuyas esmaltadas alas
con lo amarillo añadían
flores a las verdes ramas,   890
Y estando al aire trinando
de la pequeña garganta
con naturales pasajes
las quejas enamoradas,
sale un azor de un almendro,
adonde escondido estaba,
y como eran en los dos
tan desiguales las armas,
tiñó de sangre las flores,
plumas al aire derrama.   900
Al triste chillido, Tello,

débiles ecos del aura
respondieron, y, no lejos,
lamentando su desgracia,
su esposa, que en un jazmín
la tragedia viendo estaba.
Yo, midiendo con los sueños
estos avisos del alma,
apenas puedo alentarme;
que con saber que son falsas   910
todas estas cosas, tengo
tan perdida la esperanza,
que no me aliento a vivir.

TELLO

Mal a doña Inés le pagas
aquella heroica firmeza
con que atrevida contrasta
los golpes de la fortuna.
Ven a Medina, y no hagas
caso de sueños ni agüeros,
cosas a la fe contrarias.   920
Lleva el ánimo que sueles,
caballos, lanzas y galas,
mata de envidia los hombres,
mata de amores las damas.
Doña Inés ha de ser tuya
a pesar de cuantos tratan
dividiros a los dos.

DON ALONSO

Bien dices, Inés me aguarda;
vamos a Medina alegres.
Las penas anticipadas   930
dicen que matan dos veces.
y a mí sola Inés me mata,
no como pena, que es gloria.

TELLO

Tú me verás en la plaza
hincar de rodillas toros
delante de sus ventanas.

ACTO TERCERO

Suenan atabales y entran con lacayos y rejones DON RODRIGO *y* DON FERNANDO.

DON RODRIGO

Poca dicha

DON FERNANDO

    Malas suertes.

DON RODRIGO

¡Qué pesar!

DON FERNANDO

    ¿Qué se ha de hacer?

DON RODRIGO

Brazo, ya no puede ser
que en servir a Inés aciertes.

DON FERNANDO

Corrido estoy.

DON RODRIGO

    Yo, turbado.

DON FERNANDO

Volvamos a porfiar.

DON RODRIGO

Es imposible acertar
un hombre tan desdichado.
  Para el de Olmedo, en efeto,
guardó suertes la fortuna.   10

DON FERNANDO

No ha errado el hombre ninguna...

DON RODRIGO

Que la ha de errar os prometo.

DON FERNANDO

Un hombre favorecido,
Rodrigo, todo lo acierta.

DON RODRIGO

Abrióle el amor la puerta,
y a mí, Fernando, el olvido.
  Fuera desto, un forastero
luego se lleva los ojos.

DON FERNANDO

Vos tenéis justos enojos.
El es galán caballero,   20
  mas no para escurecer
los hombres que hay en Medina.

DON RODRIGO

La patria me desatina;
mucho parece mujer
  en que lo propio desprecia,
y de lo ajeno se agrada.

DON FERNANDO

De ser ingrata culpada
son ejemplos Roma y Grecia.
(Dentro ruido de pretales y voces.)
(Gente dentro.)

UNO
(Dentro.)

¡Brava suerte!

HOMBRE 2º
(Dentro.)

    ¡Con qué gala
quebró el rejón!

DON FERNANDO

    ¿Qué aguardamos?
        30
Tomemos caballos.

DON RODRIGO

Vamos.

UNO
(Dentro.)

Nadie en el mundo le iguala.

DON FERNANDO

¿Oyes esa voz?

DON RODRIGO

No puedo
sufrirlo.

DON FERNANDO

Aun no lo encareces.

HOMBRE 2º
(Dentro.)

¡Vítor setecientas veces!
el Caballero de Olmedo!

DON RODRIGO

¿Qué suerte quieres que aguarde,
Fernando, con estas voces?

DON FERNANDO

Es vulgo, ¿no le conoces?

UNO
(Dentro.)

Dios te guarde, Dios te guarde. 40

DON RODRIGO

¿Qué más dijeran al Rey?
Mas bien hacen: digan, rueguen
que hasta el fin sus dichas lleguen.

DON FERNANDO

Fue siempre bárbara ley
seguir aplauso vulgar
las novedades.

DON RODRIGO

El viene
a mudar caballo.

DON FERNANDO

Hoy tiene
a fortuna en su lugar.

(Sale Tello con rejón y librea, y don
Alonso.)

TELLO

¡Valientes suertes, por Dios!

DON ALONSO

Dame, Tello, el alazán.   50

TELLO

Todos el lauro nos dan.

DON ALONSO

¿A los dos, Tello?

TELLO

A los dos;
que tú a caballo, y yo a pie,
nos habemos igualado.

DON ALONSO

¡Qué bravo, Tello, has andado!

TELLO

Seis toros desjarreté,[17]
como si sus piernas fueran
rábanos de mi lugar.

DON FERNANDO

Volvamos. Rodrigo, a entrar,
que por dicha nos esperan,   60
aunque os parece que no.

DON RODRIGO

A vos, don Fernando, sí;
a mí no, si no es que a mí
me esperan para que yo
haga suertes que me afrenten,
o que algún toro me mate,
o me arrastre o me maltrate
donde con risa lo cuenten.

TELLO
(A su amo.)

Aquellos te están mirando.

DON ALONSO

Ya los he visto envidiosos   70

---

[17] *Desjarretar.* Matar los toros cortándoles
las piernas por el jarrete, o por la corva, con
un instrumento llamado desjarretadera. *Diccionario de Autoridades.*

de mis dichas, y aun celosos
de mirarme a Inés mirando.
(Vanse los dos.)

TELLO

¡Bravos favores te ha hecho
con la risa!, que la risa
es lengua muda que avisa
de lo que pasa en el pecho.
No pasabas vez ninguna,
que arrojar no se quería
del balcón.

DON ALONSO

　　　¡Ay, Inés mía!
¡Si quisiese la fortuna   80
que a mis padres les llevase
tal prenda de sucesión!

TELLO

Sí harás, como la ocasión
deste don Rodrigo pase;
　porque satisfecho estoy
de que Inés por ti se abrasa.

DON ALONSO

Fabia se ha quedado en casa:
mientras una vuelta doy
　a la plaza, ve corriendo,
y di que esté prevenida   90
Inés, porque en mi partida
la pueda hablar; advirtiendo
　Que si esta noche no fuese
a Olmedo, me han de contar
mis padres por muerto, y dar
ocasión, si nos los viese,
　a esta pena, no es razón;
tengan buen sueño, que es justo.

TELLO

Bien dices: duerman con gusto,
pues es forzosa ocasión   100
　de temer y de esperar.

DON ALONSO

Yo entro.

TELLO

　　　Guárdete el cielo
(Vase don Alonso.)
Pues puedo hablar sin recelo
a Fabia, quiero llegar.

Traigo cierto pensamiento
para coger la cadena
a esta vieja, aunque con pena
de su astuto entendimiento.
No supo Circe, Medea,
ni Hecate, lo que ella sabe;   110
tendrá en el alma una llave
que de treinta vueltas sea.
Mas no hay maestra mejor
que decirle que la quiero,
que es el remedio primero
para una mujer mayor;
　que con dos razones tiernas
de amores y voluntad,
presumen de mocedad,
y piensan que son eternas. (Vase.)
                                 120

TELLO

Acabóse. Llego, llamo.
Fabia... Pero soy un necio;
que sabrá que el oro precio,
y que los años desamo,
el de las patas de gallo.[18]
(Sale Fabia de casa de don Pedro.)

FABIA

¡Jesús, Tello! ¿Aquí te hallo?
¡Qué buen modo de servir
　a don Alonso! ¿Qué es esto?
¿Qué ha sucedido?

TELLO

　　　　　No alteres   130
lo venerable, pues eres
causa de venir tan presto;
　que por verte anticipé
de don Alonso un recado.

FABIA

¿Cómo ha andado?

TELLO

　　　　Bien ha andado,
porque yo le acompañé.

FABIA

¡Extremado fanfarrón!

TELLO

Pregúntalo al Rey, verás
cuál de los dos hizo más;

---
[18] En este caso el demonio.

que se echaba del balcón_   140
cada vez que yo pasaba.

FABIA

¡Bravo favor!

TELLO

Más quisiera
los tuyos.

FABIA

¡Oh quién te viera?

TELLO

Esa hermosura bastaba
para que yo fuera Orlando.
¿Toros de Medina a mí?
¡Vive el cielo!, que les di
reveses, desjarretando,
de tal aire, de tal casta,
en medio del regocijo,   150
que hubo toro que me dijo:
«Basta, señor Tello, basta.»
«No basta», le dije yo,
y eché de un tajo volado
una pierna en un tejado.

FABIA

Y ¿cuántas tejas quebró?

TELLO

Eso al dueño, que no mí.
Dile, Fabia, a tu señora,
que ese mozo que la adora
vendrá a despedirse aquí;   160
que es fuerza volverse a casa,
porque no piensen que es muerto
sus padres. Esto te advierto.
Y porque la fiesta pasa
sin mí, y el Rey me ha de echar
menos (que en efeto soy
su toricida), me voy
a dar materia al lugar
de vítores y de aplauso,
si me das algún favor.   170

FABIA

¿Yo favor?

TELLO

Paga mi amor.

FABIA

¿Que yo tus hazañas causo?

Basta, que no lo sabía.
¿Qué te agrada más?

TELLO

Tus ojos

FABIA

Pues daréte mis antojos.

TELLO

Por caballo, Fabia mía,
quedo confirmado ya.

FABIA

Propio favor de lacayo.

TELLO

Más castaño soy que bayo.

FABIA

Mira cómo andas allá,   180
que esto de *no nos inducas*
suelen causar los refrescos,[19]
no te quite los greguescos
algún mozo de San Lucas;
que será notable risa,
Tello, que donde lo vea
todo el mundo, un toro sea
sumiller de tu camisa.

TELLO

Lo atacado y el cuidado
volverán por mi decoro.   190

FABIA

Para un desgarro de un toro,
¿qué importa estar atacado?

TELLO

Que no tengo a toros miedo.

FABIA

Los de Medina hacen riza,[20]
porque tienen ojeriza
con los lacayos de Olmedo.

TELLO

Como ésos ha derribado,
Fabia, este brazo español.

---

[19] *Refrescos.* Volver de nuevo a la acción
que se había ejecutado. *Diccionario de Autoridades.*
[20] *Riza.* El destrozo y estrago que se hace
en alguna cosa. *Diccionario de Autoridades.*

FABIA

Mas ¿qué te ha de dar el sol
adonde nunca te ha dado? (Vanse.)
                                    200
(Ruido de plaza y gritos dentro.)

UNO
(Dentro.)

Cayó don Rodrigo.

DON ALONSO
(Dentro.)

¡Afuera!

HOMBRE 2º
(Dentro.)

¡Qué gallardo, qué animoso
don Alonso le socorre!

UNO
(Dentro.)

Ya se apea don Alonso.

HOMBRE 2º
(Dentro.)

¡Qué valientes cuchilladas!

UNO
(Dentro.)

Hizo pedazos el toro.
(Salen los dos; y don Alonso tenién-
dole.)

DON ALONSO

Aquí tengo yo caballo;
que los nuestros van furiosos
discurriendo por la plaza.
Animo.

DON RODRIGO

Con vos le cobro.   210
La caída ha sido grande.

DON ALONSO

Pues no será bien que al coso
volváis; aquí habrá criados
que os sirvan, porque yo torno
a la plaza. Perdonadme,
porque cobrar es forzoso
el caballo que dejé.
(Vase y sale don Fernando.)

DON FERNANDO

¿Qué es esto? ¡Rodrigo, y solo!
¿Cómo estáis?

DON RODRIGO

Mala caída,
mal suceso, malo todo;   220
pero más deber la vida
a quien me tiene celoso
y a quien la muerte deseo.

DON RODRIGO

¡Que sucediese a los ojos
del Rey, y que viese Inés
que aquel su galán dichoso
hiciese el toro pedazos
por libraros!

DON RODRIGO

Estoy loco.
No hay hombre tan desdichado,
Fernando, de polo a polo,   230
¡Qué de afrentas, qué de penas,
qué de agravios, qué de enojos,
qué de injurias, qué de celos,
qué de agüeros, qué de asombros!
Alcé los ojos a ver
a Inés, por ver si piadoso
mostraba el semblante entonces,
que aunque ingrato, necio adoro;
y veo que no pudiera
mirar Nerón riguroso   240
desde la torre Tarpeya
de Roma el incendio, como
desde el balcón me miraba;
y que luego, en vergonzoso
clavel de púrpura fina
bañado el jazmín del rostro,
a don Alonso miraba,
y que por los labios rojos
pagaba en perlas el gusto
de ver que a sus pies me postro, 250
de la fortuna arrojado
y de la suya envidioso.
Mas ¡vive Dios, que la risa,
primero que la de Apolo
alegre el Oriente y bañe
el aire de átomos de oro.
se le ha de trocar en llanto,
si hallo al hidalguillo loco
entre Medina y Olmedo!

DON FERNANDO

El sabrá ponerse en cobro.   260

DON RODRIGO

Mal conocéis a los celos,

DON FERNANDO

¿Quién sabe que no son monstruos?
Mas lo que ha de importar mucho
no se ha de pensar tan poco. *(Vanse.)*
*(Salen el Rey, el Condestable y
criados.)*

REY

Tarde acabaron las fiestas;
pero ellas han sido tales,
que no las he visto iguales.

CONDESTABLE

Dije a Medina que aprestas
    para mañana partir;
mas tiene tanto deseo   270
de que veas el torneo
con que te quiere servir,
    que me ha pedido, señor,
que dos días se detenga
Vuestra Alteza.

REY

                Cuando venga,
pienso que será mejor.

CONDESTABLE

    Haga este gusto a Medina
Vuestra Álteza.

REY

                Por vos sea,
aunque el Infante desea,
con tanta prisa camina,   280
    estas vistas de Toledo
para el día concertado.

CONDESTABLE

Galán y bizarro ha estado
el Caballero de Olmedo.

REY

¡Buenas suertes, Condestable!

CONDESTABLE

No sé en él cuál es mayor,
la aventura o el valor,
aunque es el valor notable.

REY

Cualquiera cosa hace bien.

CONDESTABLE

Con razón le favorece
Vuestra Alteza.

REY

                El lo merece   290
y que vos le honréis también. *(Vanse.)*
(Salen don Alonso y Tello, de noche.)

TELLO

    Mucho habemos esperado,
ya no puedes caminar.

DON ALONSO

Deseo, Tello, excusar
a mis padres el cuidado:
    a cualquier hora es forzoso
partirme.

TELLO

                Si hablas a Inés,
¿qué importa, señor, que estés
de tus padres cuidadoso?
    Porque os ha de hallar el día 300
en esas rejas.

DON ALONSO

                No hará;
que el alma me avisará
como si no fuera mía.

TELLO

    Parece que hablan en ellas,
y que es en la voz Leonor.

DON ALONSO

Y lo dice el resplandor
que da el sol a las estrellas.
        (Doña Leonor, en la reja.)

DOÑA LEONOR

    ¿Es don Alonso?

DON ALONSO

                Yo soy.

DON ALONSO

Luego mi hermana saldrá,

porque con mi padre está   310
hablando de las fiestas de hoy.
Tello puede entrar; que quiere
daros un regalo Inés. (*Quítase de la
reja.*)

DON ALONSO

Entra, Tello.

TELLO

Si después
cerraren y no saliere,
bien puedes partir sin mí.
(*Abrese la puerta de casa de don Pedro, entra Tello, y vuelve Doña Leonor a la reja.*)

DON ALONSO

¿Cuándo, Leonor, podré entrar
con tal libertad aquí?

DOÑA LEONOR

Pienso que ha de ser muy presto,
                                320
porque mi padre de suerte
te encarece, que a quererte
tiene el corazón dispuesto.
    Y porque se case Inés,
en sabiendo vuestro amor,
sabrá escoger lo mejor,
como estimarlo después.
    (*Sale doña Inés a la reja.*)

DOÑA INÉS

¿Con quién hablas?

DOÑA LEONOR

Con Rodrigo.

DOÑA INÉS

Mientes, que mi dueño es.

DON ALONSO

Que soy esclavo de Inés,   330
al cielo doy por testigo.

DOÑA INÉS

No sois sino mi señor.

DOÑA LEONOR

Ahora bien, quiéroos dejar;
que es necedad estorbar
sin celos quien tiene amor. (*Vase.*)

DOÑA INÉS

¿Cómo estáis?

DON ALONSO

Como sin vida.
Por vivir os vengo a ver.

DOÑA INÉS

Bien había menester
la pena desta partida
para templar el contento   340
que hoy he tenido de veros,
ejemplo de caballeros,
y de las damas tormento.
    De todas estoy celosa;
que os alabasen quería,
y después me arrepentía,
de perderos temerosa.
    ¡Qué de varios pareceres!
¡Qué de títulos y nombres
os dio la envidia en los hombres, 350
y el valor en las mujeres!
    Mi padre os ha codiciado
por yerno para Leonor,
y agradecióle mi amor,
aunque celosa, el cuidado;
    que habéis de ser para mí
y así se lo dije yo,
aunque con la lengua no,
pero con el alma sí.
    Mas ¡ay! ¿Cómo estoy contenta
                                360
si os partís?

DON ALONSO

Mis padres son
la causa.

DOÑA INÉS

Tenéis razón;
mas dejadme que lo sienta.

DON ALONSO

Yo lo siento, y voy a Olmedo,
dejando el alma en Medina,
No sé cómo parto y quedo:
amor la ausencia imagina,
los celos, señora, el miedo.
    Así parto muerto y vivo,
que vida y muerte recibo.   370
Mas ¿qué te puedo decir,
cuando estoy para partir,
puesto ya el pie en el estribo?

Ando, señora, estos días,
entre tantas asperezas
de imaginaciones mías,
consolado en mis tristezas
y triste en mis alegrías.

Tengo, pensando perderte,
imaginación tan fuerte,   380
y así en ella vengo y voy,
que me parece que estoy
con las ansias de la muerte.

La envidia de mis contrarios
temo tanto, que aunque puedo
poner medios necesarios,
estoy entre amor y miedo
haciendo discursos varios.

Ya para siempre me privo,
de verte, y de suerte vivo,   390
que mi muerte presumiendo,
parece que estoy diciendo:
«*Señora, aquesta te escribo.*»

Tener de tu esposo el nombre
amor y favor ha sido;
pero es justo que me asombre,
que amado y favorecido
tenga tal tristeza un hombre.

Parto a morir, y te escribo
mi muerte, si ausencia vivo,   400
porque tengo, Inés, por cierto
que si vuelvo será muerto,
pues partir no puedo vivo.

Bien sé que tristeza es;
pero puede tanto en mí,
que me dice, hermosa Inés:
«Si partes muerto de aquí,
¿cómo volverás después?»

Yo parto, y parto a la muerte,
aunque morir no es perderte;   410
que si el alma no se parte,
¿cómo es posible dejarte,
cuanto más volver a verte?

DOÑA INÉS

Pena me has dado y temor
con tus miedos y recelos;
si tus tristezas son celos,
ingrato ha sido tu amor.

Bien entiendo tus razones;
pero tú no has entendido
mi amor.

DON ALONSO

Ni tú, que han sido   420
estas imaginaciones
sólo un ejercicio triste
del alma, que me atormenta,

no celos; que fuera afrenta
del nombre, Inés, que me diste.

De sueños y fantasías,
si bien falsas ilusiones,
han nacido estas razones,
que no de sospechas mías.

DOÑA INÉS

Leonor vuelve. (*Leonor sale a la
reja.*)
¿Hay algo?

DOÑA LEONOR

Sí.   430

DON ALONSO

¿Es partirme?

DOÑA LEONOR
(*A doña Inés.*)

Claro está.
Mi padre se acuesta ya,
y me preguntó por ti.

DOÑA INÉS

Vete, Alonso, vete. Adiós.
No te quejes, fuerza es.

DON ALONSO

¿Cuándo querrá Dios, Inés,
que estemos juntos los dos?

Aquí se acabó mi vida,
que es lo mismo que partirme.
Tello no sale, o no puede   440
acabar de despedirse.
Voyme: que él me alcanzará.
(*Retírase doña Inés.*)
(*Al entrar don Alonso, una sombra
con una máscara negra y sombrero,
y puesta la mano en el puño de la espada, se le pone delante.*)

DON ALONSO

¿Qué es esto? ¿Quién va? De oírme
no hace caso. ¿Quién es? Hable.
¡Que un hombre me atemorice
no habiendo temido a tantos!
¿Es don Rodrigo? ¿No dice
quién es?

LA SOMBRA

Don Alonso.

DON ALONSO
¿Cómo?

LA SOMBRA
Don Alonso.

DON ALONSO
No es posible.
Mas otro será, que yo   450
soy don Arturo Manrique.
Si es invención, meta mano.
Volvió la espalda. (*Vase la Sombra.*)
Seguirle,
desatino me parece.
¡Oh imaginación terrible!
Mi sombra debió de ser,
mas no; que en forma visible
dijo que era don Alonso.
Todas son cosas que finge
la fuerza de la tristeza,   460
la imaginación de un triste.
¿Qué me quieres, pensamiento,
que con mi sombra me afliges?
Mira que temer sin causa
es de sujetos humildes.
O embustes de Fabia son,
que pretenden persuadirme
porque no me vaya a Olmedo,
sabiendo que es imposible.
Siempre dice que me guarde,   470
y siempre que no camine
de noche, sin más razón
de que la envidia me sigue.
Pero ya no puede ser
que don Rodrigo me envidie,
pues hoy la vida me debe;
que esta deuda no permite
que un caballero tan noble
en ningún tiempo la olvide.
Antes pienso que ha de ser   480
para que amistad confirme
desde hoy conmigo en Medina;
que la ingratitud no vive
en buena sangre, que siempre
entre villanos reside.
En fin, es la quinta esencia
de cuantas acciones viles
tiene la bajeza humana,
pagar mal quien bien recibe. (*Vase.*)
(*Salen don Rodrigo, don Fernando,
Mendo y Laín.*)

DON RODRIGO
Hoy tendrán fin mis celos y su vida.
490

DON FERNANDO
Finalmente, ¿venís determinado?

DON RODRIGO
No habrá consejo que su muerte
[impida,
después que la palabra me han que-
[brado.
Ya se entendió la devoción fingida,
ya supe que era Tello, su criado,
quien la enseñaba aquel latín que ha
[sido
en cartas de romance traducido.
¡Qué honrada dueña recibió en su
[casa
don Pedro en Fabia! ¡Oh mísera don-
[cella!
Dilculpo tu inocencia, si te abrasa
500
fuego infernal de los hechizos della.
No sabe, aunque es discreta, lo que
[pasa,
y así el honor de entrambos atropella.
¡Cuántas casas de nobles caballeros
han infamado hechizos y terceros!
Fabia, que puede trasponer un
[monte;
Fabia, que puede detener un río,
y en los negros ministros de Aque-
[ronte
tiene, como en vasallos, señorío;
Fabia, que deste mar, deste horizon-
[te,   510
al abrasado clima, al Norte frío
puede llevar a un hombre por el aire,
le da liciones: ¿hay mayor donaire?

DON FERNANDO
Por la misma razón yo no tratara
de más venganza.

DON RODRIGO
¡Vive Dios, Fernando,
que fuera de los dos bajeza clara!

DON FERNANDO
No la hay mayor que despreciar
[amando.

DON RODRIGO
Si vos podéis, yo no.

MENDO

Señor, repara
en que vienen los ecos avisando
de que a caballo alguna gente viene.
                                    520

DON RODRIGO

Si viene acompañado, miedo tiene.

DON FERNANDO

No lo creas, que es mozo temera-
                                [rio.

DON RODRIGO

Todo hombre con silencio esté es-
                            [condido,
Tú, Mendo, el arcabuz, si es necesa-
                                [rio,
tendrás detrás de un árbol prevenido.

DON FERNANDO

¡Qué inconstante es el bien, qué loco
                            [y vario!
Hoy a vista de un Rey salió lucido,
admirado de todos a la plaza,
y ¡ya tan fiera muerte le amenaza!
(Escóndense y sale don Alonso.)

DON ALONSO

Lo que jamás he tenido,   530
que es algún recelo o miedo,
llevo caminando a Olmedo.
Pero tristezas han sido.
Del agua el manso rüido
y el ligero movimiento
destas ramas con el viento,
mi tristeza aumentan más.
Yo camino, y vuelve trás
mi confuso pensamiento.
    De mis padres el amor   540
y la obediencia me lleva,
aunque ésta es pequeña prueba
del alma de mi valor.
Conozco que fue rigor
el dejar tan presto a Inés...
¡Qué escuridad! Todo es
horror, hasta que el aurora
en las alfombras de Flora
ponga los dorados pies.
    Allí cantan. ¿Quién será?   550
Mas será algún labrador
que camina a su labor.
Lejos parece que está:
pero acercándose va,

y no es rústico el acento.
Pues ¡cómo! ¡Lleva· instrumento;
sino sonoro y süave!
¡Qué mal la música sabe,
si está triste el pensamiento!
(Cantan desde lejos en el vestuario
y vase acercando la voz como que
camina.)
    Que de noche le mataron   560
al caballero,
la gala de Medina,
la flor de Olmedo.

DON ALONSO

    ¡Cielos! ¿Qué estoy escuchando?
Si es que avisos vuestros son,
ya que estoy en la ocasión,
¿de qué me estáis informando?
    Volver atrás, ¿cómo puedo?
Invención de Fabia es,
que quiere, a ruego de Inés,   570
hacer que no vayas a Olmedo.

LA VOZ
(Dentro.)

    Sombras le avisaron
que no saliese,
y le aconsejaron
que no se fuese
el caballero,
la gala de Medina,
la flor de Olmedo.
    (Sale un Labrador.)

DON ALONSO

    ¡Hola, buen hombre, el que canta!

LABRADOR

¿Quién me llama?

DON ALONSO

            Un hombre soy 580
que va perdido.

LABRADOR

            Ya voy.
Veisme aquí.

DON ALONSO

            Todo me espanta. (Aparte.)
¿Dónde vas?

LABRADOR

A mi labor.

DON ALONSO

¿Quién esa canción te ha dado,
que tristemente has cantado?

LABRADOR

Allá en Medina, señor.

DON ALONSO

A mí me suelen llamar
el Caballero de Olmedo,
y yo estoy vivo.

LABRADOR

No puedo
deciros deste cantar   590
más historia ni ocasión,
de que a una Fabia la oí.
Si os importa, ya cumplí
con deciros la canción.
Volved atrás; no paséis
deste arroyo.

DON ALONSO

En mi nobleza,
fuera ese temor bajeza.

LABRADOR

Muy necio valor tenéis.
Volved, volved a Medina.

DON ALONSO

Ven tú conmigo.

LABRADOR

No puedo. (Vase.)
600

DON ALONSO

¡Qué de sombras finge el miedo!
¡Qué de engaños imagina!
Oye, escucha. ¿Dónde fue,
que apenas sus pasos siento?
¡Ah labrador! Oye, aguarda.
«Aguarda», responde el eco.
¡Muerto yo! Pero es canción
que por algún hombre hicieron
de Olmedo, y los de Medina
en este camino han muerto.   610

A la mitad dél estoy:
¿qué han de decir si me vuelvo?
Gente viene... No me pesa;
si allá van, iré con ellos.
(Salen don Rodrigo, don Fernando
y su gente.)

DON RODRIGO

¿Quién va?

DON ALONSO

Un hombre. ¿No me ven?

DON FERNANDO

Deténgase.

DON ALONSO

Caballeros,
si acaso necesidad
los fuerza a pasos como éstos,
desde aquí a mi casa hay poco:
no habré menester dineros   620
que de día y en la calle
se los doy a cuantos veo
que me hacen honra en pedirlos.

DON RODRIGO

Quítese las armas luego.

DON ALONSO

¿Para qué?

DON RODRIGO

Para rendillas.

DON ALONSO

¿Sabes quién soy?

DON FERNANDO

El de Olmedo,
el matador de los toros,
que viene arrogante y necio
a enfrentar los de Medina,
el que deshonra a don Pedro   630
con alcahuetes infames.

DON ALONSO

Si fuerades a lo menos
nobles vosotros, allá,
pues tuvistis tanto tiempo,
me hablárades, y no agora,
que solo a mi casa vuelvo.

Allá en las rejas adonde
dejaste la capa huyendo,
uera bien, y no en cuadrilla
media noche, soberbios.   640
Pero confieso, villanos,
que la estimación os debo,
que aun siendo tantos, sois pocos
Riñen.)

DON RODRIGO

Yo vengo a matar, no vengo
desafíos; que entonces
e matará cuerpo a cuerpo.
A Mendo.) Tírale. *(Disparan dentro.)*

DON ALONSO

Traidores sois;
ero sin armas de fuego
o pudiérades matarme.
Jesús! *(Cae.)*

DON FERNANDO

¡Bien lo has hecho, Mendo!
650
*Vanse don Rodrigo, don Fernando y
su gente.)*

DON ALONSO

Qué poco crédito di
los avisos del cielo!
alor propio me ha engañado,
muerto envidias y celos.
Ay de mí! ¿Qué haré en un campo
an solo?
(Sale Tello.)

TELLO

Pena me dieron
stos hombres que a caballo
un hacia Medina huyendo.
a don Alonso habían visto
regunté; no respondieron.   660
Mala señal! Voy temblando.

DON ALONSO

Dios mío, piedad! ¡Yo muero!
os sabéis que fue mi amor
rigido a casamiento.
Ay, Inés!

TELLO

De lastimosas
uejas siento tristes ecos.
acia aquella parte suenan.

No está el camino lejos
quien las da. No me ha quedado
sangre. Pienso que el sombrero 670
puede tenerse en el aire
solo en cualquiera cabello.
¡Ah, hidalgo!

DON ALONSO

¿Quién es?

TELLO

¡Ay Dios!
¿Por qué dudo lo que veo?
Es mi señor. ¡Don Alonso!

DON ALONSO

Seas bien venido, Tello.

TELLO

¿Cómo, señor, si he tardado?
¿Cómo, si a mirarte llego
hecho un fiera de sangre,
¡Traidores, villanos, perros;   680
volved, volved a matarme,
pues habéis, infames, muerto
el más noble, el más valiente,
el más noble caballero
que ciñó espada en Castilla!

DON ALONSO

Tello, Tello, ya no es tiempo
más que de tratar del alma.
Ponme en tu caballo presto
y llévame a ver mis padres.

TELLO

¡Qué buenas nuevas les llevo   690
de las fiestas de Medina!
¿Qué dirá aquel noble viejo?
¿Qué hará tu madre y tu patria?
¡Venganza, piadosos cielos!
(Llévase a don Alonso.)
*(Salen don Pedro, doña Inés, doña
Leonor y Fabia.)*

DOÑA INÉS

¿Tantas mercedes ha hecho?

DON PEDRO

Hoy mostró con su Real
mano, heroica y liberal,
la grandeza de su pecho.

Medina está agradecida,
y por la que he recibido,   700
a besarla os he traído.

DOÑA LEONOR

¿Previene ya su partida?

DON PEDRO

Sí, Leonor, por el Infante,
que aguarda al Rey en Toledo.
En fin, obligado quedo;
que por merced semejante
más por vosotras lo estoy.
pues ha de ser vuestro aumento.

DOÑA LEONOR

Con razón estás contento.

DON PEDRO

Alcalde de Burgos soy.   710
Besad la mano a Su Alteza.

DOÑA INÉS
(Aparte a Fabia.)

¡Ha de haber ausencia, Fabia!

FABIA

Mas la fortuna te agravia.

DOÑA INÉS

No en vano tanta tristeza
he tenido desde ayer.

FABIA

Yo pienso que mayor daño
te espera, si no me engaño,
como suele suceder;
que en las cosas por venir
no puede haber cierta ciencia.   720

DOÑA INÉS

¿Qué mayor mal que la ausencia,
pues es mayor que morir?

DON PEDRO

Ya, Inés, ¿qué mayores bienes
pudiera yo desear,
si tú quisieras dejar
el propósito que tienes?
No porque yo te hago fuerza:
pero quisiera casarte.

DOÑA INÉS

Pues tu obediencia no es parte
que mi propósito tuerza.   730
Me admiro de que no entiendas
la ocasión.

DON PEDRO

Yo no la sé.

DOÑA LEONOR

Pues yo por ti la diré,
Inés, como no te ofendas.
No la casas a su gusto.
¡Mira qué presto!

DON PEDRO
(A Inés.)

Mi amor
se queja de tu rigor,
porque a saber tu disgusto,
no lo hubiera imaginado.

DOÑA LEONOR

Tiene inclinación Inés   730
a un caballero, después
que el Rey de una cruz le ha hon-
[rado;
que esto es deseo de honor,
y no poca honestidad.

DON PEDRO

Pues si él tiene calidad
y tú le tienes amor,
¿quién ha de haber que replique?
Cásate en buen hora, Inés.
Pero ¿no sabré quién es?

DOÑA LEONOR

Es don Alonso Manrique.   750

DON PEDRO

Albricias hubiera dado.
¿El de Olmedo?

DOÑA LEONOR

Sí, señor.

DON PEDRO

Es hombre de gran valor,
y desde agora me agrado
de tan discreta elección;
que si el hábito rehusaba,

era porque imaginaba
diferente vocación.
Habla, Inés, no estés ansí.

DOÑA INÉS

Señor, Leonor se adelanta;   760
que la inclinación no es tanta
como ella te ha dicho aquí.

DON PEDRO

Yo no quiero examinarte,
sino estar con mucho gusto
de pensamiento tan justo
y de que quieras casarte.
Desde agora es tu marido;
que me tendré por honrado
de un yerno tan estimado,
tan rico y tan bien nacido.   770

DOÑA INÉS

Beso mil veces tus pies.
Loca de contento estoy,
Fabia.

FABIA

El parabién te doy,
si no es pésame después. (Aparte.)

DOÑA LEONOR

El Rey.
(Salen el Rey, el Condestable y gente.
Don Rodrigo y don Fernando.)

DON PEDRO
(A sus hijas.)

Llegad a besar
su mano.

DOÑA INÉS

¡Qué alegre llego!

DON PEDRO

Dé Vuestra Alteza los pies,
por la merced que me ha hecho
del alcaldía de Burgos,
a mí y a mis hijas.

REY

Tengo   780
bastante satisfacción
y de que me habéis servido.
de vuestro valor, don Pedro,

DON PEDRO

Por lo menos lo deseo.

REY

¿Sois casadas?

DOÑA INÉS

No, señor.

REY

¿Vuestro nombre?

DOÑA INÉS

Inés.

REY

¿Y el vuestro?

DOÑA LEONOR

Leonor.

CONDESTABLE

Don Pedro merece
tener dos gallardos yernos,
que están presentes, señor,   790
y que yo os pido por ellos
los caséis de vuestra mano.

REY

¿Quién son?

DON RODRIGO

Yo, señor, pretendo,
con vuestra licencia, a Inés.

DON FERNANDO

Y yo a su hermana le ofrezco
la mano y la voluntad.

REY

En gallardos caballeros
emplearéis vuestras dos hijas,
don Pedro.

DON PEDRO

Señor, no puedo
dar a Inés a don Rodrigo,   800
porque casada la tengo
con don Alonso Manrique.
el Caballero de Olmedo,
a quien hicistes merced
de un hábito.

REY

Yo os prometo
que la primera encomienda
sea suya...

DON RODRIGO
(Aparte a don Fernando.)

¡Extraño suceso!

DON FERNANDO

(Aparte a Rodrigo.)
Ten prudencia.

REY

Porque es hombre
de grandes merecimientos.

TELLO
(Dentro.)

Dejadme entrar.

REY

¿Quién da voces?

CONDESTABLE

Con la guarda un escudero   810
que quiere hablarte.

REY

Dejadle.

CONDESTABLE

Viene, llorando y pidiendo
justicia.

REY

Hacerla es mi oficio.
Eso significa el cetro.
(Sale Tello.)

TELLO

Invictísimo don Juan,
que del castellano reino,
a pesar de tanta envidia,
gozas el dichoso imperio:
con un caballero anciano
vine a Medina, pidiendo   820
justicia de dos traidores;
pero el doloroso exceso
en tus puertas le ha dejado,
si no desmayado, muerto.
Con esto yo, que le sirvo,

rompí con atrevimiento
tus guardas y tus oídos:
oye, pues te puso el cielo
la vara de su justicia
en tu libre entendimiento,   83
para castigar los malos
y para premiar los buenos:
la noche de aquellas fiestas
que a la Cruz de Mayo hicieron
caballeros de Medina,
para que fuese tan cierto
que donde hay cruz hay pasión;
por dar a sus padres viejos
contento de verle libre
de los toros, menos fieros   84
que fueron sus enemigos,
partió de Medina a Olmedo
don Alonso, mi señor,
aquel ilustre mancebo
que mereció tu alabanza,
que es raro encarecimiento
Quédeme en Medina yo,
como a mi cargo estuvieron
los jaeces y caballos,
para tener cuenta dellos.   85
Ya la destocada noche,
de los dos polos en medio,
daba a la traición espada,
mano al hurto, pies al miedo,
cuando partí de Medina;
y al pasar un arroyuelo,
puente y señal del camino,
veo seis hombres corriendo
hacia Medina, turbados,
y aunque juntos, descompuestos.   86
La luna, que salió tarde,
menguado el rostro sangriento,
me dio a conocer los dos;
que tal vez alumbra el cielo
con las hachas de sus luces
el más oscuro silencio,
para que vean los hombres
de las maldades los dueños,
porque a los ojos divinos
no hubiese humanos secretos.   87
Paso adelante, ¡ay de mí!,
y envuelto en su sangre veo
a don Alonso expirando.
Aquí, gran señor, no puedo
ni hacer resistencia al llanto,
ni decir el sentimiento.
En el caballo le puse
tan animoso, que creo
que pensaban sus contrarios,
que no le dejaban muerto.   88

A Olmedo llegó con vida
cuanto fue bastante, ¡ay cielo!,
de dos miserables viejos,
que enjugaban las heridas
con lágrimas y con besos.
Cubrió de luto su casa
y su patria, cuyo entierro
será el del fénix; señor,
después de muerto viviendo   890
en las lenguas de la fama,
a quien conserven respeto
la mudanza de los hombres
y los olvidos del tiempo.

REY

¡Extraño caso!

DOÑA INÉS

¡Ay de mí!

DON PEDRO

Guarda lágrimas y extremos
Inés, para nuestra casa,
. . . .

DOÑA INÉS

Lo que de burlas te dije,
señor, de veras te ruego.   900
Y a vos, generoso Rey,

desos viles caballeros
os pido justicia.

REY
(A Tello.)

Dime,
pues pudiste conocerlos,
¿quién son esos dos traidores?
¿Dónde están? Que ¡vive el cielo,
de no me partir de aquí
hasta que los deje presos!

TELLO

Presentes están, señor:
don Rodrigo es el primero,   910
y don Fernando el segundo.

CONDESTABLE

El delito es manifiesto,
su turbación lo confiesa.

DON RODRIGO

Señor, escucha...

REY

Prendellos,
y en un teatro mañana
cortad sus infames cuellos.

Fin de la trágica historia
del *Caballero de Olmedo*.

FIN DE
«EL CABALLERO DE OLMEDO.»

INDICE

La impresión de este libro fué terminada el
28 de Julio de 1983, en los talleres de
E. Penagos, S. A., Lago Wetter 152, la
edición consta de 20,000 ejemplares,
más sobrantes para reposición.

COLECCIÓN "SEPAN CUANTOS..." *

* Los números que aparecen a la izquierda corresponden a la numeración de la Colección.

181. **COULANGES, Fustel de:** *La ciudad antigua. (Estudio sobre el culto, el derecho y las instituciones de Grecia y Roma.)* Estudio preliminar de Daniel Moreno. *Rústica* 200.00

100. **CRUZ, Sor Juana Inés de la:** *Obras completas.* Prólogo de Francisco Monterde. *Rústica* 500.00

342. **CUENTOS RUSOS:** *Gógol - Turgueñev - Dostoievski - Tolstoi - Garin - Chéjov - Gorki - Andréiev - Kuprin - Artsibachev - Dimov - Tasin - Surguchov - Korolenko - Goncharov - Sholojov.* Introducción de Rosa María Phillips. 190.00

256. **CUYAS ARMENGOL, Arturo:** *Hace falta un muchacho.* Libro de orientación en la vida, para los adolescentes. Ilustrada por Juez. *Rústica* 125.00

382. **CHATEAUBRIAND:** *El genio del cristianismo.* Introducción de Arturo Souto. *Rústica.* 300.00

148. **CHÁVEZ, Ezequiel A.:** *Sor Juana Inés de la Cruz.* Ensayo de Psicología y de estimación del sentido de su vida para la historia de la cultura y de la formación de México. *Rústica* 190.00

42. **DARÍO, Rubén:** *Azul... El Salmo de la pluma. Cantos de vida y esperanza. anza. Otros poemas.* Edición de Antonio Oliver. *Rústica* 125.00

385. **DARWIN. Carlos:** *El origen de las especies.* Introducción de Richard E. Leakey. *Rústica.* 300.00

377. **DAUDET, Alfonso:** *Tartarín de Tarascón. Tartarín en los Alpes. Port-Tarascón.* Prólogo de Juan Antonio Guerrero. *Rústica.* 170.00

140. **DEFOE, Daniel:** *Aventuras de Robinson Crusoe.* Prólogo de Salvador Reyes Nevares. *Rústica* 160.00

154. **DELGADO, Rafael:** *La Calandria.* Prólogo de Salvador Cruz. *Rústica* 155.00

280. **DEMÓSTENES:** *Discursos.* Estudio preliminar de Francisco Montes de Oca. *Rústica* 140.00

177. **DESCARTES:** *Discurso del método. Meditaciones metafísicas. Reglas para la dirección del espíritu. Principios de la filosofía.* Estudio introductivo, análisis de las obras y notas al texto por Francisco Larroyo. *Rústica* 135.00

5. **DÍAZ DEL CASTILLO, Bernal:** *Historia verdadera de la conquista de la Nueva España.* Introducción y notas de Joaquín Ramírez Cabañas. Con un mapa. *Rústica* 265.00

127. **DICKENS, Carlos:** *David Copperfield.* Introducción de Sergio Pitol. *Rústica* 230.00

310. **DICKENS. Carlos:** *Canción de Navidad. El grillo del hogar. Historia de dos Ciudades.* Estudio preliminar de María Edmée Álvarez. *Rústica* 190.00

362. **DICKENS. Carlos:** *Oliver Twist.* Prólogo de Rafael Solana. *Rústica* 220.00

28. **DON JUAN MANUEL:** *El conde Lucanor.* Versión antigua y moderna e introducción de Amancio Bolaño e Isla. *Rústica* 120.00

84. **DOSTOIEVSKI, Fedor M.:** *El príncipe idiota. El sepulcro de los vivos.* Notas preliminares de Rosa María Phillips. *Rústica* 155.00

106. **DOSTOIEVSKI, Fedor M.:** *Los hermanos Karamazov.* Prólogo de Rosa María Phillips. *Rústica* 190.00

108. **DOSTOIEVSKI, Fedor M.:** *Crimen y Castigo.* Introducción de Rosa María Phillips. *Rústica* 220.00

259. **DOSTOIEVSKI, Fedor M.:** *Las noches blancas. El jugador. Un ladrón honrado.* Prólogo de Rosa María Phillips. *Rústica* 140.00

73. **DUMAS, Alejandro:** *Los tres Mosqueteros.* Prólogo de Salvador Reyes Nevares. *Rústica* 155.00

75. **DUMAS, Alejandro:** *Veinte años después. Rústica* 190.00

346. **DUMAS, Alejandro:** *El Conde de Monte-Cristo.* Prólogo de Mauricio González de la Garza 385.00

349. **DUMAS, Alejandro (hijo):** *La Dama de las Camelias.* Introducción de Arturo Souto A. .... $ 120.00

364-365. **DUMAS, Alejandro:** *El vizconde de Bragelone.* 2 tomos. *Rústica* 800.00

309. **ECA DE QUEIROZ:** *El misterio de la carretera de Cintra. La ilustre Casa de Ramírez.* Prólogo de Monserrat Alfau. *Rústica* 155.00

283. **EPICTETO:** *Manual y Máximas.* **MARCO AURELIO:** *Soliloquios.* Estudio preliminar de Francisco Montes de Oca. *Rústica* 140.00

99. **ERCILLA, Alonso de:** *La Araucana.* Prólogo de Ofelia Garza de Del Castillo. *Rústica* 195.00

233. **ESPINEL, Vicente:** *Vida de Marcos Obregón.* Prólogo de Juan Pérez de Guzmán. *Rústica* 155.00

203. **KANT, Manuel:** *Crítica de la razón pura.* Estudio introductivo y análisis de la obra por Francisco Larroyo. *Rústica* 280.00

212. **KANT, Manuel:** *Fundamentación de la metafísica de las costumbres. Crítica de la razón práctica. La paz perpetua.* Estudio introductivo y análisis de las obras por Francisco Larroyo. *Rústica* 200.00

246. **KANT, Manuel:** *Prolegómenos a toda Metafísica del Porvenir. Observaciones sobre el Sentimiento de lo Bello y lo Sublime. Crítica del Juicio.* Estudio introductivo y análisis de las obras por Francisco Larroyo. *Rústica* 230.00

30. **KEMPIS, Tomás de:** *Imitación de Cristo.* Introducción de Francisco Montes de Oca. *Rústica* **200.00**

204. **KIPLING, Rudyard:** *El libro de las tierras vírgenes.* Introducción de Arturo Souto Alabarce. *Rústica* 155.00

155. **LAGERLOFF, Selma:** *El maravilloso viaje de Nils Holgersson.* Introducción de Palma Guillén de Nicolau. *Rústica* 140.00

272. **LAMARTINE, Alfonso de:** *Graziella. Rafael.* Estudio preliminar de Daniel Moreno. *Rústica* 140.00

93. **LARRA, Mariano José de, "Fígaro":** *Artículos.* Prólogo de Juana de Ontañón. *Rústica* 280.00

333. **LARROYO, Francisco:** *La Filosofía Iberoamericana.* Historia, Formas, Temas, Polémica. Realizaciones 280.00

34. **LAZARILLO DE TORMES (EL) (Autor desconocido).** *Vida del Buscón Don Pablos,* de Francisco de Quevedo. Estudio preliminar de ambas obras por Guillermo Díaz-Plaja. *Rústica* 125.00

38. **LAZO, Raimundo:** *Historia de la literatura hispanoamericana. El periodo colonial (1492-1780).* *Rústica* 155.00

65. **LAZO, Raimundo:** *Historia de la literatura hispanoamericana. El siglo XIX (1780-1914).* *Rústica* 155.00

179. **LAZO, Raimundo:** *La novela Andina. (Pasado y futuro. Alcides Arguedas, César Vallejo, Ciro Alegría, Jorge Icaza, José María Arguedas. Previsible misión de Vargas Llosa y los futuros narradores.)* *Rústica* 185.00

184. **LAZO, Raimundo:** *El romanticismo. (Lo romántico en la lírica hispanoamericana, del siglo XVI a 1970.)* *Rústica* 190.00

226. **LAZO, Raimundo:** *Gertrudis Gómez de Avellaneda. La mujer y la poesía lírica.* *Rústica* 125.00

103. **LECTURA EN VOZ ALTA.** La eligió Juan José Arreola. *Rústica* 120.00

321. **LEIBNIZ, Godofredo G.:** *Discurso de Metafísica. Sistema de la Naturaleza. Nuevo Tratado sobre el Entendimiento Humano. Monadología. Principios sobre la naturaleza y la gracia.* Estudio introductivo y análisis de las obras por Francisco Larroyo. *Rústica* 310.00

145. **LEÓN, Fray Luis de:** *La Perfecta Casada. Cantar de los Cantares. Poesías originales.* Introducción y notas de Joaquín Antonio Peñalosa. *Rústica* 190.00

247. **LE SAGE:** *Gil Blas de Santillana.* Traducción y prólogo de Francisco José de Isla. Y un estudio de Saint-Beuve. *Rústica* 280.00

48. **LIBRO DE LOS SALMOS.** Versión directa del hebreo y comentarios de José González Brown. *Rústica* 210.00

304. **LIVIO, Tito:** *Historia Romana. Primera Década.* Estudio preliminar de Francisco Montes de Oca. *Rústica* 180.00

276. **LONDON, Jack:** *El lobo de mar. El Mexicano.* Introducción de Arturo Souto Alabarce. *Rústica* 135.00

277. **LONDON, Jack:** *El llamado de la selva. Colmillo blanco.* *Rústica* .... $ 135.00

284. **LONGO:** *Dafnis y Cloe.* **APULEYO:** *El Asno de Oro.* Estudio preliminar de Francisco Montes de Oca. *Rústica* 140.00

12. **LOPE DE VEGA Y CARPIO, Félix:** *Fuenteovejuna. Peribáñez y el Comendador de Ocaña. El mejor alcalde, el Rey. El Caballero de Olmedo.* Biografía y presentación de las obras por J. M. Lope Blanch. *Rústica* 125.00

218. **LÓPEZ Y FUENTES, Gregorio:** *El indio.* Novela mexicana. Prólogo de Antonio Magaña Esquivel. *Rústica* 140.00

298. **LÓPEZ-PORTILLO Y ROJAS, José:** *Fuertes y Débiles.* Prólogo de Ramiro Villaseñor y Villaseñor. *Rústica* 190.00

297. **LOTI, Pierre:** *Las Desencantadas.* Introducción de Rafael Solana. *Rústica* 125.00

353. **LUMMIS, Carlos F.:** *Los Exploradores Españoles del Siglo XVI.* Prólogo de Rafael Altamira. *Rústica* 140.00

324. **MAETERLINCK, Maurice:** *El Pájaro Azul.* Introducción de Teresa del Conde. *Rústica* 110.00

175. **NERVO, Amado:** *La amada inmóvil. Serenidad. Elevación. La última luna.* Prólogo de Ernesto Mejía Sánchez. *Rústica* 155.00

356. **NÚÑEZ DE ARCE, Gaspar:** *Poesías completas.* Prólogo de Arturo Souto A. *Rústica* 200.00

8. **OCHO SIGLOS DE POESÍA EN LENGUA ESPAÑOLA.** Introducción y compilación de Francisco Montes de Oca. *Rústica* 245.00

45. **O'GORMAN, Edmundo:** *Historia de las Divisiones Territoriales de México. Rústica.* 230.00

316. **OVIDIO:** *Las Metamorfosis.* Estudio preliminar de Francisco Montes de Oca. *Rústica* 155.00

213. **PALACIO VALDÉS, Armando:** *La Hermana San Sulpicio.* Introducción de Joaquín Antonio Peñalosa. *Rústica* 190.00

125. **PALMA, Ricardo:** *Tradiciones peruanas.* Estudio y selección por Raimundo Lazo. *Rústica* 140.00

PALOU, Fr. Francisco: *Véase* Clavijero, Francisco Xavier.

266. **PARDO BAZÁN, Emilia:** *Los pazos de Ulloa.* Introducción de Arturo Souto Alabarce. *Rústica* 140.00

358. **PARDO BAZÁN, Emilia:** *San Francisco de Asís. (Siglo XIII.)* Prólogo de Marcelino Menéndez Pelayo. *Rústica* 250.00

3. **PAYNO, Manuel:** *Los Bandidos de Río Frío.* Edición y prólogo de Antonio Castro Leal. *Rústica* 420.00

80. **PAYNO, Manuel:** *El fistol del Diablo. Novela de costumbres mexicanas.* Texto establecido y Estudio preliminar de Antonio Castro Leal. *Rústica* 385.00

64. **PEREDA, José María de:** *Peñas Arriba. Sotileza.* Introducción de Soledad Anaya Solórzano. *Rústica* 190.00

165. **PEREYRA, Carlos:** *Hernán Cortés.* Prólogo de Martín Quirarte. *Rústica* 125.00

188. **PÉREZ ESCRICH, Enrique:** *El Mártir del Gólgota.* Prólogo de Joaquín Antonio Peñalosa. *Rústica* 190.00

69. **PÉREZ GALDÓS, Benito:** *Miau. Marianela.* Prólogo de Teresa Silva Tena. *Rústica.* . . . . *tica* 155.00

107. **PÉREZ GALDÓS, Benito:** *Doña Perfecta. Misericordia.* Nota preliminar de Teresa Silva Tena. *Rústica* 170.00

117. **PÉREZ GALDÓS, Benito:** *Episodios Nacionales: Trafalgar. La corte de Carlos IV.* Prólogo de María Eugenia Gaona. *Rústica.* 140.00

130. **PÉREZ GALDÓS, Benito:** *Episodios Nacionales: 19 de Marzo y el 2 de Mayo. Bailén.* Nota preliminar de Teresa Silva Tena. *Rústica* 110.00

158. **PÉREZ GALDÓS, Benito:** *Episodios Nacionales: Napoleón en Chamartín. Zaragoza.* Prólogo de Teresa Silva Tena. *Rústica* 155.00

166. **PÉREZ GALDÓS, Benito:** *Episodios Nacionales: Gerona. Cádiz.* Nota preliminar de Teresa Silva Tena. *Rústica* 155.00

185. **PÉREZ GALDÓS, Benito:** *Fortunata y Jacinta. (De historias de casadas.)* Introducción de Agustín Yáñez 400.00

289. **PÉREZ GALDÓS, Benito:** *Episodios Nacionales: Juan Martín el Empecinado. La Batalla de los Arapiles. Rústica* 125.00

378. **PÉREZ GALDÓS, Benito:** *La desheredada.* Prólogo de José Salavarría. 1982. *Rústica.* 225.00

383. **PÉREZ GALDÓS, Benito:** *El amigo Manso.* Prólogo de Joaquín Casalduero. 1982. 200 pp. *Rústica* 200.00

172. **RIVERA, José Eustasio:** *La Vorágine.* Prólogo de Cristina Barros Stivalet. *Rústica.* $ 120.00

87. **RODÓ, José Enrique:** *Ariel. Liberalismo y Jacobinismo.* Ensayos: *Rubén Darío, Bolívar, Montalvo.* Estudio preliminar, índice biográfico-cronológico y resumen bibliográfico por Raimundo Lazo 125.00

115. **RODÓ, José Enrique:** *Motivos de Proteo y Nuevos motivos de Proteo.* Prólogo de Raimundo Lazo. *Rústica* 120.00

88. **ROJAS, Fernando de:** *La Celestina.* Prólogo de Manuel de Ezcurdia. Con una cronología y dos glosarios. *Rústica.* 110.00

328. **ROSTAND, Edmundo:** *Cyrano de Bergerac.* Prólogo, estudio y notas de Ángeles Mendieta Alatorre. *Rústica* 170.00

113. **ROUSSEAU, Juan Jacobo:** *El Contrato Social o Principios de Derecho Político. Discurso sobre las Ciencias y las Artes. Discurso sobre el Origen de la Desigualdad.* Estudio preliminar de Daniel Moreno. *Rústica* 170.00

159. **ROUSSEAU, Juan Jacobo:** *Emilio o de la Educación.* Estudio Preliminar de Daniel Moreno. *Rústica* 180.00

265. **RUEDA, Lope de:** *Teatro completo. Eufemia. Armelina. De los engañados. Medora. Colloquio de Camila. Colloquio de Tymbria. Diálogo sobre la invención de las Calças. El deleitoso. Registro de representantes. Colloquio llamado prendas de amor. Coloquio en verso. Comedia llamada discordia y questión de amor. Auto de Naval y Abigail. Auto de los desposorios de Moisén. Farsa del sordo.* Introducción de Arturo Souto Alabarce. *Rúbrica.* 155.00

10. **RUIZ DE ALARCÓN, Juan:** *Cuatro comedias: Las paredes oyen. Los pechos privilegiados. La verdad sospechosa. Ganar amigos.* Estudio, texto y comentarios de Antonio Castro Leal. *Rústica* 140.00

51. **SABIDURIA DE ISRAEL:** *Tres obras de la cultura judía.* Traducciones directas de Ángel María Garibay K. *Rústica* 120.00

300. **SAHAGÚN, Fr. Bernardino de:** *Historia General de las cosas de Nueva España.* La dispuso para la prensa en esta nueva edición, con numeración, anotaciones y apéndices, Ángel Ma. Garibay K. *Rústica* 615.00

299. **SAINT-EXUPERY, Antoine de:** *El principito.* Nota preliminar y traducción de María de los Ángeles Porrúa. *Rústica* ....

322. **SAINT-PIERRE, Bernardino de:** *Pablo y Virginia.* Introducción de Arturo Souto Alabarce. *Rústica* 155.00

220. **SALGARI, Emilio:** *Sandokan. La mujer del pirata.* Prólogo de María Elvira Bermúdez. *Rústica* 125.00

239. **SALGARI, Emilio:** *Los piratas de la Malasia. Los estranguladores.* Nota preliminar de María Elvira Bermúdez. *Rústica* 125.00

242. **SALGARI, Emilio:** *Los dos rivales. Los tigres de la Malasia.* Nota preliminar de María Elvira Bermúdez. *Rústica* 125.00

257. **SALGARI, Emilio:** *El rey del mar. La reconquista de Mompracem.* Nota preliminar de María Elvira Bermúdez. *Rústica* 125.00

264. **SALGARI, Emilio:** *El falso Bracmán. La caída de un imperio.* Nota preliminar de María Elvira Bermúdez. *Rústica* 125.00

267. **SALGARI, Emilio:** *En los junglares de la India. El desquite de Yáñez.* Nota preliminar de María Elvira Bermúdez. *Rústica.* 125.00

292. **SALGARI, Emilio:** *El capitán Tormenta. El León de Damasco.* Nota preliminar de María Elvira Bermúdez. *Rústica* 120.00

296. **SALGARI, Emilio:** *El hijo del León de Damasco. La Galera del Bajá.* Nota preliminar de María Elvira Bermúdez. *Rústica.* 120.00

302. **SALGARI, Emilio:** *El Corsario Negro. La Venganza.* Nota preliminar de María Elvira Bermúdez. *Rústica* 120.00

306. **SALGARI, Emilio:** *La reina de los caribes. Honorata de Wan Guld. Rústica* ... 120.00

312. **SALGARI, Emilio:** *Yolanda. Morgan. Rústica* 120.00

363. **SALGARI, Emilio:** *Aventuras entre los pieles rojas. El rey de la pradera.* Prólogo de Elvira Bermúdez. *Rústica* 170.00

376. **SALGARI, Emilio:** *En las fronteras del Far-West. La cazadora de cabelleras.* Prólogo de María Elvira Bermúdez. 260 pp. *Rústica* 170.00

379. **SALGARI, Emilio:** *La soberana del campo de oro. El rey de los cangrejos.* Prólogo de María Elvira Bermúdez. 1982. xi-186 pp. *Rústica* 170.00

288. **SALUSTIO:** *La Conjuración de Catilina. La Guerra de Jugurta.* Estudio preliminar de Francisco Montes de Oca. *Rústica* 115.00

393. **SAMOSATA, Luciano de:** *Diálogos, Historia verdadera.* Introducción de Salvador Marichalar. *Rústica* 350.00

59. **SAN AGUSTIN:** *La Ciudad de Dios.* Introducción de Francisco Montes de Oca. *Rústica* .... $ 310.00

142. **SAN AGUSTIN:** *Confesiones.* Versión, introducción y notas de Francisco Montes de Oca. *Rústica.* 170.00

40. **SAN FRANCISCO DE ASÍS:** *Florecillas.* Introducción de Francisco Montes de Oca. *Rústica* 155.00

228. **SAN JUAN DE LA CRUZ:** *Subida del Monte Carmelo. Noche oscura. Cántico espiritual. Llama de amor viva. Poesías.* Prólogo de Gabriel de la Mora. *Rústica.* 225.00

199. **SAN PEDRO, Diego de:** *Cárcel de amor. Arnalte e Lucenda. Sermón. Poesías. Desprecio de la fortuna.* Seguidas de *Questión de amor.* Introducción de Arturo Souto Alabarce. *Rústica* 125.00

50. **SANTA TERESA DE JESÚS:** *Las moradas; Libro de su Vida.* Biografía de Juana de Ontañón. *Rústica.* 155.00

49. **SARMIENTO, Domingo F.:** *Facundo; Civilización y Barbarie. Vida de Juan*